Birgit Müller-Wieland

Flugschnee

Birgit Müller-Wieland

Flugschnee

Roman

OTTO MÜLLER VERLAG

Meiner Familie

www.omvs.at

ISBN 978-3-7013-1248-1

Satz: Media Design: Rizner.at
Druck und Bindung: Christian Theiss GmbH, A-9431 St. Stefan
Covergestaltung: Leopold Fellinger

Berlin, Dezember

Lucy

1

Nach Hause möchte ich.

Dieser Satz war in mir, Simon, heute Morgen, als ich aufwachte und nicht mehr wußte, was geschehen war.

Nichts wußte ich mehr, nichts von dir oder mir oder irgendjemandem sonst.

Nur dieses diffuse Gleiten gab es, wenn man sich in den Tag hineinarbeitet, aus Träumen heraus oder Drogen.

Und etwas mitnimmt: ein Bild, eine Stimme, einen Satz.

Überall war es weiß, als ich aufblickte, makellos weiß, eine Art grundloses Existieren – es zog einen Schmerz nach sich. Der Schmerz war wie etwas, das ich einmal gekannt, aber irgendwann vergessen hatte.

Weißweißweiß.

War es Licht?

War es Farbe?

Der Satz blieb. Er glühte weiter in dieser blendenden Gleichgültigkeit, die alles erfüllte – außen wie innen.

Aber nach einer Weile, die eine Sekunde gewesen sein könnte oder eine Stunde, dachte ich: nein. Nicht weiß. Nicht weiß ist das, sondern grau, gräulich. Eine glatte Fläche. Und je länger ich sie betrachtete, desto mehr veränderte sie ihre Struktur, wurde porös, löste sich schließlich auf in Helles und Schattiges. Und später oder gleich taten sich diese feinen Linien auf, ein Netz von Linien, und in den Ecken weiteten sie sich aus, zu Rissen.

Und während ich all das sah, war klar: Ich bin das, Lucy.

Nach Hause möchte ich.

Dann begriff ich: Das ist die Decke meines Zimmers.

Ich liege im Bett.

Das Zimmer muß ausgemalt werden, dringend.

Stop. Falsch.

Es dauerte, bis ich fähig war zu erkennen, was falsch war. Worum es ging.

Darum ging es: Um meinen Körper.

Mein Körper war nicht mehr da.

Keine Schwere von Armen und Beinen, kein Kopf im Kissen, keine Zunge, keine Zähne im Mund.

Das war das Seltsamste: dieses Nichts.

Nur mehr aus zwei Augen bestand ich, die nach oben starrten und die Decke des Zimmers betrachteten, mit dem abgebrochenen Stuckkranz aus Lorbeerblättern in der Mitte.

Von einem Lorbeerblatt hing ein Faden, ungefähr drei Meter über mir.

Ein grauer, von fahlem Licht erhellter, zarter Strick.

Das war wohl der Zeitpunkt, an dem ich zu schreien begonnen habe, denn plötzlich spürte ich meinen aufgerissenen Mund, ich spürte ihn! – und das Verebben von Schall im Raum, und über mir schwebte, als ich wieder nach oben schaute, der Spinnwebfaden langsam hin und her.

Und gleich darauf war ein Gesicht neben meinem und eine Hand auf meiner Wange.

Die Hand war trocken und warm.

Sie konnte sprechen.

„Beruhige dich“, sagte die Hand, „ich bin da. Du hast wieder geträumt. Ruhig, ganz ruhig.“

Und allmählich wußte ich, daß die Hand zu Lisa gehörte, die im Nachthemd vor meinem Bett kniete. Als sie unter die Decke kroch und sich mit ihrem fülligen Körper an mich drängte, erinnerten sich meine Fersen an ihre kalten Zehen und mein Rücken an die Art, wie sie ihre Brüste von ihm fernhielt. Und mein Hintern, der ihre Oberschenkel berührte, wußte, wie oft er schon genau da gelegen war, fast in ihrem Schoß.

In dem Weinen, das mich nun zu schütteln begann, tauchten alle Nächte und Morgengrauen auf, in denen Lisa zu mir gekommen war und mich aus Träumen gerettet hatte, die über meinen Verstand gingen. Und während meine Schulterblätter ihre Flüsterworte spürten und das Kissen rund um meine Nase nass wurde, beschloss irgendeine Kraft in mir, aufzustehen und etwas zu ändern.

2

Du bist verschwunden, Simon.

Das ist die Wahrheit, der ich mich stellen muß. Ich kann mich nicht mehr im Nebel verstecken und Lisa die Nächte und die Morgen rauben und die Tage verbringen, irgendwie.

Jetzt ist es genug.

Alles ist getan, was man tun muß, wenn ein Mensch verschwindet.

Alle Welt sucht nach dir, Simon.

Es ist Anfang Dezember, und Lisa sagt, seit deinem Verschwinden sei es immer wärmer geworden. Im Oktober noch lagen die Leute an der Spree in T-Shirts herum.

Sommerwinde fegten durch die Straßen, und alles schwitzte in den Mänteln und Jacken.

Papier, Mützen, Staub, Plastiktüten, selbst Glasscherben – der ganze Müll flog auf.

Nur der Hundedreck blieb natürlich kleben.

Ich sehe dich vor mir, grinsend: „Hauptstadt der Hundekacke."

Das schien wochenlang so zu gehen.

Erst jetzt, seit einigen Tagen, ist das Wetter so, wie es sein soll.

Ich stehe am Fenster und sehe hinaus. Es wird Winter.

Weihnachten wird kommen.

Das Wort ist wie ein schriller Ton. Er schmerzt in den Ohren.

Mein Herz schlägt so, daß ich die Hand darauf lege.

Ich summe und singe idiotischerweise: Happybirthdaytoyou.

Als Kind hat das geholfen, manchmal.

Ansingen und Summen gegen etwas, das irgendwie falsch ist.

Happybirthdayhappybirthdayhappybirthdaytooo-youuuuu.

Als Kinder haben wir es nicht gemerkt, daß es in unserer Familie anders war.

Es gab ja das ganze Trara mit Lichterketten und Adventskranz und Baum und Geschenken, all die Nervereien, dieses – „Du wolltest doch noch…“ und – „Wo sind denn wieder diese…?“, und es gab die stillen Momente, den Lebkuchenduft und die Schränke voller Geheimnisse.

Aber später haben wir es wohl gespürt, vielleicht ab zehn, elf.

Es war etwas zwischen den Erwachsenen, etwas Ungreifbares.

Vielleicht hatte es mit ihren Blicken zu tun, die im Kerzenlicht nach innen zu kippen schienen, vielleicht mit ihren langsamen Bewegungen, mit denen sie Kekse anrichteten oder den Schnee von den Schuhen klopften.

Alles schien ihnen schwer zu sein, und alles war darauf ausgerichtet, es uns nicht merken zu lassen.

Aber das weiß ich jetzt erst.

Weih-nach-ten.

Ich sage das Wort so lange vor mich hin, bis es ganz leise, ganz weit weg ist von mir.

3

Nach dem Frühstück, nachdem sie gegangen waren, Lisa und Samir, etwas zögerlich, ich ihnen aber versprochen hatte, mich zu melden, sollte ich mich nicht gut fühlen, ging ich in mein Zimmer.

Ich öffnete den Schrank und holte die Schachtel hervor, die ganz hinten verstaut liegt, die mit den Photos.

Ich habe nur wenige aus der Zeit, als man Bilder noch entwickeln ließ, die meisten sind bei unserer Mutter.

Ich fand keines von jenen Weihnachten vor zwanzig Jahren in Hamburg, an das ich mich nicht mehr erinnern konnte, und das du, Simon, bei unserem letzten Treffen erwähnt hattest.

Ich sah die Bilder an, sah uns als Babys, Kleinkinder, Schulkinder, als Jugendliche mit viel zu langen Armen und Beinen auf der Straße stehen oder vor dem Haus im Brunskrogweg, in unserem geliebten Ohlstedt, das hoch im Norden der Stadt lag und so viel grüner war als unser Kiez in Berlin.

Ich mußte lachen.

Erinnerst du dich noch an das Bild unseres Vaters neben dem Rasenmäher? Ergebenes Grinsen in die Kamera, Großvater darübergebeugt, wie er seinem Sohn Arnold den Mechanismus erklärt, zum hundertsten Mal.

Oder Vera im Gespräch mit Großmama, Wange an Wange, fast. Ein Augenblick der Nähe zwischen Schwiegermutter und Schwiegertochter.

Ich sah uns als Gruppe im Garten, auf der Terrasse, im Wohnzimmer, in allen denkbaren Posen und zu den üblichen Anlässen.

Und immer fehlt eine Person.

Das ist normal, denn irgendjemand mußte ja photographieren. Offensichtlich machte unsere Mutter die meisten Bilder, denn sie ist selten zu finden.

Sosehr ich auch suchte, es war kein Photo mit uns allen gemacht worden.

Auch unsere wenigen Versuche, mit den damals üblichen Selbstauslösern zu arbeiten, führten dazu, daß mindestens einer oder eine abgeschnitten wurde.

Manchmal fehlst du, weil du zu zappelig warst, oder man sieht nur dein halbes Gesicht, einen Arm, ein Bein.

Ich starrte auf die am Boden verstreuten Photos. Konnte mich nicht bewegen.

War von nichts anderem ausgefüllt als diesem betonschweren Wunsch:

Daß wir alle zu sehen sind. Ganz.

Vera, Arnold, Großmama, Großvater, ich. Und du, Simon.

4

Das Haus im Brunskrogweg war damals schon alt.

Ein Backsteinhaus, erbaut in den zwanziger Jahren des letzten Jahrhunderts, in einem Garten gelegen, der uns riesig erschien mit Ulmen, Pappeln, Tannen und einer Linde vor der Terrasse, deren klebrige Blätter wir morgens vor dem Frühstück von den Gartenmöbeln kratzen mußten, weil wir alle wieder vergessen hatten, sie unters Dach zu stellen.

Ich sehe uns beide, Simon, wie wir den Weg vom Eingangstor durch den Vorgarten laufen, meistens zu schnell für die Kurve, die wir dann für die drei Stufen zur Tür nehmen mußten.

Oder wir liefen daran vorbei, zum Holztürchen, das immer quietschte, wenn man es öffnete und mit einem Scheppern ins Schloß zurückfiel.

Rechts war der Schuppen, vollgestopft mit Großvaters Arbeitsgerät, vor uns aber öffnete sich das Paradies: der Garten.

Es ist Sommer oder Frühling, wenn ich uns laufen sehe. Rechts sind die Rhododendronsträucher, oder im schmalen Grünstreifen davor zarte Tupfer, die Schneeglöckchen.

Immer ist es grün, wenn ich an das Haus der Großeltern denke, immer blüht etwas, als hätte ich die Erinnerung an die Winter in Ohlstedt verloren, als hätte ich den Garten nie im Schnee gesehen, obwohl es doch Bilder davon gibt, gerade von Weihnachten, viele Bilder.

Ich sehe unseren Großvater mit seinem weißen, etwas störrischen Haar, das er morgens mit einem Kamm zu glätten versuchte, in seinen guten Hosen, einer dunkelblauen Strickjacke, in blank geputzten schwarzen Schuhen, wie er im Wintergarten steht und sein Königreich überblickt.

Ich sehe Großmama, ihre schmale Gestalt, wie sie an ihn herantritt und ihm über die Schulter streicht, eine liebevolle Geste, mit der sie gleichzeitig Haare und Schuppen entfernt.

Man kann es sehen: Sie teilen ein Geheimnis miteinander.

Bis heute weiß ich nicht, welche Art Geheimnis dies ist. Vielleicht hat es damit zu tun, daß sie so alt sind und einander auf eine bestimmte Art betrachten.

Es ist wie eine unsichtbare Kugel, in der sich beide befinden.

Ein Raum, den niemand sonst betreten kann.

5

Vielleicht begann alles in jener Nacht, nach der du mich fragtest bei unserem letzten Treffen, in jener

Nacht in Hamburg vor zwanzig Jahren, als der Schnee zu fallen begonnen hatte und wir morgens nach dem Frühstück möglicherweise durch den Garten gestapft waren, die Tannen geschüttelt hatten und gezuckert hinter ihnen wieder hervorgekommen waren.

War es so gewesen?

Ich habe keine Ahnung. Also muß ich mir ein Bild machen von damals.

Ich muß zusehen, wie wir Kinder sind und in Schneeanzügen durch den Garten unserer Großeltern waten, vergnügt und ahnungslos.

Traumlos, so stelle ich mir vor, hatten wir nachts geschlafen, als diese gigantische Flockenmaschine angeworfen worden war.

Schwarzer Hintergrund, weiße Pfeile.

Und morgens: weißweißweiß.

Nicht Dunkelheit, keine Krabbeltiere, weder Krokodil noch schwarzer Mann, nein, meine Ängste kommen von da her: aus diesem hellen Nichts aus Flocken.

6

Gestern war ich bei Vera im Atelier, Simon.

Sie streifte den Mundschutz ab, die Handschuhe und legte den Bohrer beiseite. Es ist ein Granit, an dem sie gerade arbeitet.

Rosengranit.

Ich sah mir die Sachen an, die ich noch nicht kannte, während sie uns Tee kochte. Offenbar hat unsere Mutter in den letzten Monaten viel gemacht.

„Ein Grabstein“, sagte sie, als ich fragte, was aus dem Granit werden würde.

Sie sah mich nicht an dabei.

Ihre Hände waren grau und verschrumpelt, und es lag noch mehr Staub als sonst herum.

Ich erzählte ihr ein bißchen von der Uni, von Psycholinguistik und der Suche nach einem guten Master-Thema und sie sagte:

„Istjadoll."

Sie fragte mich nach Lisa und Samir, und ob ich wirklich keine neue Matratze wolle.

Ihr Gesicht wirkte müde, aber ihre Augen waren klar und von einer Wachheit, die mir übertrieben vorkam.

Plötzlich wurde ihr Blick starr, sie stand auf, murmelte:

„Na warte", beschleunigte und drehte die Kuppe ihres Mittelfingers drei Meter hinter mir an der Wand hin und her.

„Terroristen", sagte sie und wusch energisch ihre Hände.

Sie meinte das Silberfischchen, das sie soeben zerdrückt hatte.

Dann klopfte es.

Es war jemand, der durch den Hinterhofgarten ins Atelier wollte, einen Stein ansehen.

Als ich an der Bushaltestelle stand, wurde mir klar:

Wir hatten uns getrennt, ohne über Arnold zu sprechen.

Oder über dich, Simon. Die Zeit dazu hätten wir gehabt.

Aber wir konnten nicht.

Wir haben es einfach nicht gekonnt.

7

In den ersten Wochen war es anders gewesen.

Die Nachricht von deinem Verschwinden war so frisch und unglaublich, daß wir noch in der Lage waren zu reden.

Wir hatten uns davor längere Zeit nicht gesehen, Vera, Arnold und ich.

Dein Verschwinden führte uns zusammen in deiner Wohnung in der Kolonnenstraße, und nachdem wir dort dein Smartphone gefunden hatten, das bei uns das Gefühl auslöste, du seist nur um die Ecke zum Kiosk gegangen, erzählten wir einander, wann wir dich zum letzten Mal getroffen hatten.

Ich war im ersten Moment verwundert, daß es schon einige Zeit her war, unser letztes Treffen.

Aber aufgrund der Semesterferien und der wochenlangen Reisen, die wir beide mit unseren jeweiligen Freundinnen und Freunden unternommen hatten, waren fast vier Monate seit unserer letzten Begegnung vergangen.

Jene Nacht im Sommer also, Simon, steht mir nun intensiver vor Augen, als ich sie damals erlebte, weil mir jedes Wort, jede Geste, jede Kleinigkeit in der Erinnerung wie ein Zeichen erscheint, das zu dir führen könnte.

In jener Nacht fragtest du mich, ob ich mich an Weihnachten vor zwanzig Jahren erinnern könne, du warst abrupt stehengeblieben, während wir unsere Räder scho–, „He!“ Ich hatte meine Lenkstange im Bauch.

Wir standen im Schein der Straßenlampe.

Du starrtest mich mit Glutaugen an. Rund um uns aber war es finster.

Eine Finsternis voll Flüstern, Küssen, Gitarrengezupfe.

Hart hatten sich unsere Fahrräder verkeilt, mein Schienbein schmerzte.

Was soll das, dachte ich, es war doch gerade so –

Irgendwie wußte ich, welche Weihnachten du meintest.

„Warum?“, fragte ich leichthin und hoffte, die Glutaugen kämen vom Licht oder vom Bier.

Du beugtest dich vor. Es war ein lauer Berliner Abend im Tiergarten.

So nah wollte ich dich gar nicht haben. Deine Fahne streifte mich.

Du starrtest eine Weile auf meine linke Wange.

„Halleluja!“, rief eine Frau vom Ufer.

Ich wartete.

„Du warst zu klein“, sagtest du schließlich zu meiner Wange.

„Wofür“, fragte eine komische Stimme aus mir, „zu klein?“

Jemand fuhr scharf mit seinem Rad an uns vorbei.

„Vergiß es“, sagtest du.

Immer wieder kreisen meine Gedanken um diese Szene, dieses Bild, wie wir nachts dastehen auf dem Weg, rund um uns Bäume und der Geruch von Wasser und Würsten, im Dunkeln feiernde Leute und das feine Glucksen des Landwehrkanals.

Und wie ich plötzlich in dein Rad krache, was du gar nicht zu bemerken schienst. Wie sich durch die Sommerluft hindurch ein Hauch einer kälteren Zone zwischen uns schob.

Es war das erste Mal, daß du mich fragtest nach damals.

Nach jenen Weihnachten.

Wir trennten uns an der S-Bahn-Station Bellevue.

Du sagtest: „Tschüs“, oder „Bis dann“, als die Bahn lärmend einfuhr und meine Bluse aufwehte.

Aus dem Augenwinkel erkannte ich, wie ein Typ mit Stirnband auf meinen Nabel starrte.

Ich wollte noch etwas sagen, aber da drehtest du dich schon um, drücktest den Knopf. Schobst dein Rad durch die aufspringende Tür.

Später, zu Hause, sah ich den rötlichen Streifen quer über meinem Bauch.

Tage danach war der Streifen blaugelb, ich trug lockere Hosen, aber spürte ihn immer wieder.

Als wollte er mich erinnern.

Ich sehe noch deinen Rücken. Deine breiten, aber irgendwie müden Schultern in dem zerdrückten, ehemals weißen T-Shirt. Sie wirkten immer so, als würden sie einen zu schweren Rucksack tragen.

Die Türhälften knallten zu, im Viereck der Scheiben war ein Teil deines wuscheligshellen Hinterkopfs zu erkennen, über dem leicht gebräunten Nacken. Du hast mir im Wegfahren vielleicht noch hinterhergesehen, ja, vielleicht.

Auf der anderen Seite kam meine Bahn, Richtung Spandau.

Je länger ich darüber nachdenke, desto klarer ist mir, daß du mir nachgesehen hast im Hinausfahren.

Verrückt: Aber ich spüre deine Blicke durch das Fenster des Wagens, über den Bahnsteig, in meinen Rücken hinein.

Ich stelle mir vor, daß du dieses Bild von mir mitgenommen hast, wie ich zwischen den Leuten gehe, eine Hand am Lenkrad, die andere am Sattel. Vielleicht hast du gedacht, es ist merkwürdig, daß ich dunkle glatte Haare habe.

Ich wünschte, ich hätte mich umgedreht. Vielleicht aber kam ich dir fremd vor.

Eine dir unbekannte Person in Jeans und Latschen, die soeben in der Menge verschwindet.

8

Das Telefon klingelt.

Wir haben unser Festnetz wieder aktiviert.

Ich warte, bis der Anrufbeantworter sich einschaltet und unsere drei albernen Stimmen zu hören sind:

„Hallo! Hier sind Lisa, Lucy, Samir nicht zu Hause. Bitte sprechen Sie nach dem Signal– (Riesengelächter, abgehackt)"

„Hier", sagt Vera entnervt, „ist Vera".

Ich hebe ab.

„Hallo, Mama."

„Ich habe ein besseres Angebot."

„Nein, danke, wirklich..."

„Wie du meinst."

„Jetzt sei doch nicht wieder gleich be–..."

„Kein Mensch ist..."

„Mamaaa..."

„Gut. Was machst du heute noch so?"

„Verschiedenes."

Stille.

„Okay. Also dann."

Es dauert etwas, bis auch ich „Also dann" sage, „Tschüüüs" hinterherschicke und dann vorsichtig unseren schicken altmodischen Hörer auflege.

Jetzt, Simon, habe ich natürlich wieder ein schlechtes Gewissen. Ich wollte nicht so –

Nicht wirklich. Ich brauche diese blöde Matratze nicht. Wieso nervt sie mich immer mit solchen Dingen?

Nicht mal du schaffst es, uns näherzubringen.

Nein, Unglück verbindet nicht.

Ich hole mir ein Glas Wasser. Die Dielen knarzen noch lauter, wenn niemand zu Hause ist.

Ich gehe an Lisas Zimmer vorbei, an Samirs. In meines hinein, das die volle Punktzahl verdient. Für Verwahrlosung.

Ich schaue aus dem Fenster und denke an jene Nacht im Tiergarten und daran, was ich nicht wissen kann.

Ich denke an den Satz und was das bedeuten könnte: nach Hause.

Augenblicklich beschließe ich, nicht mehr zu denken.

Ich wünschte, ich könnte meinen Kopf ausschalten mit seinem Synapsengewirr, das ins Innerste führt, dorthin, wo die Schmerzschlange sitzt und ihren züngelnden Kopf hebt.

Aber natürlich habe ich keine Chance: Schon marschiert Novalis um die Ecke.

Das ist schlecht, sehr schlecht. Novalis bedeutet Uni, und daß ich dieses Semester knicken kann.

So wie mir mein Studium nun sowieso wie etwas aus einer fernen Zeit erscheint.

Es war einmal ein Mädchen, das gerne Bücher las. Es beschloss, Literatur zu studieren. Es hatte das vage Gefühl, es könne so dem Geheimnis des Lebens näherkommen.

Das Studium half dabei nicht wirklich, aber es begegnete einigen wenigen Menschen mit zauberischen Fähigkeiten. Sie offenbarten dem Mädchen die Wunder der Poesie.

Die Leuchtkraft der Wörter.

Eines Tages verschwand der Bruder des Mädchens. Er verschwand in eine Welt, die keine Ordnung mehr besaß. Ein Fluch schien sich auf alles gelegt zu haben: Das, was einmal als gut angesehen worden war, kehrte sich ins Gegenteil. Reiche der Angst entstanden. Kriege flammten auf. Daten explodierten, Vulkane, Atomkraftwerke, Bomben. Soziopathen übernahmen die Macht. Stürme kamen, Amokläufe, Krankheiten, alle Plagen aller Weltreligionen. Niemand konnte den Bruder finden. Das Mädchen konnte keine Bücher mehr lesen. Es konnte nicht mehr unter Menschen sein.

Das Mädchen wußte, wo die Spindel es finden würde.

Dies ist das Märchen vom Hundertjährigen Schlaf.

9

Auf meinem Schreibtisch liegt ein Brief der Bibliothek. Daneben die gesammelten Werke mit dem *Heinrich von Ofterdingen* und *Die Christenheit oder Europa*, ein Buch, das ich längst schon zurückbringen hätte sollen.

Ich beschließe, den Umschlag nicht zu öffnen. Nicht jetzt.

Eigentlich ist der Satz eine einfache Angelegenheit:

„Nach Hause möchte ich."

Etwas vollkommen Klares. In seiner Offenkundigkeit vergleichbar mit Aussagen wie:

„Essen möchte ich" oder „Schlafen möchte ich". Das Dumme ist, daß manche Sätze aus ihrer Eindeutigkeit herausfallen, je länger man über sie nachdenkt.

Seit heute Morgen weiß ich, daß dieser Satz voller Heimtücke ist.

Ha.

Heim-Tücke.

Ich muß einen kühlen Kopf bewahren. So heißt es doch.

Woher nimmt man noch mal schnell einen kühlen Kopf?

Durchatmen und anfangen.

Dort anfangen, wo mich dieser Satz hinzieht. Zurück in unsere Kindheit, zurück ins Haus der Großeltern, das es nicht mehr gibt.

10

Denke ich an das Haus in Ohlstedt, habe ich Gerüche in der Nase.

Genauer: eine Abfolge davon.

Vor der Eingangstür Steingeruch, der sich sofort mit dem Gefühl von Hochsommer, nackten Füßen auf kaltem Untergrund verbindet, mit dem Holzdunst aus dem um die Ecke liegenden Schuppen.

Im Eingangsbereich dann die merkwürdige Melange aus Gerüchen, die in den Schuhen, Jacken, Mänteln, Mützen, Tüchern der Großeltern nisteten.

Ein Durcheinander aus Leder, Baumwolle, zartem Schweiß.

Manchmal triumphierte der Lavendel, das Anti-Mottensäckchen, bis es schwächer wurde und sich wieder mischte mit dem Filzgeruch von Großvaters Hüten oder dem leichten Fliederduft aus Großmamas Tüchern.

Zweimal im Jahr wurde alles verpackt, weggebracht und winter- oder sommerfest gemacht.

Und noch Wochen danach kam man sich, öffnete man den Garderoben-Schrank, wie in einer chemischen Reinigung vor.

Ob Großmama oder Großvater wie die Weltmeister den Schrank geputzt hatten, wußten wir nicht, vielleicht aber war es auch Jolanta, die polnische Putzfrau, gewesen.

Überall zog es in der kalten Jahreszeit, als hätte das Haus eine dünne, rissige Haut, und manchmal waren auch Sommertage schlimm, wenn draußen der Regen gegen das Haus peitschte und die Feuchtigkeit in die Wände kroch. Waren wir länger als drei, vier Tage da, fingen wir zu schniefen an, alle vier.

Ich weiß noch genau, wie unsere Eltern abends im Bett stritten.

Es ging, glaube ich, darum, daß das Haus keine richtige Dämmung hatte.

Und die Großeltern kein Geld dafür.

Oder ihr Geld für etwas anderes verwendeten, ich weiß nicht.

Auf jeden Fall fiel immer wieder mal die Heizung aus, und wir trugen drei Schichten übereinander, was die Großeltern, abgehärtet wie sie waren, übertrieben fanden.

Wir aber mieden die gewissen Ecken, in denen es besonders zog, und Vera bekam ihre rote spitze Nase gar nicht mehr weg.

Dennoch freuten wir uns immer auf das Haus, du und ich.

Bogen wir in den Brunskrogweg ein, herrschte Stille im Auto, obwohl wir während der Fahrt von Berlin nach Hamburg viel gestritten hatten – und Vera und Arnold auch, die beide genervt waren von den Staus, von uns beiden hinter ihnen, ich glaube aber rückblickend, am meisten voneinander.

Warum sie still wurden, weiß ich nicht, weiß nur, daß ich meinen Lolli im Mund vergaß auf den letzten Metern, denn erst als das Knirschen des Kiesweges bei der Einfahrt zum Haus zu hören war, schluckte ich den süßen Speichel …

Schon bewegte sich der Vorhang im Bibliothekszimmer!

Dann eilten sie heraus, die Großeltern, bei jedem Wetter, und wie immer fein zurechtgemacht, uns zu Ehren.

Sie konnten noch erstaunlich eilen.

Ja, Simon, das war nicht ihr Problem gewesen, das nicht.

Sie sahen edel und alt aus, und Großmamas goldene Ohrringe hinterließen nach dem Umarmen zarte Abdrücke auf unseren Wangen.

Großvater fragte nach der Fahrt und dem Wetter, und Vera und Arnold spielten fröhliches Ehepaar. Sie konnten sich hervorragend zusammenreißen.

Obwohl, wenn ich es recht bedenke, hielten sie diesen Zustand auch noch einige Zeit nach dem Besuch in

Ohlstedt aufrecht, auch zu Hause noch, manchmal einige Wochen lang.

Als hätte das Beispiel der Großeltern auf sie abgefärbt. Manchmal sangen wir sogar im Auto zurück nach Berlin.

Wenn wir in den wärmeren Monaten im ersten Stock oben die Tür zum Nordzimmer aufstießen, leuchtete sie den ganzen Raum aus, die Goldulme.

Sie stand im Vorgarten vor dem Holzzaun und erhellte ihre Umgebung wie ein blättriger Scheinwerfer.

Wir begrüßten sie jedes Mal, warfen unsere Sachen aufs Bett, konnten es nicht erwarten, gleich darauf im ganzen Haus herumzulaufen, die Türen aufzureißen, in jedes Zimmer zu stürzen, „Hallo!" zu rufen, „Da sind wir wieder!"

Mit schnellen Blicken versuchten wir einander zuvorzukommen, wir schrien: „Vorhang!" oder „Tischtuch!" oder „Blumenstock!", und spielten unser Ding-Spiel, bis irgendjemand von den Erwachsenen uns zum Essen rief oder:

„Genug gebrüllt! Ihr habt ja gar keine Stimmen mehr!"

Den Keller begrüßten wir nicht.

Das war der einzige Ort im Haus, den wir nicht mochten.

Ich kann mich nicht erinnern, je ganz unten gewesen zu sein.

Öffnete man die knarrende Tür, wand sich die Steintreppe unter einer niedrigen Decke hinab in etwas Katakombenartiges, und eine fremde Luft füllte die Nase, eine strenge Feuchtigkeit von etwas, das mich zurückweichen ließ.

Einmal haben wir zugesehen, wie Tim, der Nachbarsjunge, mit Großvater hinunterging, um irgendwelches Zeugs zusammenzuzimmern, Kaninchenställe oder alte Stühle.

Wir taten so, als würden wir es nicht bemerken, und danach ist es auch nicht mehr vorgekommen.

Jedenfalls weiß ich noch, wie du dir an jenem Nachmittag, als Großvater mit Tim in den Keller hinuntergegangen war, draußen im Garten ein riesiges Schwert aus Holz bautest und mich verächtlich anschriest: „Mädchen! Mädchen!“

11

Unten schlägt eine Tür, unser Nachbar. Nebenan rauscht die Wasserleitung.

Also gut. Ich werde mit Vera sprechen, auch wenn ich mir ihr Gesicht schon vorstellen kann: dieses Weggleiten, dieses Vage.

War sie immer so? Oder kam das erst später, im Lauf der Zeit, als die Dinge schiefzulaufen begannen mit ihr und Arnold?

Vielleicht nimmt sie ja auch Tabletten. Keine Ahnung.

Ich stehe am Fenster, ich schaue hinaus.

Durch die Ritzen des Holzes spüre ich den kalten Luftzug, und meine Nase wittert: Schneeluft.

Also haben sie doch recht behalten, die Wetterfritzen.

Sie haben Schnee angesagt. Nicht viel. Eine nächtliche Episode, die ich hoffentlich verschlafen werde.

In vielen Wintern, Simon, hatten wir Glück, und es schneite nur kurz, unerheblich.

Und wir wußten, es war nicht wirklich, wenn es gerade mal so für eine dünne, weiße Decke reichte.

Einen flüchtigen Brautschleier für die Stadt.

Wie jetzt, an diesem Dezembertag, in den ich starre und warte.

12

Wann beginnt Erinnerung?

Kann man sich an Ereignisse erinnern, die man mit fünf erlebte?

Bei dir, Simon, scheint es so zu sein. Ich habe nur Schemenhaftes im Kopf, nichts Greifbares, Bilder, die von später stammen können, von denen ich nur glaube, sie rührten von ganz früher her. Eigentlich beginnt mein Bewußtsein erst mit sechs, mit Beginn der Schule.

Das ist der Anfang: Der Geschmack von etwas Scharfem im Mund.

Veras Hand, warm und rauh. Die Erregung, an etwas unerhört Neuem teilzuhaben.

Ich sehe an mir hinunter. Was ich sehe, macht mich froh:

Himmelblaue Rüschen an meinem Kleid.

Wenn ich gehe, sind sie leicht wie eine Girlande, die meine Knie umschwingt. Meine Füße in den weißen Lackschuhen lassen mich die Treppen hochschweben zum Eingang, der sich öffnet, groß wie ein Kirchentor. Kindergewusel rundherum, aufgeregtes Geplapper. Im

Klassenzimmer dann Frau Ehrenreich mit ihrer hohen Stimme. Die Schultüten.

Anna hatte Pfefferminzbonbons in ihrer und steckte mir eines zu.

Seltsam, wie unser Gehirn gebaut ist. Kinder leben im Augenblick, von Jetzt zu Jetzt zu Jetzt, und später erinnert man nur Diffuses, Nebelhaftes, und wundert sich, wie wenig man weiß von diesen ersten wichtigen Jahren.

Das Vergessen: Vermutlich ist es unser Schutzengel.

Denn die Wahrheit ist, daß nur ein Knie die Rüschengirlande fühlen konnte.

Das rechte. Das linke steckte in Gips.

Bis zum Schenkel reichte das Gipsbein. Es gab nur einen weißen Lackschuh an jenem Tag, am rechten Fuß. Von Hochschweben zum Eingang der Schule also keine Spur.

Erinnerst du dich?

Mein Sprung vom Apfelbaum. Diesen Schmerz hat sich mein Unterschenkelknochen gemerkt. Aber das Schulmädchen zwei Wochen später hat diesen Schmerz im Gipsbein ausradiert.

Wäre nicht ein Photo, auf dem ich mit meiner Schultüte, dem himmelblauen Kleid und einem dünnen und einem weißen, dicken Bein abgebildet bin – Schulbeginn und Gipsbein wären zeitlich in meinem Gedächtnis nie zusammengekommen.

13

Es ist Mittag vorbei. Ich koche Kaffee.

Im Kühlschrank gammeln halbvolle Gurkengläser neben zwei Bierflaschen, sonst nichts.

Ich kaue auf einem Stück Brot herum, das sein Ablaufdatum wohl auch schon überschritten hat.

Balkontür auf, Luft schnuppern.

Es ist kalt, der Himmel berlingrau. Ich sollte etwas Nützliches tun. Einkaufen gehen.

Noch ehe ich weiß, was passiert, spüre ich, daß es mit dem Balkon zusammenhängt.

Es war ein Fehler, ihn zu betreten. Und es hilft auch nicht, daß ich ihn fluchtartig verlasse, die Tür hinter mir zuknalle, den Griff einrasten lasse.

Ich nehme den anderen mit, den von früher, den Balkon in der Danckelmannstraße mit seinen zusammenklappbaren Plastikstühlen, Veras Gartenhandschuhen und Schaufeln im Eimer, dem leeren Hamsterkäfig und Arnolds Stolz: der Grill.

Immer, Simon, wenn ich ans Ende unserer Familie denke, strahlt diese Honigsonne vom Himmel herunter. Es ist Sonntagmorgen, ich stehe auf Zehenspitzen, die Nase vorgereckt, Sonnenkringel auf dem Thymian, dem Rosmarin, dem leuchtend grünen Basilikum in Veras Blumenkästen. Duftorgie.

Wäre mein Arm doppelt so lang, könnte ich eine der Blüten vom Kastanienbaum mit ihren verzweigten Staubgefäßen berühren.

Sie sehen zartrosa aus. Ist aber eine Täuschung. Vera hatte mich aufgeklärt:

„Wenn man genau hinsieht, blühen sie gelb, siehst du, und orange und rot. Das hängt mit dem Nektar zusammen: Diejenigen Blüten, die noch nicht bestäubt sind, produzieren noch Nektar und sind gelb, nach der Bestäubung verfärben sie sich orange, und dann rot."

Ich stehe also am Balkon, die Kastanienblüten gaukeln mir was vor, und Arnold ruft vom Küchenfenster aus:

„Kommst du jetzt – bitte."

Die Art, wie er das ruft, dieses betont Beiläufige, bewirkt, daß ich wie ferngesteuert eintrete ins Innere der Wohnung, die dunkel ist und so wie ich noch nicht verstanden hat, was uns allen blühen wird.

Kaffeeduft, Duschgel, Toast:

Alles scheint wie immer, alles riecht so, wie ein Sonntagmorgen zu riechen hat.

Ich schleiche durchs Wohnzimmer mit den Möbeln und Bücherregalen, dem Tisch, auf dem Zeitungen verstreut liegen, Kaugummipapier, die Dielen quietschen, und da sind unsere Schuhe im Flur, Simons und meine durcheinander, und auch unsere Taschen und Jacken – unsere Eltern haben aufgegeben, man sieht es.

Ich gehe zur Küche, alle sind da:

Arnold, der an der Tür steht, sie für mich offenhält, ein zerquältes Lächeln im Gesicht.

Vera am Herd lehnend, blaß mir entgegenblickend, die Arme unter der Brust verschränkt.

Du, Simon, am Stuhl fläzend, ein Unterschenkel an die Tischkante gepreßt, mit genervtem Ausdruck im Gesicht („Ich wollte doch gerade ...!").

Ein letzter Rest dunkelbrauner Geburtstagstorte lugt aus der Alufolie auf der Anrichte hervor.

Zwei Tage zuvor bist du fünfzehn Jahre alt geworden.

Daß niemand etwas sagt, ist das eine.

Das andere: Die Kastanienblüten, hatte mir Vera erklärt, seien wie eine Ampelanlage.

Jetzt fällt mir auf, daß das nicht stimmen kann.

Es gibt kein Grün, kein Nun-gehts-los.

Es gibt nur Achtung und Halt und Stillstand.

Das ist in meinem Kopf, als Arnold sagt: „Komm, Lucy", und ich über die Schwelle trete und erfahren werde, daß wir keine Familie mehr sind.

14

„Sie hatte wieder ihren Schneetraum."

Eine Tür klickte, es wurde still und dunkel, und das kleine Kind, das ich war, konnte offensichtlich weiterschlafen.

Irgendwann viel früher hörte ich diesen Satz, viele Jahre vor jenem Sonntagmorgen, als die Kastanienblüten zu Ampeln wurden, die keinen Weg mehr freigaben.

Aber ich weiß nicht, ob die Stimme dazu von Vera stammte oder von Arnold.

Es war eine tiefe Müdigkeit in diesem Satz, ein Erschöpftsein.

Alles begann mit dem Schnee, Simon, nicht wahr.

Der Schnee ist es, der die Erinnerung an jene Weihnachten bewahrt, so seltsam das klingt.

Wir haben nie darüber gesprochen, aber wir sind, soweit es möglich war, später dem Schnee aus dem Weg gegangen.

Die Eltern auf ihre, wir auf unsere Weise.

Ja, es ist besser für uns, durch einen milden Winter zu kommen.

Nieselregen, asphaltgrauer Himmel. Anflüge von Rauhreif, wenn überhaupt.

Im Rückblick ist es, als wären wir immer weggelaufen.

Seitdem du nicht mehr da bist, weiß ich das. Immer ging unsere Sehnsucht in jene Teile der Welt, die vom Schnee nichts wissen.

Als Kinder haben wir es noch nicht so gespürt.

Kinder haben ja eine spezielle Fähigkeit, den Dingen zu begegnen. Ich glaube, es geht dabei vor allem um Neugier.

Und um Schutz. Ums Singen im Dunkeln.

Hamburg, zwanzig Jahre zuvor, mittags

Lorenz

Lorenz sah durch die Terrassentür, sah Lucy und Simon hinterher, wie sie eifrig um die Ecke stapften, ihren Schneeabenteuern entgegen, hellrosa und dunkelblau.

Still war es, so lautlos, daß er schon dachte, etwas stimme nicht mit seinen Ohren. Und auch die Augen mußten sich gewöhnen:

Der Schnee hatte den Garten neu modelliert. Als gäbe es die gewohnte Welt aus graubraunen Beeten, dem Rasen und der Linde nicht mehr, den Pappeln hinten, diese ganze handfeste Angelegenheit aus kompakten Formen.

Und wo war die grüne Bank unter dem Ahorn?

Lorenz sah hinein in dieses diffuse Licht, in dieses Helle, das keine Abgrenzung kannte. Keine noch so feinen Linien zeigten den Übergang zwischen Garten und Nachbarsgrundstück. Keine Sonne sorgte für Schatten und Kontrast, der Himmel war von einer milchigen Undurchsichtigkeit, – und die Kinder?

Verschluckt vom Weiß.

Aber: Ein Juchzen drang von draußen zu ihm. Erleichtert atmete Lorenz auf. Sie kreischten.

Er strich über seinen Pullover. Seine Handfläche berührte in Brusthöhe etwas Verkrustetes, ach das, ja, ich muß –

Er horchte hinaus. Wäre der Schnee doch einige Tage früher – Helene, das wußte Lorenz, hätte ihre Hand vor den Mund gelegt und die Augen geschlossen.

„Schnee-Weihnachten sind richtige Weihnachten", das war immer ihre Meinung gewesen, und nun wurde es für sie also nachträglich auch dieses Jahr ein gelungenes Fest.

Andrerseits – ein wenig besorgt dachte er an den Dachboden, den er vor einigen Wochen aufgesucht hatte, nach dem ersten Schneefall.

Wenn wir wieder allein sind, dachte Lorenz, Helene und ich.

Dann würde er hinaufgehen und den Rest Schnee beseitigen, der sich am Boden unter dem Dach angesammelt haben würde – das würde zu schaffen sein, und wenn es schlimm käme, was er dumpf ahnte, müßte er eben jemanden zu Rate ziehen –, aber das war etwas, das er nun nicht weiterdenken wollte.

Alles zu seiner Zeit. Wo war seine Brille?

Lorenz schnupperte würzigen Tannenduft.

Einige Meter weiter stand der Baum voller Strohsterne und glänzender Äpfel, die Helene wie jedes Jahr mit Speck eingerieben hatte.

Wie hatte Arnold als Kind gesagt?

„Weihnachten wohnt der Baum bei uns."

Arnold. Er sah seinen erwachsenen Sohn vor sich, schlaksig, eine Hand in der Hosentasche, prüfender Blick aus kristallgrauen Augen, Helenes Augen.

Knubbelnase. Dichtes, kurzgeschnittenes Haar.

Nahm er die Brille ab, überraschten seine nun größeren Augen mit einem Kranz schwarzer Wimpern. Er war jemand, den man in der Menge übersah, keiner, der einen Raum betrat, und alle blickten hoch.

Hat auch viel Gutes. Manchmal aber, das mußte Lorenz sich eingestehen, hätte er sich mehr Mumm in Arnold gewünscht.

„Wehr dich doch auch mal, Junge!"

Seine eigenen Worte klangen ihm im Ohr, viele Jahre her, wenn ihm wieder mal von Kämpfen berichtet worden war, den üblichen Schulhof-Randalen, die Arnold regelmäßig als Geschlagener verlassen hatte.

Er dachte an Helenes Blick, den sie bekam, wenn sie den Abstand zwischen Lorenz und Arnold fühlte. Als hätte jemand den Glanz ihrer Augen weggeknipst.

Er hatte ihr nie sagen können, daß er das wortlose, Jahr um Jahr sich beschleunigende Auseinanderdriften zwischen Vater und Sohn mit hemdsärmeliger Tapferkeit nahm:

Soll vorkommen. Kommt in den besten Familien vor.

Seine Hand strich über die Maserung des Cembalos, an dem er soeben vorbeikam, die Freude seiner späten Jahre. Er summte einige Takte, die er vor Weihnachten geübt hatte.

Schwingt freudig euch empor. Bereitet die Wege, bereitet die Bahn! Ärgre dich, o Seele, nicht.

Bachs Musik war Trost beim Erwachen, das, worauf er sich schon beim Einschlafen am Vorabend am meisten freute.

Ein Schatz, den er erst ausgraben hatte müssen am ersten Vormittag seiner Rente.

Damals war er in den Keller gestiegen und hatte nicht lange nach dem Erbe seiner Mutter suchen müssen.

Die Kiste voller Noten war zwar etwas staubig gewesen, aber vollständig.

„Ich klimpere jetzt ein bißchen", sagte Lorenz seither jeden Morgen nach dem Frühstück zu Helene, die daraufhin nickte und alle Türen zum Wohnzimmer schloß, damit er sich in Ruhe ärgern konnte über die

Ungelenkigkeit seiner Finger und seinen dummen Kopf, der die Koordination nicht mehr richtig schaffte: Lesen und spielen gleichzeitig.

Übermorgen würde er sich wieder an die Noten setzen, wenn die Kinder aufgebrochen waren, *Vergnügte Ruh, beliebte Seelenlust,* so könnten sie der plötzlichen Stille im Haus beikommen, Helene und er, pling, pling, plong, er summte und sah nur verschwommen den Gabentisch, an dem er nun vorbeitappte, griff in etwas Weiches, Schneefarbenes – das mußte ihr neuer Cashmere-Pullover sein, und jetzt: Fffffffff ...

Lorenz preßte den Handrücken. Zog Luft durch die Zähne.

Die Ecke des Photoalbums, – wie dumm. Wo hatte er nur wieder diese verdammte Brille hingelegt?

Er tappte zwei Schritte nach vorne, ging durch die Wohnzimmertür hinaus in den Vorraum. Erreichte das Treppengeländer, da, da war es, seine linke, schmerzfreie Hand umfaßte das glatte Holz, er blieb stehen, schloß die Lider.

Jetzt wurde es ungemütlich. Lorenz räusperte sich.

So ungemütlich wird es, wenn einen Augen beobachten.

Viele Augen.

Vor allem – jetzt mußte er fast lachen über seine Situation – wenn man selbst nicht mehr richtig sehen konnte.

Seitlich an der Wand musterten ihn die Blicke aus zwei Jahrhunderten.

Was sahen sie? Einen ehemals stattlichen, nun etwas gebeugten, soeben fast blinden Mann.

Struppiges Weißhaar auf dem schmal gewordenen Kopf.

Dieser ältere – eigentlich schon alte – Mann nestelte nun mit der Hand, auf der bald ein blauer Fleck zu sehen sein würde, nach dem Taschentuch in seiner Hose, schneuzte sich mit geschlossenen Augen, verstaute es wieder.

Er würde an ihnen vorbeimüssen: An den dreißig in schwarze Holzrahmen gesteckten Schwarzweißphotographien, die an der Wand hingen, Gesichter, die er lange nicht wirklich wahrgenommen hatte und die ihm nun gegen seinen Willen ihre Anwesenheit aufdrängten.

Zum ersten Mal war es Lorenz, als könnte er alle ihre Blicke fühlen, als könnten sie ihm Punkte in den Körper brennen, wie er so stand und die Augen geschlossen hielt.

Die Bilder waren gut drei Jahrzehnte zuvor das erste gewesen, das er angebracht hatte, als sie in dieses Haus gezogen waren.

Er hatte es so wie sein Vater viele Jahre zuvor in seinem Treppenhaus getan. Und davor dessen Vater mit den ersten wenigen Bildern.

Jedes einzelne Bild hatte Lorenz neu gerahmt, einen Nagel in die Wand geklopft, es gerade gerückt.

Und so hingen sie seitdem hier, die Kaufmänner, Amtmänner, Apotheker, Geheimen Regierungsräte, Guts- und Fabriksbesitzer, deren Namen und Professionen in sauberer Schrift unter dem jeweiligen Porträt zu finden waren. Lorenz sah hinter ihren Köpfen die Weite masurischer Seenlandschaften, er konnte den Geruch von Pferdemist auf schleswig-holsteinischen Gütern riechen, den Waschküchendunst in Berliner Hinterhöfen. Am Potsdamer Platz kreischten die

Räder einer Pferdekutsche, Wiehern, Schreien, Leute liefen zusammen, der Verkehrspolizist wedelte, – dann Erleichterung, dieses Mal war nichts passiert. Lorenz sah seinen Vater, wie er sich im Berliner Polizeipräsidium, Abteilung Verkehr, an den Schreibtisch setzte, seine Füllfeder nahm und einen Brief entwarf.

Eine Kampfschrift für das Ampelsystem, das er Anfang des Jahrhunderts in London und New York gesehen hatte.

Drei Farben.

So einfach wäre das.

Lorenz lachte leise auf. Ach, Berlin.

Auch wenn einige Vorfahren, die hier an der Wand hingen, aus anderen Gegenden gekommen waren, war es doch Berlin gewesen, das ihre Lebenslinien verknüpft hatte. Zwei Jahrhunderte war die Stadt der Mittelpunkt seiner und Helenes Familie gewesen und noch als junger Erwachsener hatte er sich keinen anderen Lebensort vorstellen können.

Lorenz räusperte sich.

An Hamburg hatte er sich erst gewöhnen müssen. Die andere Mentalität, das Klima.

Der Wind!

Mit der Zeit aber war seine Gewißheit gewachsen, daß es richtig gewesen war, damals, nach dem Mauerbau, wegzugehen.

Jetzt noch, nach so vielen Jahren, fühlte er Erleichterung und Wehmut zugleich, wenn er an jenen Tag dachte, an dem ihn das Angebot aus Hamburg, dem Klinikum Eppendorf, erreicht hatte.

Berlin, ich muß dich lassen.

Nur nicht wieder in den Sog der Weltpolitik geraten.

Lorenz fand, er habe ausreichend Gelegenheit gehabt, die Auswirkungen heißer und kalter Kriege am eigenen Leib zu erfahren, sodaß die zweite Lebenshälfte aus nichts anderem bestehen sollte, als mit Helene in Frieden zu leben, den Jungen aufwachsen zu sehen, Kranke zu heilen.

Wenn ihn die Berlin-Sehnsucht zwickte, die ihn mitunter an einem Sonntagmorgen ereilte, begann er mit Helene Kindererinnerungen auszutauschen, beim Frühstück schon, die harmloseren Geschichten.

Und als Arnold nach dem Abitur verkündet hatte, daß er nach Berlin gehen wollte, hatten sich Lorenz und Helene gefreut.

Ja, dachte Lorenz. Und jetzt sind wir schon wieder zwanzig Jahre weiter.

Oder fünfundzwanzig?

Und diejenigen, die da vor ihm hingen, hatten schon ganz anderes gesehen.

Quer durch die Zeiten blickten sie über das Treppengeländer hinweg auf Helenes und sein Wohnzimmer, neugierig, verschlossen, schwermütig, immer ernst.

Nur einem schien etwas in den Mundwinkeln zu zucken, der Beginn eines Lächelns.

Vater, alter Herr.

Lorenz erinnerte sich an dessen Späße, seine Spottlust, die niemanden verschont hatte.

Im Gesicht seines Vaters war beides: der Schalk und das Staunen, ja Befremden über die Welt, in die er hineingeraten war.

Alle anderen Vorfahren schienen gefangen zu sein in jenem einen Moment, da die Kamera sie und ihren Blick bannte, einen, wie Lorenz fand, leeren Blick, der nichts erzählen konnte von dem, was ihnen widerfahren war, an Glück, an Unglück.

Er sah sich in der Mitte seines Lebens die Treppe hinauf- und hinuntersteigen, die Jahreszahlen unter den Namen kontrollierend. Mit vierzig hatte er erreicht, was er wollte, alle konnten es sehen. Frau und Kind, Haus und Beruf.

Gerade war er Professor geworden.

Im Geheimschrank des alten Schreibtisches im Wohnzimmer lag die glänzende Urkunde. Sein jüngstes Werk als Mitherausgeber von „Der Dickdarm“ nahm sich gut aus neben allen anderen Standardwerken im Bücherregal.

Einige Tage zuvor hatte er einem Patienten das Leben gerettet.

Hatte ihn abgeklopft und sofort die Kollegen von der Station informiert, Notoperation.

Nein, es war ihm damals kein Fehler unterlaufen.

In allen meinen Taten – Vor ihm hingen die Vorfahren, wie sie sollten: in Reih und Glied.

Auch die Frauen.

Nur: Ihnen war der Blick ins Wohnzimmer verwehrt, denn – mit Ausnahme einer – waren alle im Profil photographiert worden.

Das hatte er nie bemerkt, erst seiner Schwiegertochter war das aufgefallen.

Tatsächlich sahen die Frauen seitwärts in eine unbestimmte Ferne, als gäbe es außerhalb des Rahmens für sie etwas zu erkennen.

Sie hießen einmal Anna-Marie, Elisabeth, Augusta, Eleonore und Grete, zweimal Amalie, Adele und Ida.

Direkt vor ihm, das wußte er, hing die letzte in der Reihe: Johanna.

Eine junge Frau mit hellen Augen. Die einzige, die den Betrachter ansah, und obwohl Lorenz weiterhin mit geschlossenen Augen stand, schien ihm, als wanderte der Blick der Mutter über sein Gesicht.

Berlin, Dezember

Lucy

1

Schon merkwürdig, so ein stiller Hinterhof.

Nichts tut sich, niemand kommt, niemand geht.

Die Vögel schlafen, schwarze Striche im Baum.

Kann sein, daß da unten die Ratte stöbert beim Müll. Manchmal ist sie abends zu sehen, im Hoflicht – ein rasender Schatten, der irgendwohin verschwindet.

Nachdem sie morgens weg waren, Lisa und Samir, kamen Bilder aus dem Nebel in meinem Kopf, schoben sich langsam vor und wurden klar.

Ich brauchte einige Zeit, um zu begreifen, daß die Bilder zu einem bestimmten Tag gehörten.

Und dann war plötzlich alles scharfgestellt:

Jener Tag im Oktober, an dem mich nichts gewarnt hatte, – und wenn ich mein Leben so überblicke, Simon, muß ich sagen:

Wieder einmal nicht.

Wieder war ich unvorbereitet gewesen, dumm und ahnungslos, so wie man meistens dumm und ahnungslos ins Unglück tappt, an einem Vormittag beispielsweise, der für mich ein ganz gewöhnlicher und doch besonderer Vormittag gewesen war, ungefähr Zehn Uhr.

Ich hatte einen speziellen Geschmack im Mund, meine Haare hatten gerochen, nach vielem, und es war mir egal gewesen, daß es Zehn Uhr war, meinetwegen hätte es Achtzehn Uhr sein können oder Achtunddreißig, ich höre mein Kichern, weil mich etwas kitzelte, am Bauch, es klingelte, es kitzelte an der Hüfte, an der Seite hoch in meine verschwitzte Achselhöhle, ich fuhr auf, warf ein Kissen und schrie: „Weiche!“, – es klingelte, und ich lachte und schüttelte meinen Kopf, wer klingelte denn jetzt, an einem Montagvormittag, an dem eine Klassik-Vorlesung soeben ohne mich stattfand, Wieland, Herder, Schiller, Goethe, und kichernd robbte ich mich auf von meinem zerwühlten Bett, lief über die lichtbesprenkelten Dielen, durch die ganze goldhelle Wohnung und hätte mit einem schrägen Blick zurück in mein Zimmer, zwischen den Decken und Kissen, einen blonden Haarschopf sehen können – Sven.

Ich tanzte über die Dielen in meinem nackten, irgendwie brennenden Körper, den ich nur halbwegs mit einem nicht mehr ganz sauberen Handtuch vom Boden neben dem Bett bedeckt hielt, der Haustür entgegen, hinter der die Postbotin wartete oder irgendjemand, der sich geirrt hatte in der Tür.

Jemand, der offensichtlich im Begriff war gleich durchzuknallen, so Sturm läutete er.

Oder sie.

Und nichts paßte weniger in diesen Vormittag als dieser Temperaturabfall, dieser Eishauch, der mir entgegenkam, als ich die Tür mit einem Schwung öffnete und Vera vor mir sah, ihr bleiches Gesicht, ihren Arm, mit dem sie sich am Türstock festklammerte, und die weißen Lippen, zwischen denen dieser tonlose Satz hervorgepresst wurde, den ich erst viel später begreifen konnte:

„Simon ist weg.“

Die langen Flure sah ich plötzlich wieder, die Neonröhren, unter denen wir gegangen waren, die Büros, in denen Vera, Arnold und ich auf Plastikstühlen gesessen und Polizeibeamte uns Gläser voll Wasser auf die Tische gestellt hatten. Ihre Fragen, ob du politisch aktiv seist und wenn ja, in welche Richtung, dröhnen mir noch im Ohr. Wie dein Verhältnis zu Waffen sei.

Ob du dich eventuell radikalisiert haben könntest.

Die Nächte mit den schmerzenden Fingern und Augen fielen mir wieder ein, unzählige Leute, die deine Freunde sind oder waren und schrieben, sie wollten helfen, sie würden alles tun, es gäbe da noch diese Foren und Websites und jene Links.

An die Bilder erinnere ich mich wieder, die in alle Netzwerke rund um den Globus geschickt wurden, und jeder Klick, jede Fingerkuppenberührung, so kam es mir vor, führte zu dir, all die Informationen, die andere ins Netz gestellt hatten, und die du nicht verhindern hattest können. Überall waren Bilder und Sätze, über dich, Sätze von dir, zum Greifen nah.

Simon Gitarre spielend, Simon mit iPod, Simon auf irgendwas nachdenklich runterschauend, Simon in Badehose auf eine Palme kletternd, auf dem Surfbrett, schöne Grüße aus Neuseeland, New York, Vietnam.

Und dann mochte ich gar nicht weitersehen.

Denn untrennbar mit deinen Bildern ist dieses verbunden, das ich am liebsten löschen würde, das ich gerne im Nebel zurückgelassen hätte:

Sven, wie er vor mir steht, groß, mit hochgezogenen Schultern, die Hände in den Hosentaschen vergraben, unter unseren Füßen Blättermatsch, eine Feuchtigkeit, die von den Sohlen hochkriecht und die mich frösteln läßt, wenn ich den Blick auf ihn richte.

Sven mit seinem traurigen, ratlosen Gesicht.

An jenem lauwarmen Novembernachmittag am Lietzensee, das Gerippe des Funkturms vor uns, traten wir unter den Ahornbäumen, deren grellgelbe Blätter um unsere Köpfe segelten, von einem Fuß auf den anderen und wußten nichts zu sagen.

Und nun sehe ich, wie meine Hand hochgeht und in der Luft zwischen uns stehenbleibt, wie Sven mein Gelenk hält und langsam losläßt, und die Hand zwischen uns abwärtsgleitet wie ein fallender Vogel in Zeitlupe.

„Laß mich", sagte Sven, „bitte", und ich spüre seinen überraschend festen Griff an meiner Hand, noch immer, ich starrte auf die Hand, die sich doch gerade noch in seine Haare vergraben hatte wollen und die früher noch als mein Kopf verstand:

Es ist vorbei.

Ich bin froh, Simon, daß die Wohnung jetzt dunkel ist und selbst, wenn die Sonne scheint, tagsüber nicht wirklich hell wird.

Noch einige Monate wird sie nicht die Kraft haben, über die Häuserdächer zu klettern und ihr Licht auf die Möbel und Böden zu werfen, um mich an jenen Vormittag zu erinnern, an dem ich kichernd vom zerwühlten Bett aufgestanden war, weil es an der Tür geklingelt hatte, und ich eine winzige Zeitspanne noch nichts wußte von unserem Drama, und vom Flur aus nur den Kopf nach hinten drehen hätte müssen, um Svens Schulter zu sehen, seinen nackten Arm auf meinem Bettzeug, die weichen blonden Haare.

Wo bist du?

Diese Frage ist wie ein Drehkreisel im Kopf, der seine Runden abspult, unaufhörlich, nicht abstellbar, eine Endlosspirale rauf und runter, und ich weiß, daß er in Veras und Arnolds und vielen anderen Köpfen ebenso brummt. WobistduSimonwobistduwo –

2

Es war Vera, die dein Smartphone fand.

Die Platanen an der Straßenseite trugen braune, eingerollte Blätter, es roch modrig, als wir eine halbe Stunde, nachdem sie bei mir Sturm geklingelt hatte, an der Straße standen und nach einem Taxi winkten.

Dann saßen wir auf klebrigem Leder, Vera eulenhaft hinter ihrer Sonnenbrille, ich mit meinem noch immer brennenden Körper, obwohl die Klimaanlage lief.

Unter und über meiner Schädeldecke stach etwas, und aus irgendeinem Grund mußte ich an eine Dornenkrone denken. Mein Kopf konnte das in keine Ordnung bringen:

Die Nacht mit Sven, die Nachricht von Vera.

Okay, Simon, die Dornenkrone ist Quatsch, aber ich schwöre Dir:

Es war der extremste Tag in meinem bisherigen Leben.

Auferstehung und Vernichtung innerhalb kürzester Zeit.

Zuerst hatte ich die Aufregung nicht verstehen können:

„Wie, Simon ist weg? Schon wieder?“ – aber ein Blick in Veras Gesicht signalisierte mir:

Alarm.

Dasdarfdochnichtwahrsein.

Der seit vielen Monaten Angehimmelte liegt nebenan im Bett, der, der immer mit anderen Frauen abgezogen war, und jetzt, endlich, da der größte bisherige Wunsch in meinem Leben Wirklichkeit geworden war, steht meine Mutter vor der Tür, mit dieser Hiobsbotschaft, eine einzige Peinlichkeit, diese Situation, meine Güte, das kann doch mal sein, daß ein junger Mann mit vielen Interessen einige Tage nicht erreichbar ist, –

„Na und," hatte ich gesagt, „wo soll er denn schon sein, beruhig dich, Mama", – aber Veras Lippen blieben weiß, der Blick irgendwie irr und ich habe noch im Ohr, wie sie von Freunden und Bekannten flüsterte und dem Suchen nach dir, ohne Erfolg.

„Komm rein", hatte ich gesagt und Veras Blick auf meine Finger um das Handtuch ignoriert, und sie war eigentümlich unsicher in die Küche gegangen, als hätte sie sich erst orientieren müssen, wie die Räume bei uns angelegt sind.

Ich stolperte ins Zimmer zurück, wo Sven mich mit einem umwerfend dreckigen Lächeln am Handgelenk gefaßt und ins Bett hatte ziehen wollen, das Handtuch war herabgerutscht, und mir blieb nichts anderes übrig als zu sagen, was passiert war. Sven hatte keine Lust, meine Mutter kennenzulernen, er zog sich die Decke über den Kopf und fauchte:

„Was bitte? Bruder verschwunden? Gibt's doch gar nicht!"

Und ich zog mich an, küßte ihm noch die Zehen, die unter der Decke hervorlugten, ging mit einem süßlich-sauren Geschmack im Mund aus dem Zimmer, in die Küche, wo Vera schief und schmal an der Spüle lehnte.

Kein Wort über Sven kam mir über die Lippen, als wir kurz darauf die Wohnung verließen und in die Kolonnenstraße fuhren, dorthin, wo wir dachten, wir würden etwas finden.

Schließlich standen wir vor der Tür, Vera mit dem Schlüssel in der Hand, als traute sie sich nicht hinein.

Gleich darauf hörten wir Holz quietschen und das Hasten von jemandem in den dritten Stock herauf, Arnolds Hasten, und Vera bekam einen sehr konzentrierten Gesichtsausdruck.

Arnolds Schritte verlangsamten sich auf den letzten Stufen, dann sahen wir auf dem Geländer unter uns seinen Arm, seinen kräftigen Männerarm mit den langen Fingern.

Ich glaube, das war der Moment, in dem Veras Konzentration mit voller Kraft in ihre Schneidezähne mündete, denn als Arnold vor ihr stand, in Jeans und T-Shirt, war das erste, was er sagte:

„Ich glaube, du hast da was auf der Lippe."

Und als Vera ihren Zeigefinger auf den Mund tippte, sah man den Tropfen Blut.

„Oh", sagte sie und sah beiseite.

Ja, das hast du geschafft, Simon, daß sich unsere Eltern ansahen und wieder wegsahen, als würden sie es nicht glauben können.

Vera wischte den Finger an ihrer Jeans ab, sie gaben sich die Hände.

Mit ausgestreckten Armen.

Ich stand neben ihnen und verdrehte die Augen.

Wir traten dann hintereinander über die Schwelle.

Die Luft war dick, und weil Vera und Arnold einfach dastanden und auf das Bett und den Schreibtisch starrten, ging ich zum Fenster. Im Öffnen brach die ganze

Kolonnenstraße ins Zimmer herein – ich fragte mich, wie du das ausgehalten hattest.

Schnell versuchte ich, Lärm und Gestank wieder auszusperren, aber nun, bei erneut geschlossenen Fenstern, war ein leichtes Wummern zu hören, wie von einem Topf am Herd, unter Hochdruck.

Auf deinem Schreibtisch stapelten sich Bücher, Kabel lagen herum, daneben Tassen mit braunen Rändern innen.

Das Bett war zerwühlt, als hättest du gerade noch drinnen gelegen.

Alles sah so aus, als würde die Tür gleich aufspringen und du überrascht: „Hallo!" rufen, „was ist das denn für'n Einbruch!!?"

Vera verschwand im Bad, Arnold blieb vor dem Bücherregal stehen und ich überlegte alle möglichen Passwörter, um in deinen Computer hineinzukommen.

Ich starrte auf die Tastatur, als könnte mir durch Hypnose ein Wort zufallen, in Glitzerbuchstaben aufsteigen, *das* Wort, aber die Zeichen blieben stumm und gaben nichts preis.

Das Wummern wurde plötzlich abgelöst von unaufhörlichem Krach, alle LKWs der Welt polterten unten vorbei, hatten quietschende Bremsen, verhinderten jegliches Gespräch.

Was uns recht war.

Arnold tat eigentlich nichts, er hob mit spitzen Fingern eine Socke und ließ sie wieder fallen, stand sinnierend vor dem Kohleofen.

Las die Titel der Bücher in den Regalen und setzte sich schließlich mit halber Pobacke auf den Bettrand, als dürfe nichts berührt und damit verändert werden. Ich saß auf dem einzigen Stuhl und starrte auf die

Buchstaben und anderen Zeichen, und Arnold schräg hinter mir strich dann doch einige Male, ich konnte es aus den Augenwinkeln sehen, über das Ende der Bettdecke.

Plötzlich fiel mir ein Gespräch zwischen uns ein, Simon, im Zimmer in Ohlstedt, ich sehe die Goldulme vor mir.

Da waren wir beide, glaube ich, noch nicht in der Schule gewesen.

Es war das Was-ich-einmal-werden-will-Gespräch.

Ich hatte „Fee" gesagt, das weiß ich genau und sehe jetzt noch deinen angewiderten Blick.

Um in deiner Achtung wieder zu steigen, hatte ich schnell hinzugefügt: „Oder Wurmretterin."

Keine Wirkung.

„Und nun du", hatte ich schmollend gedrängt, „sonst ist es unfair".

„Zuerst", war die schleppende Antwort gewesen, „werde ich Astronaut und fliege zum Mars".

„Okay", hatte ich gelangweilt getan, um es dir heimzuzahlen, „... und sonst?"

Deine Augen waren Schlitze gewesen:

„Später werde ich Meteorit – und schieße alle Planeten ab."

Der Computer machte ein indigniertes Geräusch, als ich „Meteorit" tippte, klein, groß – und dann noch das Jahr deiner Geburt.

Klar, wäre auch zu einfach gewesen.

Wenn, dann hast du bestimmt einen komplizierten Namen genommen von Meteoriten, die aus irgendeinem Buchstaben-Zahlen-Salat bestehen, den sich kein Mensch merken kann.

Ich drehte mich zu Arnold, der aber mit seinem Handy beschäftigt war oder zumindest so tat.

Nun gut.

Dann sah ich mir eben die Bücher auf dem Tisch an.

Karin Boye, las ich, *Kallocain. Roman aus dem 21. Jahrhundert*.

Ich schlug das Buch auf und sah das Bild einer Frau, die nicht alt war.

Das Photo selbst war schwarzweiß, schien aus den dreißiger bis fünfziger Jahren des vorigen Jahrhunderts zu stammen.

Dann las ich innen: Titel der ersten schwedischen Ausgabe von 1940.

Aber bevor ich die Inhaltsangabe lesen konnte, öffnete Vera die Tür.

Sie hatte Flecken im Gesicht, in der Hand dein Smartphone.

Ich war aufgesprungen, sie sank auf den Stuhl und streichelte es wie einen Hamster.

Schlagartig war alles still.

Unsere Herzen klopften so laut in jeder Brust, und in unseren Ohren rauschte der Wahnwitz, wir hätten nun den Weg zu Dir gefunden.

Wir wußten nicht, daß es ein totes Gehäuse war, das Vera an ihr verschwitztes Dekolleté hielt.

Ich sehe noch die zartblauen Adern.

Wir dachten, wir könnten alles knacken und dann deine Filme sehen, deine Photos, deine Nachrichten lesen.

Wir dachten in dieser winzigen Zeitspanne, in der es draußen vor dem Fenster und drinnen in deiner

Wohnung still geworden war und wir nur unser Blut rauschen und unsere Herzen klopfen hörten, allen Ernstes, es ginge so leicht.

Hamburg, zwanzig Jahre zuvor, mittags

Lorenz

1

Johanna.

Hätte Lorenz doch leichten Schrittes am Bild seiner Mutter vorübergehen können! Einfach die Treppen hinaufeilen, vorbei an diesen ernsten Mienen, die ihm als Kind immer als Zeugen einer unfaßbaren Vergangenheit erschienen waren, mit einem Dunkel, das sich hinter ihren Köpfen aufgetan und ihre Leben verschlungen hatte.

Nichts hatten sie mit ihm zu tun gehabt, nichts mit seinen Zahnlücken und Heuschrecken im Glas, den aufgeschürften Knien und Arnold Ernst, dem acht Jahre älteren Bruder.

Nichts mit dem weichen Fell von Kaninchenkarl und dem Grusel, bevor man das letzte Versteck im Keller, Verlies genannt, erreicht hatte.

Lorenz seufzte. Gut, daß sich nun ein anderes Gesicht im Profil in sein inneres Blickfeld schob, eine etwas gebogene, aber feine Nase, kräftige Lippen. Kein Papiergesicht, etwas durch und durch Lebendiges.

Vera, seine Schwiegertochter.

Richtig. Stimmt. Genau hier hatte er damals gestanden.

Und sie, sie war hochgegangen und wieder herunter.

Hatte jedes Bild so intensiv angesehen, als wollten es ihre Augen schlucken.

Lorenz räusperte sich.

Das war ihr erster Besuch gewesen. Neun Jahre her? Zehn? – Ach, Zahlen.

Er erinnerte sich an die Unruhe vor Veras Ankunft.

Als wäre das Haus voller Gäste gewesen – mitten am Tag!

Ein einziger aber war es, der jeden Raum mit ungeahnter Energie gefüllt hatte, den Cembalodeckel zugeknallt oder mit den Zeitungen geraschelt, hier ein Buch aufgeschlagen, dort auf den Tisch getrommelt hatte.

Sich plötzlich im Garten für Maulwurfshügel und deren Entfernung voneinander interessiert hatte.

Lorenz und Helene war es unmöglich gewesen, ihrem Sohn an jenem Tag beizustehen.

Sie hatten einander beim AufdieUhrblicken ertappt und nachsichtig geseufzt.

Arnolds Blicke waren an ihnen vorbeigerutscht, wenn sie ihn in der Küche oder im Flur getroffen hatten, jedes Mal mit einem anderen Hemd, einer anderen Hose angetan.

Da das nicht seine Art war, waren sie froh gewesen, als er endlich die Schuhe geschnürt hatte. Sie hatten ihm hinterhergesehen, über den Vorgarten hinweg, wo der Weg zum Bahnhof begann, sie hatten an Blumen gezupft und einander zugelächelt.

Lorenz merkte nun, daß sich seine Mundwinkel in seine Wangen hineinzogen. Das waren noch Zeiten gewesen.

Sonntags waren sie – Helene, Arnold und er – gewöhnlich bis zur Wohldorfer Mühle marschiert, hatten Matjes gegessen und auf den Kupferteich geguckt.

Damals war das, was ihn nun Tag für Tag begleitete, ein dunkler Streifen am Horizont gewesen.

So weit weg, daß es unmöglich schien, ihn jemals zu erreichen.

Lorenz drehte den Kopf hin und her, als wollte er diese Gedanken aus sich herausschütteln.

Er schnaufte, öffnete die Augen und sah Johanna kurz ins Gesicht.

Lächelte sie?

Ich alter Trottel, dachte Lorenz.

Vera.

Später als erwartet, war sie an jenem Tag zu ihnen gekommen.

Die Bahn war schuld gewesen, natürlich, als sie endlich eintraf, mit kräftigem Händedruck und geradem Rücken.

Arnold stand ganz durchsichtig mit dieser jungen Frau draußen unter der Linde, funkelnd, die Eltern hatten es noch nie an ihm so sehen können, vor Glück.

Lorenz bemerkte, daß seine Hand das Geländer umklammerte. So umklammerte, daß er vorsichtig einen Finger nach dem anderen zu lockern begann.

Von Vera war etwas Frisches ausgegangen.

Und etwas Sprödes. Eine Art Unversöhnlichkeit, die ihn anfangs sogar etwas unsicher machte neben ihr, dieser jungen Frau mit dem schleppenden Deutsch.

Während Arnold sich mit ungewohnt kurzatmiger Stimme auf der Terrasse mit Helene unterhalten hatte, bot Lorenz sich nach dem Kaffee für einen Rundgang durchs Haus an.

„Bittesehr“, hatte er gesagt und ihr den Vortritt gelassen.

Eine Österreicherin also.

Lorenz hatte eine heimliche Erleichterung verspürt, daß es nicht Halina aus Lodz oder Edna aus Riga geworden waren, „süße Mädchen“, wie Helene immer wieder mal gesagt hatte, „wirklich süße Mädchen“.

„Ach, aus Österreich?“, hatten beide gelächelt, als Arnold mit dieser Eröffnung einige Wochen zuvor gekommen war, – „Stell dir vor.“, – „Sieh mal einer an.“

Vera hatte ihre hellbraunen Haare zusammengebunden getragen, Lorenz hatte, als sie vor ihm ins Haus trat, ihren Nacken sehen können, sehr weiß, sehr gerade.

Wenn es schon ein kleines, merkwürdiges Land sein mußte, aus dem Arnolds Zukünftige kommen sollte, dann war, Helene und er mußten es nicht besprechen, unter allen diesen Österreich die beste Wahl gewesen.

Die Gründe lagen auf der Hand: Die Sprache, wenn sich alle Beteiligten bemühten.

Die enge wirtschaftliche Verbundenheit, stabile Verhältnisse, ähnliche Werte, gemeinsame historische Ereignisse, eine große Kultur, all das hätten Helene und er anführen können, natürlich, auch wenn sich beide insgeheim fragten, was sie eigentlich wußten über dieses Land.

Außer das gemeinhin Übliche. Eigentlich war es für sie ebenso kurios und fremd wie der Süden Deutschlands – Bayern.

Lorenz schüttelte leicht den Kopf.

Sehr weit weg war ihm das alles gewesen – und mit einem Mal schien es, als wären nur wenige Tage vergangen seither.

„Und – was macht sie so?“, hatte Helene gefragt an jenem Abend einige Wochen vor Veras erstem Besuch, während sie Arnold Kaffee nachgeschenkt hatte, in eine der goldumrandeten königsblauen Sèvres-Tassen, die nur zu Weihnachten oder bei außerordentlichen Ereignissen („Ich muß euch etwas Wichtiges mitteilen!“) aus dem Schrank geholt wurden.

(Halina war Zahnärztin gewesen, Edna Blumenverkäuferin, Flamencotänzerin und etliches mehr.)

„Bildhauerin“, hatte Arnold geantwortet, „und Malerin auch. Sie arbeitet mit riesigen Granit- und Marmorsteinen.“

„Oh“, hatten Lorenz und Helene gesagt, „wie interessant“.

„Ihr müßtet sie sehen, wenn sie mit dieser Art Preßlufthammer arbeitet! Es ist laut und staubig – und mittendrin sie mit Anzug und Maske wie eine Außerirdische.“

(Hatten sie je so viel Enthusiasmus in ihrem Sohn erlebt?)

An der Treppe war Vera damals stehengeblieben, hatte sich umgedreht.

Lorenz hatte genickt, und sie war mit verschränkten Armen Stufe um Stufe hochgegangen.

Was du hier siehst, hatte Lorenz gedacht, ist nicht die ganze Wahrheit.

Oben angekommen hatte Vera über ihre Stirn gestrichen, als wäre da eine störende Haarsträhne gewesen.

Ohne den Blick von den Bildern zu wenden, hatte sie den Abstieg begonnen, langsam, konzentriert.

Als würde sie sich alle einzeln merken wollen, die am Genmaterial ihres zukünftigen Ehemanns beteiligt gewesen waren.

Nichts hätte ihr jedoch ferner gelegen als dieses Denken, das wußte Lorenz.

Es war sein eigener Eindruck gewesen, als er ihr bei dieser Art Kennenlernen von Arnolds Vorfahren zusah. Plötzlich hatte er gedacht, wie seltsam es doch war, daß all diese Erbanlagen all dieser Verstorbenen in ihn selbst mündeten wie Bäche in einen See und diesen mit Frischwasser versorgten.

Oder mit Gift.

Wieder bei Lorenz unten, hatte Vera ihm einen Blick zugeworfen und gelächelt.

„Schön, daß die Männer einen Beruf und die Frauen einen zweiten Namen haben."

Lorenz hatte das freundliche Gesicht aufgesetzt, das ihm in Situationen zur Verfügung stand, deren Ausgang er nicht recht einschätzen konnte.

Er bemerkte, daß er im Begriff war, in ihrem Lächeln zu versinken. Daß ihn dieses Versinken täppisch und froh machte.

„Nun ja", hatte er gesagt und nicht verheimlichen können, daß ihm die Sache mit den Bildern und deren Unterschriften nie aufgefallen und darum keines Gedankens wert gewesen war.

Seit damals war das Erstaunen in ihm, wie wehrlos Vera die Leute machen konnte mit ihrem Lächeln.

So eine Ahnengalerie, hatte sie noch gesagt, kenne sie von zu Hause nicht.

Daß eine Familie ihre Vorfahren auf diese Weise im Bewußtsein hielte. Sie wüßte nicht einmal die Namen ihrer Urgroßeltern.

Lorenz hatte den Kopf ein wenig schief gelegt und gelächelt.

In ihrer Familie sei man Schmied, Bauer und Magd gewesen, Fischer und Fabrikarbeiter, und später habe es sogar Angestellte gegeben und eine Sekretärin.

Lorenz hatte genickt und „Ja“, gesagt, „interessant“.

Und dann, nach einem Moment des Innehaltens: Woran sie zur Zeit arbeite.

„Am Öffnen des Raums“, war die Antwort gewesen, und als er sie gefragt hatte, ob er ihr Atelier in Berlin einmal besuchen dürfe, hatte Vera fröhlich genickt.

2

Aus der Wand drang etwas Kühles, Feuchtes.

Lorenz seufzte.

Lange hatte er es nicht wahrhaben wollen, aber seit einigen Wintern konnte er nicht umhin, Arnold und Vera recht zu geben: Das Haus müßte von Grund auf renoviert und vor allem gedämmt werden.

Aber damit wollte er sich nun nicht aufhalten. Er wollte hochgehen und sich eine andere Jacke anziehen. Die neue blaue, die Helene ihm geschenkt hatte, war von ihm beim Frühstück bekleckert worden. Er hätte es gar nicht bemerkt, wenn nicht Lucy auf ihn gezeigt und geprustet hätte: „Iiiih, guckt mal!!!“

Wenn nur seine Beine mitmachten jetzt! Im linken kribbelte es, das rechte war steif und wollte sich nicht bewegen lassen. Also stehenbleiben, warten.

Nichts, fiel Lorenz jetzt ein, nichts hatte Arnold anfangs von Veras Schicksal erzählt.

Das hatten sie ihm lange übelgenommen.

Er hatte es zugelassen, daß Helene am zweiten Abend nach Veras Eltern fragte, wie man eben aus Interesse nach der Herkunft der – es war offensichtlich gewesen – zukünftigen Schwiegertochter fragt.

Eine kurze Pause war entstanden, in der Vera ihr Glas Wein vorsichtig auf den Tisch zurückgestellt hatte – ihre Stimme ein Hauch aus dem Eisfach:

„Meine Eltern sind tot."

Lorenz überlegte kurz, wie der Abend nach diesem Satz weiter verlaufen war.

Zu dumm. Er konnte sich nicht mehr erinnern.

Am Tag darauf, das wußte er wieder, hatten er und Helene es dann erfahren, hatten Veras Badezimmeraufenthalt im ersten Stock genützt, in der Küche einige vorsichtige Fragen an ihren Sohn zu stellen.

Eine Naturkatastrophe, wurde ihnen mitgeteilt, etwas Seltenes, eigentlich.

Er hätte es schlicht vergessen, ihnen davon zu berichten, hatte Arnold zu seiner Entschuldigung vorgebracht.

Helene hatte ihn angesehen, ruhig, aber ihre Finger, das erinnerte Lorenz genau, nestelten am Schürzenstoff herum, als wäre in Hüfthöhe etwas gewesen, das sie juckte.

Das mit ihren Eltern sei einfach nicht so wichtig zwischen Vera und ihm, vielleicht, hatte Arnold nach kurzer Überlegung gesagt, weil, und er hatte von Vater zu Mutter und wieder zurück gesehen, Vera die große Kraft habe, in der Gegenwart zu leben.

Für ihn als „Buddler in der Vergangenheit", wie er seinen Beruf als Historiker bezeichnete, sei das zuweilen eine Wohltat.

Er hatte sich verlegen am Hinterkopf gekratzt, als hätte er in jenem Moment etwas ausgesprochen, das ihm selbst noch nicht bewußt gewesen war.

Lorenz und Helene hatten einander angesehen und jeder für sich eine Weile nachgedacht, ob ihnen ihr

Sohn damit etwas sagen hatte wollen. Und wenn ja, was.

Lorenz horchte in die Stille des Hauses hinein.

Als gäbe es da niemanden außer ihm.

Als hätte der Schnee draußen, wo die Kinder nicht mehr zu hören waren, auch die Geräusche im Haus geschluckt.

Wo sie doch alle, er wußte es, ihren Tätigkeiten nachgingen:

Helene oben, Vera und Arnold in der Küche.

Nur ein Laut drang zu ihm: Die Uhr nebenan schob ihre knarzenden Zeiger vor sich her, durch die geschlossene Tür im Windfang war sie zu hören, dieses Monstrum.

Sie hatte seinen Eltern gehört und die schlimmste Zeit in einem Keller überstanden, sodaß Lorenz nicht umhin konnte, ihr Knarzen mit einer gewissen Rührung hinzunehmen.

Das ganze Haus war eine Ansammlung von Erbstücken, lediglich eine Sitzgruppe hatten sie Jahre zuvor gekauft, einige Regale und die Betten.

Aber die Leuchter aus glänzendem Messing, die schweren alten Schränke und Truhen waren aus dem Nachlaß seiner und Helenes Eltern, die Lampen mit den stoffbezogenen Schirmen, die ihr Licht auf den Mahagonischreibtisch warfen, die Noten auf dem Cembalo erhellten oder in den Schlafzimmern den Weg zum Bett – sie alle hatten ihre Kindheit beleuchtet.

Lorenz sah die Elternhäuser.

Sie hatten in der gleichen Straße gestanden, in den dreißiger Jahren erbaut in Berlin, am Schlachtensee, ein Grundstück neben dem anderen, Zaun an Zaun.

Er konnte Helenes kleines rundes Kindergesicht im Nachbarsgarten sehen.

Vorbei.

In dieser Hinsicht waren sie immer einer Meinung gewesen, Helene und er.

Diese Lektion hatten sie gelernt.

Häuser vergehen, Häuser werden gebaut, 1936 beispielsweise, in der Ziethenstraße, die bald Hans-Knirsch-Weg heißen und, nachdem viele Häuser und Menschen verschwunden sein werden, einige Jahre später in Elvirasteig umbenannt werden wird, Lorenz hört Witze, die nicht für kleine Ohren bestimmt sind, Fluchen und Lachen, er sieht sich heimlich auf den Brettern herumklettern, in die Grube hineinspucken, er hört Schimpfen, weil er der Mischmaschine zu nahe kommt, er darf den Bauarbeitern Stullen reichen und ein Bier, er riecht Mörtel und scharfen Schweiß, der ihm die Nase eng macht.

Was aus den Ruinen herausgezogen und wundersamerweise heil geblieben war („Heil?“ – Lorenz sah Veras spöttisches Gesicht, das sie immer aufsetzte, wenn ihr ein Wort merkwürdig erschien) oder repariert werden konnte, stand nun hier, und Lorenz sah sich und Helene als Kinder an den schweren Schränken in der Diele und den Schlafzimmern vorbeistreichen, an den Anrichten im Eßzimmer, an den Büchern und Bildern, die nun in den Regalen standen und an den Wänden hingen.

Ihm war nun, als würde sich etwas neben ihm bewegen, und noch ehe sein Blick folgen konnte, hörte er schon die Stimme:

„Ich“, sagte Johanna, „wurde nicht gerettet“.

Lorenz machte mit der rechten Hand eine Bewegung, als verscheuchte er eine Fliege.

Er betrachtete das Gesicht seiner Mutter, das stumm, selbstverständlich stumm, vor ihm hing.

Er seufzte, denn er wußte, was jetzt kam.

Senile Imaginationskraft.

Mit diesem Begriff versuchte er das Phänomen zu fassen, das er seit geraumer Zeit an sich beobachtete. Er hätte die Worte mitsprechen können wie ein Gebet, das man als Kind lernt und das nun bis in alle Ewigkeit in einem hockt, abrufbar, ohne eigenes Zutun.

„Es war Alarm, und ich wollte noch einmal zurück ins Haus", sagte Johanna in seinem Kopf, „ich hatte das Strickzeug vergessen. Die Strümpfe –."

Es lag kein Vorwurf in dieser Stimme.

„Ich wurde nicht gerettet."

Sie sagte es sachlich und schlicht: Eine Information an ihren Sohn, weil sie dieses Jahr nicht überleben hatte können, 1943.

3

Hätte sie auf ihn gehört, wenn er damals, an jenem Tag im Jahr '43 bei ihr gewesen, sie angebettelt hätte? – „Bleib doch im Keller, Mutter, bitte! Laß doch das Strickzeug, die Strümpfe!"

Ach, was für ein Quatsch.

So hätte er nie mit ihr gesprochen.

Seine Hand umfaßte erneut das Geländer.

Aber seine andere war, das konnte er nun sehen, eine schmale Jungshand mit schmutzigen Fingernägeln, die soeben einen Papierpanzer in einem Berliner Garten aufs Wasser setzte und ihm einen Schubs gab, einen kleinen.

Er war nicht bei seiner Mutter im Elternhaus einige Straßen weiter, im Hans-Knirsch-Weg, er verbrachte den Tag bei seiner Großmutter in der Zehlendorfer Dubrowstraße, in jenem dunklen, von Kiefern umstandenen Haus mit der Terrasse vor der Küche, von der aus man in den Garten laufen konnte, zum Teich.

Am nächsten Morgen sollte er mit der Kinderlandverschickung evakuiert werden.

Nun, da sie bevorstand, stellte er sich einige Fragen, obwohl er sich lange auf das Abenteuer gefreut hatte – zum ersten Mal auf Reisen! – zu einer Gastfamilie fahren!

(„Wie sind die, Mutter? Haben die Kinder? Wie lange werde ich bei denen sein?") – „Aufs Land, Lorenz, stell dir vor. Da bekommst du so viel Gutes zu essen!", hatte Johanna gelächelt und mit ungewohnt hoher Stimme hinzugefügt, „Stell dir das mal vor!"

Seine Mutter hatte seine Sachen ordnen und fertig flicken wollen im Hans-Knirsch-Weg Acht, den die Großmutter noch immer Ziethenstraße nannte, und wenn er lachte, betrübt meinte, daß ein so alter Kopf wie ihrer sich all die neuen Namen nicht mehr merken könne.

Während Lorenz, als die Sirenen heulten, mit der Großmutter in den Keller stieg, jammernd, weil im Garten seine Panzer im Teich zurückgeblieben waren, fiel Johanna hinter der schweren Brandschutztür einige Straßen weiter ein, daß sie den Korb mit der Wolle, den Nadeln, vergessen hatte.

Im Wohnzimmer oben, im großen, mit grünem Samt bezogenen Lehnsessel.

Auch auf erschrockenes Bitten hörte sie nicht – sie hastete, immer zwei Stufen auf einmal nehmend, hinauf in den ersten Stock.

So erzählte es später Adele, die Nachbarin, fast unhörbar, mit langen Pausen zwischen den Wörtern.

Sie war zuvor mit Helene an der Hand zu Johanna gelaufen, wie sie es immer taten, wenn die Bomben kamen – ihr Haus hatte keinen Keller.

Genug. Lorenz versuchte nun eindringlich an etwas anderes zu denken.

Nicht daran, daß Adele, seine Schwiegermutter in spe, mit seiner zukünftigen Ehefrau, der gleichaltrigen Helene, allein im Keller saß, als die Bombe das Haus in jenem Teil traf, in dem Johannas Hand, so stellte er sich das seit über fünfzig Jahren vor, gerade den Korb aus dem grünen Samt holen wollte.

Gleichwie der Regen und Schnee vom Himmel fällt –

Und schon war er wieder bei der Frage, die ihn, das ahnte er, bis ins Totenbett verfolgen würde:

Was hatte sie in der Viertelstunde zuvor gemacht, in jenen fünfzehn Minuten, die zwischen Alarm und Bombe Zeit war in die Bunker und Keller zu fliehen, „Ratten“, wie die Großmutter immer murmelte, „wie die Ratten“.

Hatte die Mutter noch einen Brief gelesen oder etwas zusammengepackt oder war sie auf die Toilette gegangen oder hatte sie den Ahornbaum vor dem Fenster angesehen, das frische Grün? Hatte sie etwa gesungen? Sich ans Klavier gesetzt und die Zeit vergessen?

Ich weiß nicht, was soll es bedeuten –

Gesungen und alles vergessen, ihren Mann vergessen, der sein Fahrrad in jenen Minuten am Mexikoplatz verschloß und gerade noch rechtzeitig in einen Keller hineinlaufen konnte?

Ihren ersten Sohn vergessen, von dem sie nicht wußten, wo genau im Osten er gerade war, – und auch ihn, den Jüngeren, den die Großmutter soeben ausschimpfte, weil er nicht aufhören konnte, nach seinen Papierpanzern zu quengeln?

Oder war Johanna schon am Weg zurück gewesen, einige Meter weiter, durch die Küche gehastet, die auch zerstört wurde bis auf die letzten Pfannen?

Lorenz straffte seine Schultern.

Es reichte.

Er ertappte sich beim Wunsch, das Bild der Mutter abzuhängen.

Sollte er?

Es einfach vom Nagel nehmen, in Papier wickeln und in eine Kiste legen.

So wie die Toten in die Kiste kamen, nachdem man sie jeden Tag auf die Wiese gelegt hatte.

Oder das, was von ihnen übriggeblieben war.

Es war Frühling, das war sicher, und alles blühte. Ein weißer und rosa Rausch in den Gärten, ein grüner Rausch um den Schlachtensee. Und in so vielen Gärten haushohe Trümmer, Krater, geplatzte Leitungen, umgestürzte schwarze Reste von Bäumen. Möbel, aufeinandergeworfen.

Klaviere, verkehrt, vier Beine in der Luft. Gestank, Rauch, jeder Atemzug ein Flammenstich in die Lunge und wieder hinauf.

Federgeflatter.

Ein blaugeblümter Porzellanteller, schmerzhaft unversehrt, vor dem offenen Hühnerstall.

Immer, wenn Lorenz an diese Stelle in seiner Erinnerung kam, war seine Mutter eine weiße, schlaffe Puppe inmitten von Gänseblümchen und Butterblumen, der man die Hände über der Brust gefaltet hatte.

Lange hatte er keine Bilder im Kopf gehabt.

In letzter Zeit aber kamen sie, als wäre er dabei gewesen. Als hätte er seine Mutter noch einmal gesehen damals. Als hätte ihm jemand, sein Vater vielleicht, etwas erzählt.

4

In einem der Räume hinten wurde eine Tür leise quietschend geöffnet. Das mußte Vera sein, er erkannte ihre raschen Schritte, Frauenschritte, immer auf dem Sprung.

Sie war nervös, etwas unausgeglichen, wie Helene gestern im Bad zu ihm gesagt hatte, nana, hatte er erwidert, aber dann waren ihm doch ihre eckigen Bewegungen aufgefallen, ihre Geistesabwesenheit bei Tisch, später die mühsam unterdrückten Zischlaute aus dem Gästebad.

Das Geschrei der Kinder, und Arnolds Stimme, erstaunlich dünn.

Lorenz lugte vorsichtig zum Bild seines Vaters, der sich mit spöttischem Lächeln zu freuen schien.

Tönet, ihr Pauken! Erschallet, Trompeten!

Ja, dachte Lorenz, dein Kampf hat sich gelohnt. 1924 war es vollbracht:

Rot – Gelb – Grün am Potsdamer Platz! Die erste Ampel Deutschlands!

Er drehte sich weg von den Eltern und nun, endlich, gehorchten ihm die Beine wieder. Aufatmend begann er die Treppe hinaufzusteigen, an den Bildern vorbei.

Er war langsam. Er konzentrierte sich.

Gleich würde er ganz oben an dem größeren Bild vorbeikommen, das kein Photo war, sondern ein Porträt in Öl.

Arnold. Nicht sein Sohn, der soeben in der Küche unten stand mit Geschirrtuch über der Schulter und reibenden Fingerspitzen über Töpfen und Pfannen.

Arnold Ernst, sein Bruder, hing da. Großer Bruder.

Lorenz mußte plötzlich ein wenig lachen.

Das passierte ihm in letzter Zeit hin und wieder. Er erinnerte sich an etwas und mußte lachen.

Das Kirschholz des Geländers unter seiner Hand war glatt und kühl.

Eine kindliche Freude breitete sich in ihm aus.

Geschafft.

Gleich hatte er es geschafft.

Er blieb auf der vorletzten Stufe noch einmal stehen, schnaufte.

Helene war im Schlafzimmer, er sah sie durch die offene Tür.

Er räusperte sich, überwand die letzte Hürde, ging auf das Zimmer zu.

Helene hörte ihn nicht, obwohl die Dielen seit einiger Zeit so knarzten, daß Simon und Lucy, die das Geräusch nicht gewöhnt waren, nachts davon aufwachten und nach ihrer Mama riefen.

Der Geruch gestärkter Wäsche stieg ihm in die Nase.

Das Bett, der Schrank, die Kommode – sie hatten sich nicht verändert. Sie standen, wie sie seit dreißig Jahren hier standen.

Seit wann schlafen wir getrennt? Fünf Jahre, zehn?

Lorenz beobachtete Helene, wie sie vor den Schrankspiegel trat.

Halb verwundert, halb abschätzig tippte sie mit einer Hand kurz an die Wange, wie um zu prüfen, daß diese zu ihr gehörte.

„Du wirst immer schöner“, sagte er immer dann, wenn er merkte, was in ihr vorging.

Seit einiger Zeit schien sie diesen Satz nicht mehr zu hören, sie lächelte, wenn er ihn sagte, schräg an ihm vorbei und begann vom Garten zu sprechen oder von den Kindern.

Nun trat sie vom Spiegel weg.

Wandte ihm ihre feiertägliche, in schimmerndes Rot gekleidete Rückansicht zu. Sah aus dem Fenster.

Helene

1

Wie lange hatte es nicht mehr so viel Schnee im Garten gegeben!

Mit ihren rosafarbenen Nägeln klackte Helene an das Fensterglas, an dem gerade ein Schneestern vorübersegelte.

Unten winkte die Kleine zu ihr hoch, mit verrutschter rosafarbener Mütze, roten Wangen, dick verpackt in einem rosafarbenen Anzug.

„Lucy“, flüsterte Helene, „mein Herzblättchen“.

Von den ebenso rosa Stiefeln war nichts mehr zu sehen, bis zu den wattierten Schenkeln watete das

Mädchen und patschte weiße Fontänen mit den Händen auf.

Simon spielte einige Meter weiter ein Spiel, das nur er kannte. Steif und gerade ließ er sich mit ausgebreiteten Armen nach hinten fallen und versank langsam, ein blaues Kreuz im Schnee.

Im Haus unten wurde eine Tür geöffnet und zugedrückt. Von weit her drang Geschirrgeklapper herauf.

Helene atmete das Glück des Augenblicks ein.

Sie wußte:

Diese Kinder im Schnee sind meine Enkelkinder. Simon und Lucy.

Das Haus, in dem ich mich befinde, ist mein Haus.

Lorenz, Arnold, Vera sind da.

Sie fühlte die Wärme des Heizkörpers durch den rotseidenen Kleiderstoff an ihren Oberschenkeln, hörte das Sirren des Wassers.

Ich bin zu Hause.

Sie sog das Glück durch die Nase ein, füllte ihre Lungen damit und ließ es fast unhörbar zwischen den Lippen hervorgleiten, wo es die Fensterscheibe kreisförmig beschlug.

Mit dem Zeigefinger tippte sie in den Kreis, der sich auf einer Scheibe befand, die plötzlich einem längst vergangenen Winter und einem Fenster in ihrem Elternhaus in Berlin, Schlachtensee, angehörte, im Hans-Knirsch-Weg Sechs.

Helene schloß die Augen und überließ sich dieser Erinnerung, die so unverhofft in ihr aufgetaucht war.

Sie hatte mittlerweile gelernt, sich jedem Nachhall der Vergangenheit freudig zu überlassen, egal, worum es sich handelte, um Trauriges oder Schönes oder Unerfreuliches.

Jede Erinnerung, die ihr zuflog aus dem Nebel, in das sich ihr Denken zuweilen verirrte, war wertvoll und mußte ausgekostet werden.

Da unten lachte ihr ein Schneemann mit gelber Rübennase entgegen.

Schon stand sie vor ihm im Schnee, vier Jahre alt oder fünf, und über ihr lachte der Vater, der ihn mit ihr zusammen gebaut hatte.

Und nun, nach all dem Rollen und Zusammenpatschen und Zurechtklopfen setzte er dem Schneemann einen alten Hut auf, und Helene wurde hochgehoben, um ihm ein Steinchenlachen unter die Rübe zu drücken.

„Willst du ihn nicht zum Tanz auffordern?“, zwinkerte ihr der Vater zu, „Schneemänner lieben es, zu tanzen“, er setzte sie ab, schwungvoll und sanft, faßte sie an den Händen, während drinnen im Haus sich Vorhänge bewegten, Mutter oder Frieda, das Hausmädchen, vermutlich, was die beiden im Garten nicht kümmerte, die herumhüpften, bis der Vater keuchte:

„Erbarmen, Herr Schneemann, ich kann nicht mehr!“

Helene faltete, ohne es zu merken, ihre Hände wie zu einem Gebet, als könnte sie so das Bild festhalten, das ihr nun entglitt.

Aber bevor sie ihm nachtrauern konnte, stieg ein anderes aus diesem Ozean auf, in den sich ihr Gedächtnis verwandelt hatte, – wie zuvor sah sie sich am Fenster ihres Elternhauses, ja, wieder war es Winter, ein anderer Winter.

Tief verschneit war der Garten, die Bäume dick eingehüllt und sie ein achtjähriges Mädchen mit blonden Zöpfen und blauen Lippen.

Und, Helene drückte ihr Kinn auf die Fingerspitzen, einem Kribbeln wie vor Weihnachten oder vorm Geburtstag.

Viel zu lange schon trieb sie sich im ersten ungeheizten Stock herum, anstatt in der Stube unten zu häkeln, einen blauen Ohrenwärmer zu häkeln, wie es ihr aufgetragen worden war. Sie war an der Küche vorbei hinaufgeschlüpft, als die Mutter die Stiefel angezogen und gesagt hatte, sie bringe nur schnell Kartoffeln hinüber, und dieses „Hinüber" mußte beobachtet werden, trotz Verbots, im ersten Stock, vom Schlafzimmer der Eltern aus.

Eine Entschädigung, wenn man schon nicht mitkommen durfte.

Helene fröstelte, ja, es war ein strenger Winter, wie die Erwachsenen sagten, sie hauchte in die Eisblumen hinein, rieb das Glas und sah im verschneiten Garten das Holz gestapelt liegen.

Da unten war der Kaninchenstall und dahinter das Gehege der verbliebenen Hühner.

Helene zog die Strickweste höher an den Hals und drehte den Kopf.

Am Zaun, der wie mit Sahnehäubchen verziert war, sah sie ihre Mutter stehen und lachen.

Und nun fühlte Helene, daß das Kribbeln von dort kam, vom Zaun, wo auf der anderen Seite Tante Johanna stand, die Nachbarin, mit hellen Zähnen im schmalen Gesicht.

Das konnte sie bis hier herauf erkennen, welch schöne Zähne Tante Johanna hatte, und sie sah beide Frauen so fröhlich in ihren schwarzen, noch immer tadellos anzusehenden Mänteln, den eleganten Hüten und den Handschuhen, als hätten sie sich gerade den besten Witz der Welt erzählt.

Helenes Herz schlug hart in ihrer Brust.

Denn jetzt tauchten neben Tante Johanna die Jungs auf, der kleine Lorenz und der Große, Arnold Ernst.

Lorenz hatte ein weinerliches Gesicht, Schnee auf der Mütze.

Helene mußte an Arnold Ernsts Hände denken, die jetzt in gestrickten grauen Fäustlingen steckten und wohl gerade einen Schneeball geworfen hatten.

Das konnte sie an seinem Lachen erkennen, seinem Hab-dich-doch-nicht-so-Blick.

Sie hatte seine Hände schon mehrmals beobachten können, an Sonntagen, wenn sie zum Kaffee im Nachbarhaus eingeladen waren, oder an anderen Feiertagen, wenn Arnold Ernst seine Etüden und Sonatinen auf dem Blüthner im Wohnzimmer vortrug. Seine Finger waren lang und schmal, und Helene verspürte jedes Mal, wenn sie sie sah, ein eigentümliches Ziehen in der Brust.

Sie dachte an den Ring an seinem Finger.

Verrat. Der Ring hatte mit Verrat zu tun.

„Nein“, hörte sich Helene flüstern. Sie fühlte ihren Rücken weich werden, ihre Gelenke, sie mußte sich am Fensterbrett abstützen.

Doch da war noch etwas. Das Wort „Verrat“ war nicht alles, denn der Ring bedeutete, das wußte sie akkurat, auch „Schutz“.

Die Bestimmtheit dieses Wissens machte ihr Mut. Sie reckte sich hoch, atmete gegen das Glas.

Es war unser Ring, dachte sie, unser Ring, der früher in der Schmuckschatulle im Nachttisch der Mutter gelegen hatte.

Der Wappenring der Familie.

Auf rotem Hintergrund waren drei Hundeköpfe mit offenen Mäulern zu sehen gewesen, und aus den Mäulern hatten drei Zungen gehechelt wie Fackeln.

Bracken.

Helene lauschte dem Wort in ihrem Kopf nach.

Ja, man nennt diese Hunde Bracken, dachte sie erstaunt. Aber nun kam im Schlepptau von „Bracken“ ein anderes Wort daher, eines, das sie unsicher machte, weil sie nicht mehr wußte, was es bedeutete:

„Jagdgerechtigkeit“.

Bracken und Jagdgerechtigkeit hatten etwas miteinander zu tun.

Etwas wie Luft, die nach Angst riecht, nach abgerissenen Blättern, dampfender Erde, Asphalt, der von Flüchtenden widerhallt.

Was war sicher?

Sicher war, daß der Ring mit den drei Bracken weg war.

Verlorengegangen.

Aber wann? Wie?

Nur die Schatulle gab es noch, mit schwarzer Seide ausgeschlagen, verborgen in einer Schachtel oder Dose, nur wo –?

Helene schüttelte leicht den Kopf. Eine andere Erinnerung, bitte.

An die Schachtel oder Dose irgendwo im Schrank oder am Dachboden oder im Keller zu denken, bedeutete an den Ring zu denken und an das, was mit ihm untrennbar verbunden war:

seinen Verlust.

Was nur war passiert? Wo war das Band, das dies alles zusammenhielt, die verborgene Übereinstimmung zwischen Wörtern und Gegenständen?

Dann sah sie den Ring wieder.

Dankbarkeit flutete sie.

Er war da, aufgehoben in ihrem Kopf war er, unverloren, jetzt zumindest, in diesem kostbaren Augenblick, in dem sie ihre Kinderhand beobachtete, wie sie vorsichtig die Schatulle öffnete und den Ring herausnahm.

Ja, jetzt erkannte sie den Einklang zwischen der Aufregung in ihr und dem, was sie tat:

etwas Verbotenes!

Mit dem Ring am Finger war sie hinübergelaufen durch den Garten, zu den Jungs.

Sie konnte das Verbotene zeitlich zuordnen:

Es war geschehen, lange bevor der Ring verschwunden war und eine schwarze, seidige Leere hinterlassen hatte.

Ihr Finger war zu klein gewesen, deswegen hatte sie ihn festgehalten, um ihn nicht zu verlieren.

Aber an Arnold Ernsts Mittelfinger hatte der Ring gepaßt.

„Nicht schlecht", hatte er mit aufblitzenden Augen gesagt.

Da war ihr mulmig geworden:

„Es ist ein Zauberring, er beschützt meine Familie, gib her."

Helene faßte sich an den Kopf.

Ganz ruhig.

Es hatte keinen Sinn, sich anzustrengen.

Ganz ruhig bleiben.

Wieder war ihr Gedächtnis zu Wasser geworden, einem Meer.

Die Erinnerungen waren Wellen, die gegeneinander peitschten, unkenntliche Gischt, grauer Schaum.

Schon war sie bereit aufzugeben, als das Meer eine Muschel ausspuckte, etwas, das in ihrem Kopf aufsprang –

Denn nun sah sie sich erneut am Fenster stehen, bibbernd, selbst schuld, sie hätte unten in der Wärme des Kachelofens häkeln sollen.

Am Gartenzaun nickten einander die beiden Mütter zu, hoben die Hände zum Abschied. Die achtjährige Helene rieb ihre klammen Finger.

Tante Johanna und ihre Söhne verschwanden aus ihrem Blickfeld, nur die Mutter sah sie nun, wie sie aufrecht im Schnee zurück zur Eingangstür schritt, entschlossen, als hätten ihre Füße in den pelzbesetzten Stiefeln keinen Widerstand zu überwinden, als wäre da nicht schwerer Schnee zu durchpflügen, sondern sie leichtfüßig auf dem Rasen wie im Sommer.

Helene hörte, wie die Haustür unten ins Schloß fiel.

Gleich würde sie zum Mittagessen hinuntergehen. Der Vater käme nach Hause, würde Hut und Mantel an den Haken hängen, die Hände in der Schüssel waschen, ihr über den Kopf streichen.

Sie würden sich an den Tisch setzen und die Servietten auf die Schenkel legen. Frieda trüge die Suppe und alles andere auf.

Im Schweigen am Tisch wären nur die Schluckgeräusche zu hören, das leichte Klacken der silbernen Löffel auf dem Porzellanboden der Teller.

Helene würde sich auf ihre Ellenbogen konzentrieren, an die Schule denken und an Helga, und wann sie wohl wieder einmal eingeladen würde, nach Schwanenwerder.

Nach dem Essen dürfte sie aufstehen, ginge die Treppe hoch, machte jedoch in der Mitte kehrt, weil ihr die Häkelarbeit für die tapferen Soldaten an der Front eingefallen wäre.

Die Eltern am Tisch, die halbvollen Dessertteller vor sich, würden sie nicht hören, nicht ahnen, daß Helene längst verstanden haben würde, was es bedeutete, wenn sich Stimmen senkten hinter angelehnten Türen oder wenn die Mutter und Tante Johanna am Zaun lachten, als tauschten sie besonders amüsante Erlebnisse aus.

Helene stand an der Treppe, die Ohren gespitzt, eine Hand auf dem Geländer, Standbein, Spielbein, ohne Atem, sie hörte Frieda in der Küche die Teller in das Becken stellen, fühlte nicht ihre heißen Wangen, sondern vernahm Flüstersätze, und nun den einen, hastig von der Mutter dem Vater entgegengeworfen:

„Sie haben Angst vor ihm. Stell dir das vor: Angst vor dem eigenen Kind.“

2

Gedämpftes Geschrei drang aus dem Garten.

Helene sah ein blaurosa Durcheinander im Schnee, zappelnde Beine.

Schon wollte sie das Fenster öffnen, da ließen die Kinder voneinander ab, rappelten sich hoch.

Simon sah hinauf zu ihr, wischte sich übers Gesicht.

Helene knickte ihre Hand ab, um das Zifferblatt besser zu sehen.

Sie überlegte, was die Zahlen bedeuten könnten.

Hätte sie ihre Brille auf der Nase, könnte sie sie bestimmt besser erkennen. Unten im Schnee entdeckte Lucy ihre Großmutter am Fenster, bog die Mundwinkel nach unten, ließ das Kinn beben.

Helene schnupperte Bratenduft und hob ihre rechte Hand.

Herrlich!

Mittagessenszeit.

Lorenz

Lorenz sah, wie Helene ihre Hand zu einem Vogelschnabel formte und sie in hackender Bewegung zum Mund führte.

Offensichtlich machte sie ihren Mund ruckartig auf und zu, jedenfalls ließen ihre taubenartigen Kopfbewegungen und das Schmatzgeräusch diesen Schluß zu.

Bevor er sich darüber erheitern konnte, streifte ihn etwas, ein Luftzug von innen, eine Tür öffnete sich in seinem Kopf und überscharf erkannte er: seinen Bruder, Arnold Ernst, wie er am Zaun zum Nachbarsgrundstück lehnte, die Beine schlacksig in den kurzen Hosen, ein Fahnenträger von Arroganz im Bewußtsein seiner acht Jahre Vorsprung.

Lässig seine Bewegung von hackender Hand, ruckendem Kopf, sich öffnendem und schließendem Mund, eine Bewegung, die ein Befehl war, ein sofort zu befolgender, durch nichts zu vertrödelnder Befehl, und

Lorenz sah seine eigenen nackten Füße, die Knie mit ihren braunen Krusten und Helene vor sich: lilafarbenes Sonnenhütchen, darunter flachsblonde Locken, Pausbacken. In der linken Pausbacke ein Grübchen.

Und nun: Der Blick zweier Kinder im Sandkasten.

Abbruch der Tunnelgrabung um die Burg, Sand aus den Kleidern klopfen, rasches Hineinlaufen in die Häuser.

Händeschrubben, sich entschuldigen, artig an den Tisch setzen.

Zum ersten Mal seit damals sah Lorenz diese Geste wieder und wunderte sich über die Ohnmacht, die ihn ausfüllte. Und die Verbundenheit mit Helene.

„Schon in der Sandkiste", war all die Jahre ihre Antwort auf die Frage gewesen, wann und wo sie sich kennengelernt hatten, „schon in der Sandkiste waren wir zusammen", und immer hatte staunendes Lachen diese Eröffnung begleitet, Ungläubigkeit über diese lange Zeit.

Lorenz betrachtete Helenes Verhalten mit Unbehagen.

Wie kam sie dazu, sich auf diese Weise am Fenster zu gebärden?

Niemals zuvor hatte er diese Geste an ihr gesehen.

Foppte ihn das Jenseits?

Er räusperte sich so leise wie möglich.

Unten hörte er nun kräftige Schritte, hörte, wie Vera Teller auf den Tisch stellte, mit Besteck hantierte.

Er war versucht, durch das Zimmer zu gehen, von hinten an Helene heranzutreten, sein Gesicht in ihre weißen Haare zu drücken.

Er ließ es.

„Ich wurde nicht gerettet."

Lorenz duckte sich und fühlte sich augenblicklich besser.

Jetzt wußte er, seit wann die Vergangenheit in seinem Kopf herumspukte.

An einem Sommertag vor wenigen Monaten, an dem Helene sich vormittags plötzlich aufs Sofa gelegt, mit einem wohligen Seufzer die Beine samt Schuhen an den Füßen hochgeschwungen und Lorenz eine Decke über sie gebreitet hatte und zur Treppe gegangen war, um oben ebenfalls ein Nickerchen zu machen, genau da war der Moment gewesen, in dem er an Johannas Bild vorbeigekommen war und ihre Stimme gehört hatte:

„Ich wurde nicht gerettet."

Später hatte er nicht mehr gewußt, wie er in sein Zimmer hoch und ins Bett gekommen war.

Er lag auf einmal da, den Blick hinauf zur Decke und versuchte seine Gefühle zu sortieren.

Mit dem Nickerchen wurde es nichts, das mußte er schließlich einsehen.

Er stand auf, wollte sich ein Taschentuch aus dem Kleiderschrank holen.

Dieser befand sich im Schlafzimmer, aus dem er seit geraumer Zeit ausgezogen war.

Er öffnete den Schrank, langte nach einem Tuch in dem perfekt gebügelten Stapel Stofftaschentücher (Jolanta Putzfee sei Dank), als ihm etwas Glänzendes dahinter auffiel.

Er ergriff etwas Hartes.

Eine Dose für Kekse. Er holte sie hervor und sah, daß sich dahinter noch etwas befand.

Eine kleinere Dose.

Und daneben eine noch kleinere Schachtel.

Und noch eine.

Er faßte ins nächste Fach mit den Pullovern. In jenes mit den fein säuberlich geschlichteten Blusen.

Nach einer Weile stand er vor zwei Stapeln Behältnissen in allen Größen und Formen, hüfthoch.

Er mußte sich setzen, nachdem er jede geöffnet hatte.

Alle waren leer.

Da mußte er sich doch noch einmal hinlegen.

Wieder im Bett, dachte er an Helene, wie sie unten am Sofa eingeschlafen war, lächelnd.

Er erinnerte sich an die erste Zeit ihrer Liebe und an die vielen guten Jahre, in denen ihnen gelungen war, miteinander glücklich zu sein.

Er dachte an den Tod und wie unterschiedlich er aussehen kann.

Daß er sein Leben lang bemüht gewesen war, ein nüchternes Verhältnis zu ihm zu pflegen.

Sein Verhältnis zu Gott überdachte er, der ihm seit der Kindheit abhandengekommen war.

Ich elender Mensch, wer wird mich erlösen.

Ein unbekannter Laut überraschte ihn.

Ich.

Verblüfft hörte er zu.

Ich bin das.

Nach einer Weile beruhigte er sich und bevor er endlich hinüberglitt in den Schlaf, erreichte ihn noch das Wissen, das ihn nun nicht mehr verlassen würde:

Das ist es also.

Das ist das Altsein.

Man ist allein.

Berlin, Dezember

Lucy

1

Daß du tatsächlich verschwunden bist, Simon, habe ich an jenem warmen Tag Mitte November verstanden, als ich unter dem Ahornbaum stand, im feuchten Matsch nach einem Regenguß, und Sven davongehen sah, langsam, mit den Händen in den Hosentaschen, an den spielenden Kindern, den Hunden vorbei, den Trauerweiden, die ihre gelbgrünen Schleppen ins Wasser senkten.

Sven ging zögernd, ohne sich noch einmal umzudrehen, aber mit hoch erhobenem Kopf.

Als habe er es nötig gehabt, mir das zu zeigen. Genau das.

Er könne nicht mehr, war die Begründung gewesen, als wir mit kalten Füßen am Lietzensee herumstanden, er habe keine Kraft mehr, und dann noch:

Er wolle leben.

„Typisch", war Lisas Kommentar danach gewesen, „typisch. Kaum braucht man sie wirklich –"

Vermutlich hätte es keiner ausgehalten mit mir, in dieser Phase.

Aber die Wahrheit ist: Es war einfach zu wenig. Es reichte nicht.

Wie es noch nie gereicht hat bisher.

Diese Erkenntnis schlägt durch mich durch wie ein Schwert.

Irgendwie schaffe ich es in die Küche.

Wasser, Wasser.

Und jetzt merke ich, daß ich fast ohnmächtig bin vor Hunger. Das Stück Brot von vorhin liegt noch da. Bevor ich mir daran die Zähne ausbeiße, entdecke ich hinter der Kaffeemaschine etwas Grünes, gelb Gekringeltes –

Samirs „Arabisches Vogelnest".

Ich schluchze auf vor Dankbarkeit. Alles werde ich ihm zurückgeben, zweifach, dreifach.

Wo ist die Schere?

Ich kenne den Laden, in dem er die Lebensmittel aus seiner Heimat kaufen kann.

Es soll ja nicht aussehen, als sei eine Ratte über diese Packung hergefallen.

Natürlich liegt die Schere nicht da, wo sie sein soll.

Okay. Das Messer tut es auch.

Nun hocke ich hier in unserer Küche und stopfe mich voll mit diesem rund geformten Gebäck, in dessen Mitte Pistazien liegen wie Vogeleier. Nestbau zum Verschlingen.

Herrlich, so ein verklebtes Gebiss.

Die nussig-morgenländische Kalorienbombe hilft mir, wieder klarer zu denken.

Ich trinke Wasser aus der Leitung, wasche mir das Gesicht.

Wandere hinüber in mein Zimmer, gerade noch rechtzeitig, bevor ich die ganze Packung wegfuttern kann.

2

Nein, es ist kein Spaß, wenn einem bewußt wird, daß alles bisher falsch war.

Vergeudet.

Ich wünschte, ich wüßte, wie es sein sollte. Vermutlich von allem mehr:

mehr Nähe, mehr Lachen, mehr Raum. Die Einsicht, daß ich in meinem bisherigen Leben noch keine einzige wirklich gute Beziehung hatte, bleibt etwas Niederschmetterndes, auch wenn ich satt bin.

Ich schiebe einige T-Shirts und Pullover mit der Fußspitze auseinander und sinke zu Boden. Etwas ist hart und knackt, ich ziehe es unter mir hervor.

Ein abstraktes Kunstwerk auf Porzellan. Neben dem Sprung, den ich soeben hinzugefügt habe, durchziehen den Teller rötlichbraune Spuren. Ich bin zu trübsinnig, mir vorzustellen, ob ein Teil des Kunstwerks – ich schätze, es handelt sich um eingetrocknetes Ketchup – nun auf meinem Jeanspo klebt. So in Bodennähe fällt mein Blick schräg unters Bett und ich bemerke zudem, daß es nicht gut riecht in meinem Zimmer.

Auch das noch. Okay. Ich habe eine Aufgabe.

Ich werde das Schlimmste beseitigen.

Später.

Lisa sagt, das Wesen der Liebe sei, von jemandem *erkannt* zu werden. *Gesehen.*

Das sagte sie an jenem Abend, nachdem Sven an den Trauerweiden mit den gelbgrünen Schleppen im Wasser vorbei- und aus meinem Leben herausgestiefelt war.

Seitdem, wird mir soeben klar, kann ich den Lietzensee nicht mehr ausstehen.

Und bevor mir noch mehr Orte einfallen, die durch Sven unwiderruflich kontaminiert sind, muß ich zwangsläufig an das denken, was nach diesem Abend geschah.

3

Alles danach passierte, weil Lisa wegfahren mußte, nur einige Tage lang, auf ein Seminar.

Wäre sie hier gewesen, dessen bin ich sicher, wäre nicht so viel schiefgelaufen. Ich wäre nicht hineingeschlittert in diese Nacht, an deren Ende ich in einem fremden Bett aufwachte.

Mit einem Erinnerungsloch.

Ich hätte diese Truppe von Leuten nicht kennengelernt, mit denen ich schließlich im Morgengrauen in irgendeinem Altbau landete, einer Wohnung, in der eine ewig kichernde „Tamar-ohne-a“, wie sie sich auf der Toilette des Clubs vorgestellt hatte, zu kochen begann.

Einige Leute lungerten in dieser kleinen Küche um sie herum, andere tranken und rauchten in den anderen Zimmern, und ich beobachtete, wie Tamar-ohne-a ein geheimnisvolles Gesicht machte und eine Dose aufschraubte. In ihrem Nasenflügel glitzerte es, auch auf einem ihrer Schneidezähne, und aufgrund ihres offenbar heiteren Gemüts sah man permanent ihr gut durchblutetes Zahnfleisch.

Sie angelte irgendwelche Kräuter oder ähnliches aus der Dose, warf ihre hennaroten Rastalocken über die Schultern und nahm den Topf von der Flamme.

Ich hatte Hunger und dachte, es sei Suppe, was da gebraut wurde, aber, wie sich bald herausstellte, handelte es sich um Wasser.

Und die Kräuter waren eigentlich Pilze.

„Zauberpilze“, wie Tamar-ohne-a gluckste.

Also tranken wir, glaube ich, alle Tee.

Zuerst hatte ich noch das Gefühl, ich müßte jetzt dann doch mal den Weg aus dieser Wohnung finden, ein Taxi aufspüren, eine S- oder U-Bahn-Station, um vor Tagesbeginn zu uns zu gelangen.

Dieses Vorhaben verflüchtigte sich jedoch im Dampf, im Rauch dieser Küche, und fern schien mir unsere WG schließlich, galaxienweit entfernt.

Und sowieso sinnlos, ohne Lisa.

Eine wundersame Leichtigkeit hob mich allmählich hoch wie ein Karussellsitz, langsam auf und ab, und als ich wieder saß, bemerkte ich, mit welch märchenhaften Wesen ich es hier zu tun hatte: Alle glänzten von innen heraus.

Ein Mädchen mit Sommersprossen, reiner Goldstaub, strich mir mit elfengleicher Geste übers Haar.

Ein dunkelhaariger Typ mit beeindruckendem Kiefer, der mir zuvor arrogant erschienen war, küßte meine Hand und fragte, von welchem Indianerstamm ich die Königin sei.

Ich sah plötzlich so scharf wie noch nie in meinem Leben.

Alles hatte eine ungeheure Dimension.

Wir lachten, aber nicht nur wir Menschen. Die ganze Küche lachte.

Ich sah den Tisch vor mir, dessen Holz sich zu dehnen begann, zu knacken, als wäre ihm seine Haut zu eng, und der mir in seiner Holzsprache erzählte, wie sehr es ihn freue, Teil dieser Küche zu sein. Auch ich konnte plötzlich die Holzsprache und ihm höflich antworten, daß es mir ebenso gehe.

Daß ich auch die Plastik-, die Blumen-, die Edelstahlsprache und vor allem die Weinflaschensprache beherrschte, wunderte mich nicht mehr im Geringsten.

Ich hatte immer gewußt, daß alles eine Seele besitzt. Auch Atomkraftwerke.

Wir begannen zu tanzen, und niemals zuvor hatte ich mit solch schönen Menschen getanzt.

Alle Farben pulsierten an ihnen, die Kleidung, die Haare, die Augen.

Wir bewegten uns wie Wasserpflanzen, zuvorkommend und sanft.

Ich sah, wie meine Haut wogte, das gesamte Universum atmete in mir.

Wir berührten uns an den Schultern, Wangen, Bäuchen. Zwischen meinen Oberschenkeln wanderten Hände, und meine Finger wühlten in Haaren, erkundeten das Wunder einer Halsbeuge, die Eleganz einer Po-Ritze.

So also war die wahre Liebe. So mußte es sein, wenn es echt war:

Wesen, die einander durchdringen. Verschmelzen. Ein Verstehen ohne Worte.

Etwas, das so tief lag wie der Erdkern und so herrlich war wie der Garten Eden, ohne Schlange.

Und dann kam irgendwer auf die Idee, aufs Dach zu steigen.

„Ko-omm", trällerte Tamar-ohne-a und faßte meine Hand.

Wir legten die Zeigefinger auf die Lippen, jemand wischte die Musik weg.

Beim Hinausschwingen sah ich durch den Spalt einer anderen Tür ein nacktes Hinterteil, das sich rhythmisch zwischen zwei Knien bewegte.

Wir schlichen aus der Wohnung – eine Prozession grimassierender Gläubiger, die versuchten, in ihre Armbeugen hineinzulachen. Hinter irgendeiner Wohnungstür begann ein Hund zu kläffen.

Das Mädchen mit dem Goldstaub auf den Wangen wollte zu ihm.

Andere hielten sie davon ab an der Tür zu läuten. Wir prusteten und fanden alles ungeheuer witzig.

Am Ende des Flurs halfen wir uns gegenseitig die wackelige Treppe hoch.

Ich fühlte, wie Hände von unten gegen meine Oberschenkel drückten.

Vielleicht war es das Übermaß an frischer Luft.

Die anderen lachten, breiteten die Arme aus oder umarmten einander, ein Junge rezitierte ein Gedicht, in dem es um den Morgen und die Revolution ging.

Aus irgendeinem Grund war der graue Himmel über mir plötzlich eine Daunendecke, die sich auf mich senken würde. Mich ersticken.

Tamar-ohne-a drehte sich zu mir, ich prallte zurück. Ein Wurm wand sich in ihrem Nasenflügel, und, als sie die Lippen zum Grinsen verschob, auch auf den Zähnen. Schwarz war ihr Zahnfleisch, faulig. Entsetzt sprang ich beiseite, lief. Hexengelächter suppte hinter mir her.

Ich sah nicht nach oben, wo die Daunendecke immer weiter herabsank.

Die anderen schien es nicht zu kümmern. Sie hatten sich in Zombies verwandelt, die schattenhaft und grausam auf dem Dach balancierten.

Und nun realisierte ich das Schlimmste:

Schnee.

4

Das erste, was ich nach dieser Nacht erblickte, war die weiße Decke über mir.

Ach so.

Eine Art Gleichgültigkeit glitt über mich hinweg, ein Einverständnis.

Womit auch immer.

Kein Stuck, kein unvollständiger Lorbeerkranz war da oben, was nach einer Weile zur erstaunlichen Erkenntnis führte, daß das hier nicht mein Bett, mein Zimmer sein konnte.

Es war wunderbar egal.

Als ich mich aufrichtete, stieß ich an einen Lederbügel, und eine weißgekleidete Person neben dem Bett sagte:

„Guten Morgen."

Wie lange war ich schon beobachtet worden?

„Legen Sie sich ruhig wieder hin."

Wie lange?

„Ich möchte Ihnen gerne helfen."

Mein Kopf war irgendwie merkwürdig.

Weshalb sollte ich Hilfe brauchen?

Das hier war eine Zumutung. Ich legte mich vorsichtig wieder zurück.

Worüber hätte es sich zu sprechen gelohnt?

Mein Kopf war schwer und fühlte sich nicht richtig an.

Argumentierte ich? Du, Simon, warst weg, ohne Nachricht, ohne Zeichen, von einem Tag auf den anderen, das wußte ich genau, und wochenlang hatten wir gedacht, du würdest uns einen Streich spielen, Vera, Arnold und ich.

Es war die einzige Möglichkeit, dein Nichtmehrdasein zu verstehen.

Es gehe jetzt nicht um meinen Bruder, meinte die Person, es gehe um mich.

Ich tastete nach meinem Kopf. Da waren keine Haare. Da war etwas Rauhes.

Ein Verband.

Du kämest bald zurück, sagte ich nach einer Nachdenkpause, es sei reine Zeitverschwendung hier zu sitzen.

Ich glaube, es war eine Frau. Ja, eine Frau.

Sie reagierte nicht, saß ganz entspannt da, aber ich sah ihre hochgezogene Braue über dem rechten Auge.

Vielleicht habe ich geträumt, vielleicht sagte ich es tatsächlich:

Sie solle jetzt gehen.

Und im Traum oder in Wirklichkeit sagte ich auch noch:

„Sofort."

Hinter dem Kopf der weißgekleideten Person stand eine Sonnenblume in einer Vase, es war Arnold, der sie da hineingesteckt hatte, jetzt, nach Wochen, fällt es mir ein.

Und der Name: Westend.

Ich war im Klinikum Westend – wie viele Tage und Nächte? –, ich sehe die Sträucher zwischen den Häusern und höre das Knirschen von Kies unter Schuhen und Rädern.

Und dann schlug ich Veras Angebot aus, eine Zeitlang bei ihr zu wohnen.

Wie hätte das gehen sollen, zwei traurige Frauen zwischen Marmor und Staub, also kam ich hierher zurück, in meine WG, mit Tabletten und erschütternden Beipackzetteln in der Tasche, Adressen für Cranio-Sacral-Therapie, und Lisa und Samir teilten nur sich selbst für den Putz- und Kochplan ein.

Das bemerke ich jetzt erst.

Seit Wochen sind auf dem Zettel am Kühlschrank nur zwei Namen zu lesen.

Ich gehe in die Küche und kritzle schnell meinen dazu.

Für diese Woche.

Und für die nächste auch.

Irgendwie hebt das die Laune:

Lisas Haare in der Badewanne und Samirs Angebranntes am Herd.

Hamburg, zwanzig Jahre zuvor, mittags

Lorenz

1

Lorenz sah Helene am Fenster, rund um sie segelten Flocken, vor deren Helligkeit sich ihre schmale, dunkelrot gekleidete Gestalt abhob.

Wie sie da so hinausblickte, gerader Rücken, Standbein, Spielbein, der Körper in ihrem ganz eigenen graziösen Balancezustand, war sie plötzlich die junge Helene in jenem Haus in Italien, Urzeiten entfernt, nackt am Fenster und Kinder beobachtend, die sich im Meer vergnügten oder am Strand.

Eine dieser Unsterblichen (welche war es noch: Aphrodite, Artemis, Venus? – er verwechselte sie immerzu, ja, Vera hätte ihm die richtige Dame sagen können) – soeben aus dem Wasser gekommen, so stand Helene da.

Meine Schöne.

Von ihren dunklen nassen Haaren, die zwischen den Schulterblättern spitz zusammenliefen, rieselten Tropfen bis zum weißen Gesäß hinab.

Lorenz geriet in eine kleine, nach innen strudelnde Aufregung.

Er stützte sich mit einer Hand an der Kommode ab.

Sie war kühl, so kühl wie das Leintuch, das er nach so vielen Jahren plötzlich fühlte auf seiner Haut.

Er hatte im Bett gelegen an jenem Nachmittag, nackt, unter sich das verschwitzte Laken.

Capri.

Lorenz hörte Hunde bellen. Helle Kinderstimmen.

Unser Capri.

Ich freue mich in dir.

Helene stand nackt mit tropfendem Haar, lauschte nach draußen und wußte nicht, daß Lorenz hinter ihr auf etwas Eingetrocknetem lag, auf einer dünnen Spur Blut, die er eine halbe Stunde zuvor aus ihr herausgezogen und auf die er sich schnell gelegt hatte, um sie vor ihr zu verbergen.

In einem kurzen, ahnungslosen Schlaf hatte sie neben ihm gelegen, er hatte ihre Atemzüge gehört, die Härchen auf ihrem Unterarm gesehen, das sanfte Heben und Senken des Armes auf ihrem Bauch.

Sein Blick war einer Ameise gefolgt, die den Weg über das zerklüftete Laken hinweg nahm, ein eifriges Krabbeln, rauf und runter, das ihm unendlich lange erschien.

Als sie sein Fleischmassiv zu überqueren begann, sich von Haar zu Haar hangelnd, hatte seine Hand sie schließlich von der Hüfte gewischt, träge und streng.

Die Nachmittagshitze war durch die Ritzen der Fensterläden ins Zimmer geschlichen, hatte Lichtstreifen in den Boden gebrannt und die Kinderrufe vom Strand scheinbar lauter gemacht, lockend.

Helene hatte sich zu bewegen begonnen, Lorenz hatte sich schlafend gestellt, was ihm feige vorkam. Wofür er sich schämte.

Sie war ins Bad gegangen, er hatte Wasser gehört und ihr Bemühen, leise zu sein, durch die Wand hindurch gespürt.

Dann stand sie am Fenster, lugte durch die Fensterläden hinaus, drehte sich schließlich ihm zu, erfreut, daß er sie ansah.

Jung war ihr Gesicht, ein feines, angenehmes Gesicht, in das man gerne hineinschaute, wache, kleine Augen, das Grübchen in der Wange, ein großer Mund, ein lachender.

Lorenz atmete tief durch. Nun gut.

Ein Paar geht im Dunkel am Meer entlang, silbrige Wellen schnappen nach ihren Knöcheln.

Das Meer ist leise genug, sie könnten sprechen.

Es gibt nichts zu sprechen.

Sie sind fünf Jahre verheiratet und bekommen kein Kind.

Damit muß man sich abfinden.

Irgendwann muß man die Dinge akzeptieren, die man nicht ändern kann.

2

Und dann, dachte Lorenz, ist alles ganz anders gekommen.

Die Flocken wurden dicker.

Helene lehnte ihr Gesicht an die Scheibe und drehte leicht den Kopf.

Die Kinder –

Lorenz betrachtete ihr Bemühen, um die Ecke des Hauses sehen zu können, die Anspannung, die ihre Wadenmuskeln hart machte, als sie sich auf die Zehenspitzen stellte.

Er betrachtete sie so, als müßte er ihre Erscheinung speichern, als wäre nur noch wenig Zeit, dies zu tun, und während er sich selbst ermahnte, nicht sentimental zu werden – alter Trottel –, flutete eine warme Welle hoch in seinen Kopf und hinunter bis in die Zehen.

Angst.

Darin trafen sie einander.

Das verband sie.

Die Angst steckte in seinen und Helenes Eingeweiden wie etwas, das nach einer Operation vergessen worden war, eine Schere, eine Pinzette, etwas, das einwächst ins Fleisch, ein Entzündungsherd, der immer da ist und unbestimmbare Schmerzen verursacht.

Den niemand sieht.

Wie früher, als Arnold klein war, und sie sich nach wenigen Minuten Stille fragen mußte, was er nun wieder anstellte, kam Helene seit einiger Zeit um die Ecke gebogen, sobald sie ahnte, daß Lorenz ein in ihren Augen gefährliches Unternehmen wagte (die Glühbirne an der Decke oben wechseln, das Fahrrad reparieren), und ebenso suchte Lorenz nach ihr, wenn sie sich nicht im gleichen Zimmer aufhielt.

Alarm!

Das war das Streichen mit dem Zeigefinger über eine Augenbraue.

Das Kräuseln der Mundwinkel, Lidzuckungen, das plötzliche Klopfen auf Brust oder Schenkel, Kneifen in Rocksaum oder Kratzen am Hals vermittelte dem anderen, daß jetzt bitte nicht auf die Leiter geklettert –, daß der schwere Koffer nicht in den Keller –, daß Arnold den Rasen ja –, daß Vera sicher dies noch –, Lorenzbittenicht! Helene! – die Worte waren Fleisch, das zuckte, gezupft oder geklopft wurde, eine Sprache, die ausschließlich sie beide teilten.

Unmerklich, über einen langen Zeitraum hinweg waren sie in diesen Käfig geraten, aus dem sie nur um den Preis der Heimlichkeit, der Lüge ausbrechen konnten.

Nur wenn der andere außer Haus war, konnten sie ihre Arbeiten, die sie für unabdingbar hielten, verrichten: Holz schlichten im Schuppen, Äste aus dem Garten schleppen (Lorenz), gewaschene Vorhänge aufhängen, schwere Vasen auswaschen (Helene).

Und beide hatten im Laufe der Zeit eine Meisterschaft entwickelt, die Ergebnisse dieser Tätigkeiten zu übersehen.

Plötzlich war eben das Holz vorbildlich gestapelt oder die Vasen in den Schränken sauber und jederzeit bereit, Sträuße aufzunehmen. Und wer konnte schon den Unterschied ausmachen zwischen gewaschenen und ungewaschenen Vorhängen?

Hatte Jolanta eine Zusatzleistung erbracht oder der Nachbar mal geholfen? –

Man konnte doch nicht alles wissen.

Aber seit einem Jahr hatte sich etwas verändert, seit Helenes Sturz.

Damals war es noch einmal gutgegangen.

Es war in der Küche passiert.

Er hatte ihr aufgeholfen, sie hatte ihn verwundert angesehen und dann energisch durchgesetzt, daß alles in Ordnung sei.

Ach Gott, wie manches Herzeleid –

Ja, bisher hatten sie sich nicht geschnitten, verbrannt, gezerrt, irgendwas gebrochen.

Aber Lorenz wußte, daß es nur eine Frage der Zeit war. Ganz klar sah er seine und Helenes Zukunft vor sich.

Altwerden ist das größte Abenteuer – wo hatte er das mal gelesen?

Es war wie alles, was man am eigenen Leib erfahren mußte.

Sein Blick streifte das Bücherregal neben Helenes Bett, in dem sie ihre Nachtbücher, wie sie sie nannte, aufbewahrte. Helene las oft nachts, wenn sie hochschreckte aus irgendeinem Traum. Das aufgeschlagene Buch am Kästchen, das wußte Lorenz, half ihr ins Wissen zurück, wo sie war.

Und hoffentlich würde es ihr lange noch helfen bei der Frage: wer sie war.

Er seufzte.

Nein, er konnte seine Augen nicht mehr vor der Tatsache verschließen, daß sich ihr Leben seit dem Sturz zu verändern begonnen hatte, Helenes Stolpern in der Küche, weil irgendjemand etwas auf dem Boden liegengelassen hatte, wie sie später behauptete.

Aber Lorenz wußte, daß da nichts gewesen war, kein Eimer, kein Besen, kein Gegenstand sonst.

Er hatte ihr zugesehen, ihren plötzlich unsicheren Gang bemerkt, im nächsten Moment hatte sie schon am Boden gelegen, mit seltsam leerem Blick.

In den Monaten darauf war ihm das Zittern der Hände aufgefallen, „zu dumm", wie Helene diese Beeinträchtigung zu kommentieren pflegte, „zu dumm, wenn einem die Tasse vor der Nase herumwackelt", – aber auch dann hatte sie von einer Untersuchung nichts wissen wollen.

Lorenz hatte nun ohne Absprache einen Termin in Eppendorf vereinbart, gleich im neuen Jahr, – dies waren nicht mehr nur Alterserscheinungen, die man hinnehmen mußte, das mußte von Spezialisten angesehen werden.

Denn seit geraumer Zeit fiel ihm auch auf, daß Helene Zeiten zu verwechseln begann, manchmal Gespräche vom Vortag nicht mehr erinnerte, sich nicht mehr so wie früher konzentrieren konnte.

„Mir hüpfen die Wörter weg“, sagte sie manchmal und „Ach, richtig, mein Lieber“, wenn er ihr die passenden vorschlug.

Er konnte nicht mehr die Augen verschließen vor der Tatsache, daß die Phasen, in denen er die Helene von früher erkennen konnte, hellwach und ohne Zittrigkeiten, kürzer geworden waren.

Jetzt kicherte sie am Fenster und winkte.

Sie war, und Lorenz spürte bei diesem Gedanken einen Eisenring um die Brust, eine jener Menschen, die mit einer Fröhlichkeit ausgestattet waren, die sie alle Mißlichkeiten des bisherigen Lebens bewältigen hatte lassen.

Auch ihn hatte ihr Frohsinn all die Jahrzehnte getragen – und immer wieder verblüfft.

Wie lange noch?

Er versuchte sich abzulenken, indem er das Buch auf dem Nachtkästchen betrachtete. Normalerweise lag hier immer ein Stapel von Büchern herum, zu viele Werke, die er nie lesen würde, und die er eines Tages beschlossen hatte zu ignorieren.

Aber nun: So ein Wälzer?! Der paßte eigentlich nicht zu den Damen des Lesekreises, dem Helene nun schon seit dreißig Jahren angehörte.

„Nicht zu dick!“, war seit Jahrzehnten das Credo und: „Ein Taschenbuch!“, denn es waren patente norddeutsche Damen mit zuweilen preußischen Wurzeln, die sich zusammengefunden hatten, um die „moderne“ Literatur zu verstehen.

Alle hatten sie viel zu tun und jede von ihnen auf unterschiedliche Weise gelernt, ihr Geld zusammenzuhalten.

Keinen Pfennig zu viel ausgeben!

Lorenz wollte nicht näher herantreten, um Helene nicht zu erschrecken.

Mühsam entzifferte er von der Tür aus den Titel: *Ästhetik des Widerstands.*

Was war denn das für ein Titel? Ein Roman?

Klang eher wie eine politisch-philosophische Schrift.

Lorenz schmunzelte. Was den Damen wieder einmal eingefallen war!

Helene, einige Stunden zuvor

Es sind, dachte Helene, schöne Weihnachten, diesmal sind es wirklich schöne Weihnachten, ihre Hände strichen seitlich die Hüften hinab, als wären da Falten zu glätten.

Es war heller als sonst gewesen, als sie morgens im Bett gelegen hatte, seitlich, mit angezogenen Beinen und der Decke über dem Kopf.

Sie konnte nicht wissen, wie sehr der Schlaf an ihr festhalten wollte, ihre Glieder gefangenhielt, und die Traumgestalten ihr einflüstern wollten, es sei noch nicht Tag.

Der Wecker hatte längst schon geläutet, als Helenes Traum-Ich am Rande einer Wiese voller Mohnblüten stand, und so groß der Wunsch dieses Ichs war, durch die Wiese zu laufen, so groß war das Unbehagen, denn sie wußte, daß hinter der Wiese etwas lauerte.

Etwas –

„Nase –."

Dies war ein Befehl.

Folgsam tastete Helenes Hand nach dem Taschentuch unter dem Kissen, und richtig, sie mußte schneuzen. Mit geschlossenen Augen schnaubte sie ins Tuch hinein, und ihre Mutter sagte:

„Brav."

Ach so.

Die Stimme der Mutter war so wie immer, so wie Helene sie kannte, aus den Träumen und in Wirklichkeit, eine klare, selbstsichere Stimme, die von klein an wußte, wie mit Untergebenen zu sprechen ist, mit Kindern.

Sie wäre so gerne losgelaufen. Ihre Beine zuckten. Sie wollte in die Wiese mit den roten Blüten und dem schwarzen Auge in ihrer Mitte hineinlaufen, immer im Kreis, damit sie ja nicht an den Rand geraten konnte und auch weit weg bliebe von dem Apfelbaum mit dem Befehlston und den baumelnden Beinen, die ihrer Mutter gehörten.

Doch sie kam nicht von der Stelle, sie war eingewurzelt, sie war selbst ein Baum.

Bevor die Lähmung unerträglich wurde und dieser Vorgang sich endgültig zum Alptraum auswuchs, ließ der Schlaf Helene los, glitt gnädig aus ihr, sodaß sie im Aufwachen die Schwere ihres Körpers als eine wohltuende, normale empfinden konnte, eine, die in ein Strecken der Beine und Arme überging und ihr ins Bewußtsein hineinhalf, das ihr bestätigte, wer sie war – und wo.

Das war wichtig.

Es war entscheidend.

Es war ja nicht jeden Morgen so.

Manchmal wachte sie auf und wunderte sich.

Was ist das für ein Zimmer?

In welchem Haus bin ich gelandet?

Aber heute war es, wie es sein sollte.

Eine tiefe Befriedigung füllte sie aus bis in Finger- und Zehenspitzen.

Sie war hier, zu Hause.

Sie badete in Licht.

Schon war der Traum vergessen, nie geträumt worden, schon schlug sie die Decke zurück.

Als sie die beigen Vorhänge beiseiteschob, legte ihr die Freude die Hand auf die Lippen und drückte ihr die Augen zu.

Als sie sie wieder öffnete, tränten sie.

Helene blinzelte gegen die Helligkeit, während sie ihre Handflächen auf das kalte Glas legte, als wollte sie das blendende Weiß berühren, das nirgends begann und nirgends aufhörte, das oben und unten verkehrte und sie in einen Zustand versetzte, den sie von viel früher her kannte.

Schnee!

Sie sah hinunter in den Garten und erschrak.

Da unten bewegte sich etwas, da kniete jemand, eine Frau.

Jolanta? Wie kam Jolanta –

Neinnein, nicht Jolanta war das mit ihrem runden Po, den kräftigen Armen, da unten war eine schmale, abgezehrte Frau, das war an den Hüften zu sehen, am Rücken, an der Art, wie sie im Schnee kniete, in irgendwas Graues, Zerfetztes gekleidet, – um Himmelswillen, wo kam diese Gestalt her?

In Helenes Kopf klopfte es:

Es gab in der Nähe ein Asylantenheim, ein buntes Haus mit vielen Leuten – aber so ärmlich war doch niemand von denen gekleidet, noch dazu im Winter!

Die Frau kniete im Schnee, vornübergebeugt, sie bewegte sich, sie grub.

Helene kniff sich wie ein Kind in den Arm.

Der Arm spürte das Kneifen.

Unerhört, dachte Helene, wer ist diese Person?

Die Frau grub weiter, langsam, beharrlich, als hätte ihr Graben einen Sinn, gleichförmig, schicksalsergeben, und da sah Helene, daß es kein Schnee war, in dem die Frau grub, – es war Sand, und plötzlich waren noch andere da, die Frau war nicht allein, vor ihr, hinter ihr, in dichten Reihen knieten eine Menge Leute, Alte, Junge, Kinder, und alle gruben im Sand, alle halbnackt, in dieser gleichförmigen Bewegung.

Helene trat einen Schritt zurück, entsetzt, erleichtert:

Es war die Szene mit der Mutter aus dem Buch!

Aus dem Buch, in dem sie vor dem Einschlafen noch gelesen hatte, einige Seiten nur, sie hatte diese Passage nicht richtig verstanden, dieses Bild von der grabenden Mutter im Schnee, der in Sand überging, ein Traumbild, ja, – sie war am Vorabend wohl schon zu müde gewesen, Helene faßte sich an den Kopf, in dem das Klopfen schwächer wurde, sie drehte sich um, weg vom Fenster.

Da war die Kommode mit den Photos in Silberrahmen, einige Geschenke, das Bett mit der aufgeschlagenen Decke.

Und daneben das Buch.

Seit einiger Zeit – seit wann? – hatte sie es aufgegeben, ein Buch von vorne nach hinten zu lesen, einem Handlungsstrang zu folgen, das brachte nichts mehr, deswegen, so hatte sie gedacht, war das Buch auf ihrem Nachttisch das richtige, weil sie einfach irgendwo zu lesen beginnen konnte, einige Seiten lang, und wenn es ihr zu mühsam wurde, schlug sie einige hundert Seiten weiter auf, tauchte ein in die nächste Diskussion der Leute, die in einem ununterbrochenen Gespräch über historische Ereignisse, über Kunstwerke, über die politische Lage zu sein schienen, – und was die einen mit den anderen zu tun hatten.

Eingewoben in diese Auseinandersetzungen waren Beschreibungen von Bildern, Brueghel, Picasso, Géricault, Menzel, die ja gemeinhin bekannt waren und über die man sich, wie auch die Damen des Lesekreises fanden, hervorragend austauschen konnte.

Den Bildbeschreibungen zu folgen war leichter als anderen Werken, die man nicht kannte, wie Kafkas *Schloß* zum Beispiel und *Barrikaden am Wedding*, ein Arbeiterroman aus den Dreißigerjahren, die der Autor – wie hieß er noch gleich, Helene hatte keine Brille auf der Nase – einander gegenüberstellte und Gemeinsamkeiten fand.

Das Schloß als *„Proletarierroman“!* – das hatten sie überprüfen müssen und es gelesen und zwei Sitzungen gebraucht, um weiter uneins zu bleiben in ihrer Einschätzung.

Helene aber interessierte vor allem dies:

Daß *Die Ästhetik des Widerstands* ein Berlin-Buch war.

Das Buch hatte ihr Straßen und Plätze ihrer Kindheit zurückgeholt und die Erinnerung an die warme Vaterhand, die sie festhielt, sonntags im Pergamonmuseum, wo sie hochgehoben hatte werden müssen, um über die

Köpfe der Besuchermenge hinweg die Giganten und Götter zu sehen.

Damit begann das Buch, mit dem Fries, das sie als Kind das letzte Mal gesehen hatte, und obwohl sie sich erst mühsam mit den langen Sätzen im Roman vertraut hatte machen müssen, waren es doch diese schließlich gewesen, die sie hineingezogen hatten in die Geschichte dreier Widerstandskämpfer – Coppi, Heilmann, ein namenloser Ich-Erzähler – mit ihren Gesprächen über Kunst, Mythos und Literatur.

Das Buch war also nicht nur das Buch.

Die Ästhetik des Widerstands provozierte geradezu eine Unmenge anderer Bücher. Man wollte, wie Frau von Witzenfeld, plötzlich Rosa Luxemburgs Briefe aus dem Gefängnis zu lesen beginnen oder, wie Frau von Deggendorf, sich mit André Breton und dem Surrealismus mal genauer beschäftigen, Frau von Richtenstadt wiederum fand, daß die Lektüre ihr einen neuen Zugang zu ihren schwedischen Vorfahren und der Geschichte des Landes ermöglichte.

Nur Frau von Blankenburg fand den Roman zu kompliziert und zu sehr in „rote Tinte getunkt, – na, Sie wissen schon".

Das war abzusehen gewesen, aber einzigartig blieb, daß sie das Buch schon seit vielen Monaten behandelten, ohne Protest – obwohl sie sonst höchstens zwei, äußerst selten drei Sitzungen veranschlagten für ein Werk.

Umfang und Inhalt der *Ästhetik des Widerstands* ermöglichte es aber auch, ein klein wenig zu schummeln: Das taten alle, vermutete Helene, fast alle, – bei Frau von Blankenburg war sie sich nicht ganz sicher, deren Exemplar war voller Zettelchen und Anstreichungen und Ruf- und Fragezeichen, aber bei den anderen Damen war sie gewiß, daß sie auch – ebenso wie sie selbst – immer wieder die Lektüre abbrachen, weil sie den vielen verschiedenen Stimmen nicht mehr folgen konnten, in Berlin, im böhmischen Warnsdorf, im Spanischen Bürgerkrieg, Paris, Stockholm.

Oder weil sie die Diskussionen schwedischer Sozialdemokraten und Kommunisten langweilten.

„Es hat, meine Damen“, wie es Frau von Richtenstadt beim letzten Mal formuliert hatte, „auch Längen“.

„Mich“, hatte Frau von Witzenfeld mit spitzen Lippen gesagt, „stört das nicht“. Darauf hatten die meisten genickt und in ihren Teetassen gerührt oder diese leise auf den Glastisch zurückgestellt.

Dann war man zum letzten Teil der Veranstaltung übergegangen, in dem auch durchaus Unliterarisches zur Sprache kommen konnte, die Hamburger Wahlen zum Beispiel, der Mord am Fischmarkt, das Wetter.

In Maßen, selbstverständlich.

Die Damen hatten Prinzipien, nicht nur hinsichtlich ihrer Lese- und Gesprächskultur.

Über Krankheiten zu sprechen, schickte sich gar nicht.

Seit dreißig Jahren siezte man einander und eröffnete Privates nur, wenn man das Fehlen bei einer Sitzung ankündigte oder im Nachhinein entschuldigte („Letzten Montag, meine Damen, ist mein Mann gestorben.“ – „Die Chemotherapie war vorverlegt worden.“)

Aber, und das schien einer Revolution gleichzukommen:

Ein Ende der Sitzungen über *Die Ästhetik des Widerstands* war nicht abzusehen, auch im neuen Jahr nicht, in dem nicht mehr die großen Handlungsbögen Thema sein sollten, sondern einzelne Figuren.

Helene war es gewesen, die für das nächste Treffen die Besprechung der schwedischen Schriftstellerin Karin Boye angeregt hatte.

Es hatte keinen Widerspruch gegeben.

Helene fragte sich plötzlich, wie sie zu diesem Roman gekommen war.

Sie hatte ihn im Lesekreis vorgeschlagen, das wußte sie genau, aber –

Bevor sie diese schon bekannte Angst in sich hochkriechen fühlte, steuerte sie dagegen: Es würde ihr schon wieder einfallen, ganz gewiss. So wie ihr die Figuren des Buches immer wieder einfielen, beim Zusammenlegen der Handtücher oder Ausräumen der Geschirrspülmaschine.

Auf sie war merkwürdigerweise immer Verlaß, immer wieder standen sie vor ihren Augen, Menschen, die wirklich gelebt hatten in jenen Jahren, in Berlin herumgelaufen waren wie sie, vielleicht nur einige Straßen weiter, jenen Jahren, in denen sie zur Schule gegangen war, Zöpfe und Strümpfe getragen, als Jungmädel gesungen und getanzt hatte.

Helene wußte, wie die Menschen im Roman aussahen, weil ihr jemand (Wer? Ach egal!) die Notizbücher gekauft hatte, die mit dem Roman erschienen waren, und wenn sie darin blätterte, blickten sie sie an, die Romanfiguren, die wirklich gelebt hatten:

Hans Coppi, Horst Heilmann, Hilde Coppi, Liane Berkowitz, Cato Bontjes van Beek, Oda Schottmüller, Libertas und Harro Schulze-Boysen und viele mehr.

Vor allem die jungen Gesichter und Namen waren in Helenes Kopf geblieben.

Es waren Menschen, die hingerichtet worden waren, als sie selbst im Garten in Schlachtensee die Kaninchen gefüttert oder im Bunker gesessen hatte oder später aufs Brandenburger Land evakuiert worden war.

Helene hatte sich schon mehrmals gefragt, ob sie einem von ihnen über den Weg hätte laufen können.

Das war ein Gedanke, der sie hin und wieder atemlos machte, denn es hätte sein können, durchaus.

Sie dachte an Tante Käthe in der Witzlebenstraße, deren Wohnung im dritten Stock gegenüber dem Reichskriegsgericht gelegen hatte. Die Besuche bei ihr hatten stattgefunden, bevor alle Kinder aus Berlin verschickt worden waren, bis 1943, ja, so mußte es gewesen sein.

Helene erinnerte sich an den Geruch von gekochtem Kohl und Feuchtigkeit im Flur, an Wände mit dunklen Bildern in der Wohnung, unter den Füßen abgetretene Teppiche. Und an das grauschwarze Gebäude gegenüber, wenn man aus dem Fenster guckte.

Hier waren sie zum Tod verurteilt worden, diese Menschen, die ihr auf den Photos so ernst und gefaßt und lebendig entgegenblickten, Urteile, die in Plötzensee vollstreckt worden waren.

Fallbeil, Erhängen.

Manche waren nicht einmal zwanzig Jahre alt gewesen.

Helene kniff die Augen zusammen.

Dabei hatte sie die Hinrichtungsszene im dritten Band des Romans gar nicht gelesen. Und sie würde sich dem auch nicht aussetzen.

Es hatte ihr gereicht, was die anderen berichtet hatten.

Helene faßte sich an den Kopf.

Was für ein merkwürdiger Morgen.

Sie wußte nicht mehr, ob der Lesekreis vor drei Wochen oder drei Monaten stattgefunden hatte, erinnerte sich aber bis in Details.

Erst jetzt bemerkte sie ihre nackten Füße, den fehlenden Morgenmantel.

Wie lange stand sie hier schon herum?

Noch ehe sie Gefahr laufen konnte, nach den Gestalten im Schnee zu sehen, wurde die Tür aufgerissen:

„Großmamaaa! Gutän Moorgäään!“

Zwei wilde kleine Tiere stürzten auf sie zu.

Berlin, Dezember

Lucy

1

Es ist Nachmittag geworden. Düster liegt der Hof, kein Fenster ist erleuchtet.

Lisa und Samir wollten eigentlich am frühen Nachmittag zurück sein vom Amt. Vermutlich wird sie wieder ein Seminar versäumen, wie schon so oft in den letzten Monaten, und Samir wird mich später fragen, ob er was tun könne. Abwaschen oder so.

Es klappt immer besser mit ihm. Den Müll runterbringen macht er allerdings nicht mehr so gern, seitdem er im Hof unten von Herrn Schneider, du weißt schon, Simon, unserm Hausmeister, angesprochen worden war.

Lisa war dann losmarschiert, Samirs Papiere in der Hand, die ihn als rechtmäßig hier Wohnenden ausweisen, mit Stempel und Unterschrift vom Berliner Senat.

Mit Feuerwangen und Siegesblick war sie zurückgekommen, hatte nur „So" gesagt, „So, der wird dich nicht mehr anpöbeln, Samir", aber Samir geht auf Nummer Sicher seither, im Hauseingang und im Treppenhaus scheint er fast zu verschwinden, geht schnell und mit gesenktem Kopf, und ich denke, er hat recht.

Wie mühsam es gewesen war, die Papiere für ihn zu ergattern, habe ich nur am Rande mitbekommen. In diesen letzten Monaten, die ich vorwiegend im Nebel verbrachte, ist so viel passiert, und ich weiß noch, wie Lisa an mein Bett kam und flüsterte:

„Lucy, wir haben einen neuen Mitbewohner, ich konnte nicht anders, ich mußte ..."

Im ersten Moment dachte ich, Du seist es, Simon.

Du seist unser neuer Mitbewohner, zurückgekehrt und von Lisa aufgenommen, logisch, wir hatten ja ein Zimmer frei, nach dem Auszug von Marie, und wir brauchten dringend jemanden, für die Miete. Ihr Gesicht wurde ganz fahl, als sie bemerkte, was ihre Ankündigung in mir auslöste.

„Lucy", stammelte sie, „es ist... es ist... jemand anders ..."

Ein Krächzen ist, was aus mir herausbricht. Keine Tränen. Hab wohl genug geheult heute Morgen.

Lisa findet Tränen gut.

„Psychische Regulation" ist ihr Stichwort, „innere Waschanlage".

Ich setze mich erstmal hin und sehe mich um.

Der erbärmliche Zustand dieses Zimmers entspricht dem seiner Besitzerin.

In all den Monaten verlor Lisa kein Wort darüber, auf welchem Misthaufen ich hier vegetiere.

Ich erinnere mich dunkel, daß sie manchmal mit einem Müllsack aus meinem Zimmer kam, wenn ich grade um die Ecke bog.

Trotzdem liegen unter dem Bett fleckige Slips, aufgerissene Alufolie, dreckige Stiefel.

Ekelhaft.

Ich werde sie überraschen und aufräumen.

Zum ersten Mal frage ich mich, was Samir wohl von mir denken mag.

Weißt du noch, Simon, was für ein Wort früher in Zusammenhang mit uns gebraucht wurde, meistens in diesem bedauernden Tonfall:

„Schade.“

Weißt du noch?

Immer hieß es von uns beiden:

„Schade.“

„Schade, sie sind wie Hund und Katz.“

„Schade, daß sie so viel zanken.“

„Ach, Geschwister – schade, eigentlich.“

Der Wäschekorb quillt über. Ich drücke den Deckel kräftig hinunter.

Draußen steht die Esche voller Krähen, es ist ihr Schlafbaum.

Oben sieht man ein Stück viereckigen Himmel. Diffuses Dunkel.

Da: Das Fenster gegenüber wird hell.

Springt plötzlich auf wie ein Türchen im Adventskalender: goldgelbes Zimmer mit Stuhl und Tisch, darauf ein Kranz, rote Kerzen.

Die Frau, die das Zimmer durcheilt und wieder verläßt, erkenne ich nicht gleich, sie hat eine neue Frisur, Engel im lockigen Haar, du würdest lachen.

Stimmt, Simon, wir haben uns immer bekämpft.

Wenn ich an dich als Jungen denke, sehe ich eine verzerrte Landschaft aus Sommersprossen, zusammengekniffenen Augen, Sprühspeichel.

Die reine Wut.

Ich drücke mich an die Wand. Schlüpfe seitlich weg, renne. Renne und schreie.

Wenn ich nicht entwischen konnte, blieben mir Zähne und Nägel.

Beißen und kratzen, ich weiß noch genau, wie sich das anfühlte.

Dein harter Jungskörper.

„Hexehexehexe“, schluchztest du in Mamas Armen.

Diese Weihnachten, damals.

Ich weiß vom Schnee, und daß danach nichts mehr war wie zuvor.

Weiß ich das wirklich? Oder haben sich Gefühle von anderen – deine oder die unserer Eltern, Großeltern – in meinen Kopf gelegt und geben sich als meine aus?

Oder werde ich einfach ein bißchen wahnsinnig?

Ich sehe mich von außen:

Eine Irre, die aus dem Fenster in einen Hinterhof starrt und Wesen beobachtet, die an Adventskränzen vorbeischweben.

2

Es hat geläutet. Lisa hat ein Päckchen bekommen, wie jedes Jahr. Weihnachtskekse.

Du weißt schon, die besten sind die mit den Nüssen drauf.

Ich habe sie ihr aufs Bett gelegt.

Es wird ihr zwar wieder peinlich sein – „Meine Oma“, wird sie augenrollend sagen –, aber das macht nichts.

Uns allen sind unsere Familien peinlich.

„Nenee“, höre ich Lisa sagen, „meine Oma ist nicht nur peinlich“.

Ich weiß.

„Sie ist gefährlich.“

Eine noch nicht wirklich alte Frau mit Deutschlandfahne, die einmal pro Woche mit Leuten um die Oper stapft, die davor Galgen für Politiker gebastelt haben.

Außerdem hat sie einen Arbeitskreis zur Verteidigung des christlichen Abendlandes gegründet.

Dies bewirkt eine ungesunde Hautfarbe bei Lisa, wenn sie Nachrichten sieht oder mit jemandem von zu Hause telefoniert.

Selbst ihre Lippen werden dann kalkig, und bevor sie ganz zerbröselt, lege ich uns Musik auf und koche Beruhigungstee.

Trotz allem schickt die Oma pünktlich wie ein Wehrmachtspanzer weiter ihre Päckchen.

„Ich liebe die Kekse meiner Oma. Über alles in der Welt.“

Das war letztes Jahr. Wir haben uns dann untergehakt und sind tanzen gegangen.

Später kam natürlich der knock down.

„Wir sprechen in verschiedenen Sprachen“, sagte Lisa müde, „alle in der Familie. Und wir haben niemanden, der sie übersetzen kann.“

Ich habe ihr verboten, die Kekse zurückzuschicken, wie sie es für dieses Jahr ankündigte.

Dieses Jahr, denke ich, wird es etwas Besonderes sein, das Päckchen zu öffnen und auf den Tisch zu stellen.

Wir werden Kerzen anzünden und Geschichten erzählen.

Uns erfreuen.

An all den adrett verzierten Engelsaugen, Makronen, Zimtsternen, diesem ganzen deutschen Adventstraum, den Samir in seinem Mund zergehen lassen wird.

3

Oh: Jetzt sehe ich im Viereck da oben einen Stern.

Einen herrlich leuchtenden kitschigen Stern.

Die Venus?

Ich blättere bei Novalis herum, ach ja, da ist es, Fragmente und Studien 1797-1798:

„*Wie wir, schweben die Sterne in abwechselnder Erleuchtung und Verdunklung – aber uns ist, wie ihnen, im Zustand der Verfinsterung doch ein tröstender, hoffnungsvoller Schimmer leuchtender und erleuchteter Mitsterne gegönnt.*"

Das Wort *Mitsterne* fand ich schon beim ersten Lesen äußerst beruhigend.

Und das Wort *gegönnt*.

Irgendeine Instanz gönnt uns was. Fein.

Weißt du noch, Simon, das Sternenbuch?

Jedes Kind hat seinen Stern, der es schützt.

Der Stern beginnt aber erst am Himmel zu leuchten, wenn das Kind schläft, sinnigerweise.

Wir waren empört. Wie gemein, daß man seinen Schutzstern nie sehen konnte!

Irgendwie scheint mir, daß wir an besagten Weihnachten das Buch bekommen haben.

Wo ist es? Lächerlicherweise kommen mir jetzt Tränen.

Lisa wäre begeistert.

Aus irgendeinem Grund möchte ich das Buch in der Hand halten, lesen.

Die Bilder von den Kindern ansehen, die in den Himmel zeigen, und die Sterne ihrer schlafenden Freunde und Freundinnen suchen.

Und jetzt sehe ich dich, Simon, nachts im Bett neben mir, aufrecht.

Du schreist.

Ich drücke Novalis' Gesamtwerk an mich. Wie kann das sein, daß diese Erinnerung ausgerechnet jetzt hochschießt – nach so vielen Jahren? Ich bin mir nicht sicher, ob es in Hamburg ist oder in Berlin, Italien, Griechenland, auf den Kanaren. Vielleicht überall.

Du schreist nach Vera, die geflogen kommt, dich wiegt und sich neben dich legt, ins schmale Kinderbett, weil du dich nicht mehr beruhigen kannst.

Ich höre dein Wimmern, den beruhigenden Singsang unserer Mutter, deine Schluchzer, irgendwann, nach einer quälend langen Zeit, deine tiefen Atemzüge.

„Mama", höre ich mich sagen, als Vera sich behutsam von dir löst und mit einem Seufzer auch mich in die Arme nimmt und hin- und herwiegt.

Wie viele Nächte ging das so? Wie lange peinigten dich deine Alpträume, sodaß du eine Zeitlang sogar bei den Eltern schlafen durftest, – ja, ich glaube, so war's, weil die Eifersucht augenblicklich hochsteigt in mir.

Und irgendetwas sagt mir, daß du sogar in eine Therapie kamst – aber das scheint mir so entlegen zu sein, daß ich mir nicht sicher bin. Ich muß Vera fragen. Wir haben nie darüber gesprochen, Simon, über so vieles haben wir nie gesprochen.

Diese Hamburger Weihnachtstage. Was wolltest du mir darüber sagen?

Das sehe ich vor mir:

Den Tannenbaum mit den schimmernden Äpfeln, die an roten Wollschnüren hängen.

Strohsterne. In einigen von ihnen glänzen Goldfäden.

Das einzige Geglitzer, weißt Du noch, Simon, das Großmama zuließ.

Kerzen sehe ich, die in schwarzen Metallarmen stecken. Großvater hatte sie am Vortag unter Ächzen und mehr oder weniger leisen Flüchen in die Löcher des Stammes gebohrt und eingesetzt.

Rund um diese protestantische Schlichtheit das: Berge von Geschenken.

Großmamas stolzes Gesicht, Blick nach unten, zu mir.

Wie sie aufrecht sitzt in ihrem Stuhl. Die Arme hat sie um mich gelegt, die ich in einem Samtkleid, schwarz – ich haßte es –, auf ihrem Schoß sitze und abwärts sehe, hin zu den bunten Päckchen.

Großvater steht hinter uns, stützt sich an der Lehne ab und lacht zu Arnold hin, der sich soeben neben uns positionieren will, ein Bein vorgestreckt, die Arme unscharf, er ist noch mitten in der Bewegung.

Du, Simon, sitzt zu Großmamas Füßen.

Wie immer machst du Quatsch.

Hattest gerade die Zunge draußen, jetzt verschwindet ihre Spitze, und eingefroren bleibt dein breit auseinandergezogener Mund, die Schlitzaugen. Unsere Mutter hat das Photo gemacht.

Aber hier: Auf diesem ist sie zu sehen, wie sie neben Großvater steht und lächelt.

Sie ist die einzige, die Arnold, den Photographen, anlächelt und gerade deswegen wirkt, als gehöre sie nicht in diese Gruppe.

Alle anderen sind in Bewegung, sehen einander an, du, Simon schnappst gerade nach meinem Schuh. Großmama versucht deine Hand zu greifen, Großvater sieht Vera an.

Vera steht in ihrer lächelnden Versteinerung.

Wir sind immer nur am Weihnachtsabend bei den Großeltern gewesen und am nächsten Tag in den Süden geflogen.

Meistens auf eine kanarische Insel, einmal auch nach Tunesien oder Südspanien.

Ich sehe noch die Blicke von Großmama auf unsere unausgepackten Koffer, aus denen wir nur die Festtagskleidung und die Zahnbürste herausnehmen sollten.

Nach jenen Weihnachten, an die ich mich nicht erinnern kann, fuhren wir jedes Jahr am ersten Feiertag mittags zum Flughafen, obwohl es seither nie wieder einen harten Winter im Norden gegeben hat.

Hamburg, zwanzig Jahre zuvor, morgens

Helene

War das Essen an den Weihnachtstagen nicht üppig genug gewesen?

„Früüüühstüüüüück!“, mit diesem Schlachtruf stürzten Lucy und Simon in den Wintergarten, sicherten sich die Stühle in der Mitte.

Der Tisch war vollgestellt mit Marmeladeschüsseln, Schinken-, Fisch- und Käsetellern, Keksen und Früchten – „Langsam!“ rief Vera, Helene und Lorenz lächelten, Arnold hob den Zeigefinger.

Alle nahmen Platz.

Die Kinder schlugen mit den Löffeln auf die Eier ein, „Kinndärr“, zischte Arnold.

Helene reichte die Kaffeekannen.

„Möchtest du?“, fragte sie ihren Sohn, der ihr gegenüber saß.

„Nein, danke.“

Sie stellte eine der Kannen neben sich, hielt kurz inne.

Dann hob sie sie wieder hoch und wandte sich Arnold erneut zu.

„Möchtest du?“, fragte sie.

Simon prustete los.

„NEIN“, sagte Arnold, „DANKE“.

Lorenz, dem Lucy währenddessen etwas ins Ohr geflüstert hatte, in ihrer selbsterfundenen Lucy-Nuschelsprache, tätschelte seiner Enkelin die Wange und fühlte sich behaglich, als er sich wieder seinem Teller zuwandte, das Brötchen mit den Büsumer Krabben zum Mund führte, seine Sippe beobachtete und den Duft von Fisch und Harz in die Nase zog.

Helene hatte Tannenzweige zwischen Teller und Tassen gelegt.

Sie lehnte sich zurück, und als sie die samtige Polsterung des Stuhls in ihrem Rücken spürte, fielen sie ihr zum ersten Mal auf.

Arnolds graue Schläfen.

Erschrocken nahm sie einen Schluck Kaffee.

Das Baby vor Augen, das sie vor vielen Jahren in den Armen gehalten hatte, machte sich ein Gefühl von gleichzeitiger Ausdehnung und Schrumpfung breit in ihr.

Arnold, dachte Helene, du verwitterst.

Sie mußte plötzlich kichern, was zur Situation zu passen schien – Arnold verdrehte die Augen, Lucy riß ihre auf, Lorenz seufzte –, da Simon soeben den Brotkorb fallen gelassen hatte.

Nur Vera war abwesend.

Jetzt kicherte Lucy und rutschte vom Stuhl, um ihrem Bruder zu helfen oder ihn wegzuschubsen.

Aber Simon kam schon vom Boden hoch, mit dem nun wieder vollen Korb.

„Brötchen mit Dreck!“, krähte er fröhlich, „wer will dreckige Brötchen?“

„Kann nicht sein“, brummte Lorenz, „wir haben gerade saubergemacht“.

„Ein Haar! Ein Haar! Wer will Brötchen mit Haar!?!“

Lucys Stimme überschlug sich vor Begeisterung.

„Warum“, fragte Simon, „lachst du so, Großmama?“

„Ich freue mich“, antwortete Helene, „ganz einfach“.

Jetzt hatte alles seine Ordnung.

Vergessen war der Morgen mit dem Traum, ihre starren Beine, der weiße Garten mit Menschen, die aus einem Buch stammten.

In ihr war etwas, das von A nach B führte, etwas, das ihr richtig vorkam.

Es hatte auch mit den Tannenzweigen zu tun. Sie hatten unvermutet, ohne daß sie diese hätte suchen müssen, zwischen den Marmeladegläsern in der Speisekammer gesteckt.

Als hätte jemand gewußt, daß Helene sie brauchen würde, und dort hingelegt.

Nun spürte sie Lucys Hände auf ihren Schenkeln und einen kleinen spitzen Ellbogen an ihrer Seite: Simon.

Allein darauf kam es an.

„Na“, sagte sie, „her mit einem Brötchen“.

Daß sie da gesteckt hatten.

Und nicht darauf, zu wissen, wer sie abgeschnitten hatte und wann, womöglich von den Tannen im hinteren Teil des Gartens, hinter der Bank.

Helene sah quer über den Tisch.

Ihre Schwiegertochter war blass, mit Blicken, die leer im Raum herumschweiften.

Schade, dachte Helene. Ein Jammer. Früher haben wir uns so gut verstanden.

Sehr schade.

Sie legte das Brötchen mit spitzen Fingern auf ihren Teller.

Das Gefühl, sich zu erinnern, war so überwältigend, daß ihr Tränen in die Augen traten.

Aus der früheren Zeit kam das Bild auf sie zu, Licht aus Neonröhren, helle Wände.

Etwas ragte auf, das größer war als sie, etwas, das sie überrascht hatte.

Ein Turm, ein Gebäude, – ein Haus. Ja, ein Haus.

Sozusagen. Und dahinter, versetzt, noch eines.

Und noch eines.

Graue massive turmartige Gebäude mit Schlitzen.

Augen? Schießscharten? Keine Türen.

Es war ein riesiger weißer Raum, in dem die grauen Häuser standen, hoch und fensterlos.

Helene wischte verstohlen über ihre Lider.

Ach ja, das war in dieser Galerie ... wie heißt sie noch ... diese Galerie in Eppendorf, ich war allein hingegangen, später, war krank gewesen bei der Eröffnung ...

Glücklich säbelte sie an dem Brötchen herum.

Einmal, früher, hast du uns alle Steine erklärt, die in deinem Atelier herumlagen, dachte Helene.

„Hier", sagte Arnold und schob ihr die Butter zu.

Ich habe mir die Namen nicht gemerkt, Schiefer, glaube ich, Granit, in verschiedenen Farben, Kalkstein, Sandstein ... Du hast uns ihren Aufbau erklärt, ihre Geschichten, woher sie kommen – aus ganz Europa –, die Mühsal des Transports geschildert.

Wie viele kräftige Arme und manchmal Maschinen notwendig sind, damit diese Riesen bei dir überhaupt ankommen. Die Aufregung, wenn du zum ersten Mal, wie du es nanntest, Hand an sie legtest.

Sie träufelte Erdbeermarmelade vom Löffel auf das Brötchen.

Und dann, glaube ich, sagtest du noch etwas vom Herzen.

Vom Herzen des Steins.

„Warum lachst du so, Großmama?", fragte Lucy.

Aber damals, in Eppendorf – das waren keine Steine gewesen ...

Helene sah sich in dem großen weißen Raum nähertreten, nach ihrer Lesebrille kramen, um zu erkennen, was auf dem Täfelchen stand, das neben den Objekten an der Wand angebracht war:

Ohne Titel. Wellpappe, Acryl 1992.

Daß ich mir das gemerkt habe!

Sie kicherte.

Durch die Schlitze hindurch hatte sie auf eine Ziegelwand mit vielen kleinen Köpfen gesehen.

„Großmama?"

Lucy zog an Helenes Arm.

Entsetzt war sie zurückgeprallt. Wie war das möglich!?

Tausendfach hatte ihr Arnold Ernst entgegengesehen, Uniform, schmales Gesicht, trotzig-nachlässiger Blick.

„Mutter", sagte Arnold, „möchtest du nicht auch – da, die Butter", aber Helene reagierte nicht.

Wie lange sie mit ihrem jagenden Herzen in dieser Galerie gestanden hatte, hätte sie später nicht sagen können.

Erst als sie Stimmengemurmel und Schritte hörte, war sie zu sich gekommen, hatte all ihren Mut zusammengenommen und noch einmal durchgesehen.

Nichts als ein Stück Brandmauer war da gewesen, kein einziger Kopf darauf, nichts, nur die gräuliche Struktur des Materials.

Helene blickte auf.

Quer über den Tisch sah sie die Frau ihres Sohnes, wie sie eine Strähne hinters Ohr strich, die nicht vorhanden war – ein Tick.

Ja, sie hatte einen Tick. Und außerdem keine Farbe im Gesicht.

Kurz bemerkte sie, daß dieser Lorenz-Kummer-Blick sie streifte, den sie nun schon zur Genüge kannte –

„Noch einmal“, drohte Arnold seinem Sohn, der den Brotkorb auf einer Hand balancierte, „aber dann…“

„Paah!“, machte Lorenz, Simon zuckte zusammen, und schon war der Korb in Großvaters Hand gerettet.

Berlin, zwanzig Jahre zuvor, morgens

Vera

1

„Arnold? Können wir nicht hier bleiben dieses Jahr?", sagte Vera und tauchte den Löffel in die Kakaotüte.

Entgeistert hörte sie ihrem eigenen Satz hinterher.

War ihr das schon jemals passiert?

Sie hob den vollen Löffel heraus.

Nein. Nein, das war ihr noch nie passiert. Ohne einen Gedanken war dieser Satz, dieser Ausspruch, diese fragende Bitte ihrem Mund entwichen, als hätte er schon einige Zeit völlig selbständig und ohne die geringste Verbindung zu ihr darauf gewartet, herauszuschlüpfen und ausgesprochen und gehört zu werden. Sie stand mit dem Rücken zum Tisch, an dem Arnold, Simon und Lucy soeben zu frühstücken begonnen hatten.

Weihnachten zu Hause!

Sie strich sich mit einer Hand das Haar zurück.

Das war es also, was sie wollte.

Hinter ihr sagte Arnold: „Wer weiß", rückte Lucy auf ihrem Stuhl näher an den Tisch und wehrte Simons Haken ab.

„Wer weiß", stieß er hervor, lachte und gab seinem Sohn eine gespielte Kopfnuß, wandte sich Lucy zu und malte mit der Messerspitze ein Punkt-Punkt-Strich-FertigistdasMondgesicht in ihr Butterbrot.

Vera legte den Kopf in den Nacken, der leicht knackte.

„Wer weiß“, sagte Arnold in ihren Rücken und positionierte das „Wie“ in ihr Steißbein, das „lange“ in ihr Kreuz und das „noch“ in ihre Brustwirbelsäule.

Vera brachte ihren Kopf in die Ausgangsposition zurück und sah in die Augen des Eisbären auf der Ansichtskarte, die Arnold für die Kinder an die Schranktür geklebt hatte.

Lucy prustete begeistert los, „Noch eins, Papa, noch eins!!“, Arnold stieß Luft zwischen den gewölbten Lippen hervor, – „Wann kommt mein Kakao?“, maulte Simon und zappelte auf der Stuhlkante umher.

Vera beugte den Kopf und starrte auf den leeren Löffel und den Becher Milch, der nur halb getroffen worden war.

Sie brauchte einen Moment um zu begreifen, daß überall feiner brauner Staub lag, auf den Bananen, Orangen und Mandarinen, den Tassen und Tellern, die sie soeben aus der Maschine geholt hatte und die nun hellbraun gefärbt waren.

Und – eine Welle aus Wut und Selbstmitleid schoß hoch in ihr – es hatte auch ihren beigen Pullover, die beige Hose erwischt, die sie heute extra für das Treffen angezogen hatte.

Selbst schuld.

In ihre Arme und Beine floß etwas Zähes, Narkotisierendes.

Sie schloß die Augen.

Warum hatte sie all das jetzt schon angezogen, selbst schuld, wieder einmal, in ihrem Kopf surrte es vor Anstrengung und Müdigkeit, sie öffnete die Augen, drehte sich um.

Eine Säule bewegte sich auf Simon zu, stellte ihm den Becher auf den Tisch samt Löffel und Kakaopackung:

„Selbst-be-die-nung."

Aus der Küche hinauszukommen erforderte eine größere Willenskraft als erwartet, denn Veras säulenhafter Körper wollte verharren und nicht das tun, was sie jetzt tun mußte.

Ins Schlafzimmer gehen, die Schranktür aufmachen, Alternativen suchen.

Das Schwarze war in der Wäsche und die andere Hose nicht gebügelt, na bitte, wieso sollte es leicht gehen.

Sie sah mit einem gewissen Galgenhumor an sich hinunter.

Vielleicht sollte sie ihre Aufmachung als neues Design darstellen. Hose und Pullover aus der brühwarmen Kollektion „powder" einer dieser angesagten Künstlerinnen von Mitte, ja, tolle Idee, nicht wahr, hinter ihr machte es „Tak-Tak-Tak".

Sie mußte sich beherrschen, um nicht auf den Wecker einzudreschen, sah seitwärts aus dem Fenster, wo drüben an der Hausfassade die renovierten Jugendstilgesichter im Sonnenlicht leuchteten.

Vera sah Lorbeerkränze und geschwungene Lippen, unter den Balkonen sehnige Karyatiden und darüber hinter Glas die blonde junge Nachbarin hin- und hergehen, den Telefonhörer eingeklemmt zwischen Schulter und Ohr.

Schon sank Vera aufs Bett, stützte die Ellbogen auf die Knie, das Gesicht in den Händen.

Das war ein Fehler.

Samt Geruch geriet der Kakaostaub, der den Weg von der Küche bis jetzt in ihren Handflächen zugebracht hatte, auf Nase, Wangen, Lippen und verstärkte die Übelkeit.

Sie versuchte ruhig zu bleiben.

Ruhig weiteratmen.

„Wir müssen!“, rief Arnold vom Flur aus.

Vera wartete.

War nicht überrascht, als sie „Nein, nicht das!“ hörte.

Klar. Lucy wollte ihre Jacke nicht anziehen, die sie von einem anderen Kind geerbt hatte – „Sie ist doch blau, Papa!“ –, und Simon war verschwunden im Kinderzimmer, wo er offensichtlich im Begriff war, die Einrichtung kurz- und kleinzuschlagen.

Es krachte.

„Simonnn!“

Arnolds Stimme war eindeutig zu laut für diesen Morgen.

„Veraaa!“

Vera rührte sich nicht.

Spielzeugtag.

Simon suchte seinen Dino, den er heute in den Kindergarten mitnehmen durfte.

„Herrgott, ist das wieder mal ein Irrenhaus!“

Arnold stieß die Türe auf, sah seine Frau mit braunen Spuren im Gesicht auf der Bettkante sitzen, die Hände auf die ebenso gebräunte Hose gelegt.

Es war kalt im Zimmer, mißbilligend sah er die nur angelehnten Fensterflügel.

Hechelte sie? Er hatte einen harten Tag vor sich. Er konnte sich jetzt nicht – er mußte –

„Was ist denn?“, herrschte er sie mit Blick auf den Wecker an, „Es ist wirklich – und was Weihnachten betrifft –“, seine Stimme rauhte sich auf in einer Mischung aus Flehen und Befehl, „reiß dich bitte vor den Kindern zusammen, es ist klar, daß wir nach

Hamburg fahren, schon seit dem Sommer, das kannst du doch nicht einfach so – was hast du?"

„Ist gleich vorbei", murmelte Vera, „fahr du schon mal mit den beiden", sie schaffte es hochzukommen, an Arnold vorbeizugehen, der jetzt sah, daß sie sich nicht nur waschen, sondern auch umziehen mußte.

„Alles in Ordnung?", flüsterte er hinter ihr her und erhoffte nichts anderes als das „Klar", das sie mit gespielter Munterkeit über die Schulter zurückwarf.

Im Bad schüttete sich Vera kaltes Wasser ins Gesicht.

Einatmen. Ausatmen. Ein. Aus.

Türe auf.

Gelang ihr ein Lächeln?

Lucy saß im Flur am Boden mit verschränkten Armen, die Unterlippe über die Oberlippe gestülpt.

„Schätzchen", flötete Vera, beugte sich zu der Kleinen, strich ihr über die dunklen Haare.

„Ich verspreche dir, ich sehe, ob ich eine rosa Jacke bekomme."

„Nicht zu teuer", zischte Arnold in ihren gebeugten Rücken hinein.

Lucy löste ihre Arme und Lippen voneinander.

„Ja, Mama?" Ihre Wimpern waren nass.

„Machst du das?"

„Versprochen."

Vera richtete sich auf und sagte schärfer als sie es wollte in Richtung Arnold:

„Du brauchst sowieso eine zweite. Wie jedes Kind."

Arnold beschäftigte sich mit seinem Schal.

„Und jetzt ziehst du diese hier an und fährst mit Papa in den Kindergarten."

2

Als die Tür ins Schloß gefallen war, erbrach sich Vera endlich.

Da sie nichts im Magen hatte, kam nur galliges Wasser heraus.

Sie sah den Speichelfäden hinterher, hievte sich an den Fliesen hoch, spülte. Klammerte sich am Waschbecken fest und vermied es, in den Spiegel zu sehen. Sie hatte gehofft, die Übelkeit würde nun vergehen, aber als sie nach dem Waschen aus dem Bad ging, war sie nur leichter erträglich geworden.

Immerhin so, daß sie sich etwas anderes anziehen konnte, wieder dieses Kleid, das kennen die schon.

Sie würde den Tag schon irgendwie überstehen, sie hatte schon ganz andere Tage überstanden.

So sprach sie sich selbst Mut zu, aber als sie, geschminkt und mit unbequem hohen Schuhen die Wohnung verließ und in den Hausflur trat, verschlug es ihr den Atem.

Nicht nur ihre Nase, der ganze Körper versuchte sich gegen diese Mischung aus Nikotin und Fleischgeruch zu wehren.

Ihr Magen strengte sich an kleiner zu werden, noch kleiner, sie spürte ihn als harten Ball, der nicht mehr ruhig sein konnte, der losspringen wollte, aus ihrer Mitte heraus, und automatisch drehte sich ihr Oberkörper nach hinten, der noch offenen Wohnungstür zu, die den Flur Richtung Bad erkennen ließ.

Sie begann zu zittern.

Es war klar, daß sie es nicht konnte.

Sie konnte nicht die Treppe hinuntersteigen und an der Tür unten im zweiten Stock vorbeigehen, wo dieser Nachbar schon morgens gräßliche Dinge kochte und rauchte und mit seinem Mief das ganze Haus verpestete.

Schon war die Tür zugedrückt, die Tasche zu Boden gefallen, schon kippten die Schuhe in verschiedene Richtungen, nahmen ihre torkelnden Füße Kurs auf Richtung Schlafzimmer.

Nur noch durch diesen Tunnel.

Nur noch diese wenigen Schritte.

Gleich war sie da.

Seltsam, wie sich ihre Hand nun selbständig machte.

Den Hörer nahm, wählte.

Sie wartete.

Als die Ansage kam, preßte sie die Lippen aufeinander:

Sie waren also noch nicht da, sie mußte nichts stammeln, mußte sich jetzt nur für diesen einen Satz zusammenreißen – „...Kind krank – kann nicht kommen – tut mir leid..." – mußte nicht die Kühle einer Stimme ertragen, in der vielleicht schon das Ende mitschwang – „... würde mich freuen über einen neuen Termin ..."–

Klick, geschafft, das war geschafft, sie drückte die Tür zum Schlafzimmer auf –

Hier war das Bett.

Zerknüllt und verlottert wie jeden Morgen. Die Kissen eingetrocknet von Schweiß und Speichel, das Laken verziert mit verschiedenfarbigen Haaren.

In der Mitte türmten sich die Deckenwülste und verdeckten andere Spuren. Nur die Luft war frisch, eigentlich war sie kalt, denn Vera riß seit einigen Wochen morgens die Fenster auf und hatte Arnold verboten sie zu schließen, auch jetzt, im November.

Sie konnte durchatmen.
Endlich atmen.
Alles, was sie beschwerte, begann von ihr wegzusinken, Tüchern gleich, die aus einer Schublade heraus zu Boden gleiten.
Auch die Panik, die sie eigentlich überfallen hätte müssen, weil dieses Treffen nicht stattfand, lag nun zusammengerollt neben dem Bett.
Seidenleicht.
Vera sah die beiden – (wie sollte sie es nennen, was sie mit ihnen hatte? – Rendezvous, Arbeitstermin, Meeting, Beschnuppern, Möglichkeit, Chance, Chance, erste große richtige Chance seit –) – auf dem lila Ledersofa sitzen, umgeben von Bildern und Skulpturen.
Vielleicht aber saßen sie auch in einem Papierhaus mit Schlitzen. Oder unter einem Pendel, das aus wolligen Schafen bestand.
In dieser schicken Galerie inmitten aller anderen Galerien in Berlin Mitte sah Vera zwei erwartungsvolle Gesichter. Und sich selbst ihre Mappe öffnen.
Zu schön, um wahr zu sein.
Sie schloß die Fenster, blind für den Vorgang drüben, wo die blonde Frau soeben das tränennasse Telefon weglegte und vom Fenster ins Dunkel zurücktrat.
Ein Sack fiel aufs Bett.
Vera schaffte es nicht mehr sich auszuziehen.
Schlafen. Einfach schlafen, die Übelkeit wegschlafen.
Sie spürte gleichzeitig die Wohltat ihres kalten Kissens und daß sie durch das Kissen, das Bett hindurchfiel, sie fiel und fiel und wußte im Fallen, daß es kein Entkommen gab.
Nur ein winziger Aufschub wurde ihr gewährt, eine hilflose Zeitspanne, eine unsinnige Flucht, um beim

Aufwachen mit noch härterer Wucht daran erinnert zu werden, was unabänderlich war.

3

Vera sitzt auf der Badewannenkante und starrt auf ihre leeren Hände.

Auf die Knie, die ihr seltsam spitz und knorpelig zugleich vorkommen.

Sie bemerkt rote Flecken auf ihrer Haut und daß sie nackt ist.

Einen Moment scheint ihr, als träume sie.

Gleich wird sie aufwachen und in ihr kleines, manchmal merkwürdiges, manchmal angenehmes, irgendwie schief gebautes Leben zurückkehren.

Aber dann fühlt sie ihre prallen Brüste, die mühsam zurückgedrängte Übelkeit und erblickt das Stäbchen.

Es ist in den struppigen, ehemals weißen Badteppich gefallen.

Wie harmlos so ein zartroter Strich aussehen kann!

Vera niest in ihren Unterarm hinein, erhebt sich wie eine Kranke, steigt in die Badewanne.

Sie hockt sich hinein, dreht das Wasser auf.

Der Strich ist nur die Bestätigung dafür, was ihr Körper schon seit Tagen sagt. Das warme Wasser rauscht.

Ich bin so schwanger, sagt ihr Körper, wie man nur schwanger sein kann.

Das warme Wasser prasselt auf ihren Kopf, spritzt von da ab, hinaus auf den Teppich, spritzt auf das Stäbchen mit dem roten Strich.

Wer kein Kind will, sagt eine traurige, strenge Stimme in ihrem Kopf, der muß immer aufpassen.

Auch am neunundzwanzigsten Tag.

Wer kein Kind will, der kann sich nicht auf das verlassen, was da heißt: fruchtbare Tage, unfruchtbare.

Vera dreht das Wasser ab.

Alles tropft und rinnt.

Könnte doch dieses befruchtete Ei aus ihr heraustropfen, einfach so, jetzt, beim Duschen.

Sie starrt auf ihren Bauch, der weich und unbeteiligt aussieht.

Sie will sich nicht vorstellen, was sich in ihm soeben abspielt.

Eine Zellexplosion.

Sie will nicht die Bilder in ihren Kopf lassen, die sie kennt.

Das pulsierende Pünktchen, das schlagende Herz.

Ist das Herz zu sehen, weiß Vera, ist es vorbei.

Ein pulsierendes Herz am Ultraschall ist, als sähe man dem Kind schon ins Gesicht. Sie fröstelt und dreht erneut den Hahn auf. Sie weiß, daß die Hormone in ihr Karussell fahren und diesen Schwindel erzeugen. Diesen Strudel, der sie hinabzieht, hinunter zum Abflußrohr, in dem das Wasser sprudelnd verschwindet, mit anderen in allen Leitungen zusammenströmt, weiterrauscht im weitverzeigten Kanalsystem der Stadt, in einer unterirdischen fremden Welt, vorbei an emsigen Ratten.

Sie schüttelt sich. Sie wird jetzt heraussteigen, sich abtrocknen, anziehen. Sie wird Tee trinken, weil sie keinen Kaffee mehr riechen kann. Vielleicht wird es mit einer Scheibe Toast, dünn bestrichen mit Butter, klappen.

Danach wird sie sich einen Ruck geben.

Anrufen. Die Frauenärztin anrufen.

Arnold

1

Arnold startete.

„Kaalt“, quengelte Lucy vom Rücksitz.

Es war ein klarer Berliner Morgen mit einer eisigen Wintersonne.

Ihr Licht überzog die Dächer rosig und warf harte Schatten in die Straßenschluchten.

„Mir auch“, sagte Simon.

Locker bleiben. Arnold drehte die Heizung noch höher und fädelte sich in den Verkehr am Kaiserdamm ein.

Ganz locker.

Er mußte vor der Sitzung mit Berger reden. Das hieß, er mußte pünktlich da sein. Es durfte keiner vor ihm mit Berger sprechen.

Er mußte ihm unbedingt von dem Telefonat berichten, das er gestern zufällig, vom Flur aus, mitbekommen hatte.

Diese Information würde Bergers Abstimmungsverhalten beeinflußen, ihm endgültig die Augen öffnen. Und, Arnold beschleunigte, dem Institut endlich einen neuen Kollegen bescheren, mit dem sich wirklich arbeiten ließ.

„Uiiqu“, machte Lucy hinter ihm.

Arnold sah im Rückspiegel Simons Arm an Lucys Hals.

„Simon“, sagte er.

Der Arm zog sich zurück. Arnold schnaufte.

Vor einigen Tagen hatte er den Fehler gemacht, Simon anzudrohen, nicht mehr neben Lucy sitzen zu dürfen, wenn er seine Schwester weiterhin so piesacken würde. Schlaues Kerlchen.

„Dann darf ich vorne sitzen? Ja, Papa? Meinst du das?“

„Nein!“, hatte Arnold geschimpft, „nein, das meine ich nicht! Und jetzt benimm dich ordentlich. Ruhe!“

Rot.

Er bremste scharf.

Gut, daß Vera nicht neben ihm saß. Er spielte Klavier auf dem Lenkrad.

Vera.

Ihr müdes Gesicht. Ihre langsamen Bewegungen.

Es waren nicht mehr die Nächte, die sie so erschöpften. Die Kinder schliefen ja durch, mittlerweile.

War ein Grund dafür, daß man mit ihnen immer die Konsequenz jeder Handlung mitdenken mußte? Daß jede Unachtsamkeit bestraft werden konnte?

Arnold blinkte.

Man tat oder sagte das eine – im Bewußtsein, soeben das Bestmögliche zu sagen oder zu tun –, und das Gegenteil wurde erreicht.

Oder eine Veränderung der Situation, die man so nicht wollte.

Grün.

Und das tagein, tagaus.

Plötzlich erinnerte er ihre erste Annäherung, sein Staunen über dieses gleichzeitig Offene und Verhaltene, das von Veras Gesicht ausgegangen war.

Er sah sie sitzen mit dem Buch auf den Knien.

Das Buch, der Anknüpfungspunkt, mit dem er sie aus der Fassung gebracht hatte:

„Wir fragten uns, was das Wahre in der Kunst sei, und fanden, es müsse das Material sein, das durch die eignen Sinne und Nerven gegangen war.“

Sie hatte überrascht aufgeblickt von den Buchstaben, ihn kurz gemustert und dann seitwärts aus dem Fenster gesehen, vor dem eine üppige Landschaft vorübergeflogen war, grün und lilafarben.

Es war der einzige Satz aus dem ersten Band der *Ästhetik des Widerstands* von Peter Weiss, den er auswendig wiedergeben konnte, und er hatte seine Wirkung nicht verfehlt.

Sie waren im Zug durch Polen gefahren, an der ukrainischen Grenze in einen Bus gestiegen, und immer, wenn er zwischen den anderen der Reisegruppe ihre hellbraunen Haare erblickt hatte oder eine ihrer Schultern, den geraden Rücken, hatte er die Farbe in seinem Gesicht gespürt und schnell weggesehen.

Arnold gab Gas und sah in den Rückspiegel.

Wieder schob sich der blau wattierte Arm in Lucys Wangennähe.

„Papaaa!"

„So, Simon. Einmal noch und Fernsehen ist gestrichen."

„Wie lange?"

„Die ganze Woche!", knurrte Arnold, „die ganze lange Woche, Freundchen".

„Das ist gemein!", rief Simon, „gemeingemeingemein!"

Liebend gern hätte Arnold jetzt gebremst, das Auto am Rand geparkt und seinen Sohn aus ihm herausgeholt. Weiter reichte seine Phantasie nicht. Simons starres Gesicht stand wie ein Stopp-Schild vor seinem inneren Auge.

Und im Ohr Veras kleine gefährliche Stimme:

„Einmal noch."

Daran wollte er jetzt nicht denken.

„Einmal noch, Arnold –" Nicht diese Szene. „– und alles ist aus".

Er blinkte rechts und hielt angestrengt nach einer Möglichkeit Ausschau, den Wagen anzuhalten, um die Kinder ohne Gefahr abzuschnallen und aussteigen zu lassen.

Einmal hatte er Simon geschlagen.

Vor zwei Jahren? Eineinhalb?

Nicht ins Gesicht. Aber aufs Hinterteil, das schon.

Zwei kräftige Schläge.

Oder drei?

Vera hatte danebengestanden und sich umgedreht.

Hatte sich einfach umgedreht, als sie den dumpfen Laut gehört hatte, den Arnolds Handfläche auf Simons Jeans-Popo gemacht hatte, einmal, zweimal, dreimal?, war weggegangen von dem zischenden, schreienden Knäuel aus Vater und Sohn, war einfach die letzten Meter zum Hauseingang gegangen, hatte aufgesperrt und war in der Tür verschwunden.

Arnold gab auf.

Nichts zu machen, kein Parkplatz.

Er bremste und schaltete den Warnblinker an.

Jemand hinter ihm hupte, und er winkte grimmig.

„Warum hupt der?", fragte Simon.

„Darum", sagte Arnold.

„Warum?"

„Weil er möchte, daß wir uns in Luft auflösen", sagte Arnold und stieg aus, „darum".

Er ging ums Auto herum und machte die Tür bei Lucy auf.

„Papa?", fragte sie eifrig, „Papa, soll ich dir was sagen?"

Er löste die Schnalle.
„Hm?“
„Die Amelie, die kann auch zaubern!“
„Aha? Simon, laß doch mal deine Schwester zuerst raus!“
„Die Amelie kann uns auch in Luft auflösen.“
„Du spinnst ja“, sagte Simon.
„Ich spinn nicht!“, protestierte Lucy.
„Eins“, sagte Arnold und schloß kurz die Augen.
Berger war ein pünktlicher Mensch.
Er würde ausgerechnet heute nicht zu spät kommen.
„Papa! Er hat blöde Kuh zu mir gesagt!“
„Zwei“, sagte Arnold mit geschlossenen Augen.
Irgendetwas an seiner Stimme oder an der Tatsache, daß er sich in einen Schlafwandler verwandelt hatte, veranlaßte die Kinder, nun doch zügig auszusteigen und zwischen den parkenden Autos auf den Bürgersteig zu hüpfen. Augenblicklich wurde Arnold wieder zu einem geschäftigen Vater, der die beiden Rucksäcke herausholte.
Ein dunkelgrüner ledriger Kunststoffschwanz lugte unter dem Vordersitz hervor. Ah.
Nur noch die paar Meter zur Tür mit den knallbunten Buchstaben.
„Was ist das?“, fragte Lucy und zeigte auf einen Buchstaben.
„Ein Uuuuu“, sagte Simon, „wie duumme Kuuuh“.
„Und das, Papa?“
Arnold stieß die Tür auf.
„Ein M, Lucy“, und bevor die Kleine jeden Buchstaben erfragen konnte, „das ganze Wort heißt Lummerland, wie du weißt“.
„Oh,“ sagte Lucy.

Arnold schob die beiden Kinder zu den Garderoben mit den Tierhaken.

Simon war ein Zebra, Lucy ein Elefant.

Arnold öffnete mit ratschendem Geräusch die Klettverschlüsse von Lucys Stiefeln und hörte die Zeiger der Uhr über ihren Köpfen klicken.

„Wo sind deine Hausschuhe?“, fragte er mit Blick ins Hausschuhfach.

„Weiß ich doch nicht“, antwortete Lucy beleidigt.

„Tschüs, Papa“, sagte Simon und wollte zur Tür, hinter der alle anderen Kinder schon im Morgenkreis sangen.

„Tschüs, Simon. Hier –.“ Er zog etwas Dunkelgrünes aus der Jackentasche.

„Mein Dinooo!“, brüllte Simon, riß ihn Arnold aus der Hand und stürzte zur Tür, hinter der er verschwand.

Arnold wühlte in Lucys Kleiderbeutel.

„So“, sagte er mit Blick auf seine Uhr, unter der sein Handgelenk schwitzte, und nahm Lucy bei der Hand: „Heute ist der LaufenaufStrumpfhosen-Tag.“

„Au ja!“, lachte Lucy und hüpfte auf und ab.

Vera.

„Und das“, Arnold faßte sie an beiden Schultern, „bleibt unser Geheimnis“.

Lucy nickte ernst und eifrig, Arnold strich ihr übers Haar.

„Papa?“

„Tschüs jetzt.“

Lucy wollte geküsst werden.

Auf die Wange. Zuerst links, dann rechts.

Nur nicht zeigen, daß keine Zeit mehr war.

Zuletzt aufs nasse Mündchen.

Arnold wußte, wozu seine Tochter fähig war.

„Und nochmal da, Papa – daha!“

Eine der Erzieherinnen steckte ihren Kopf aus einer mit Sonnenblumen zugeklebten Tür.

„Lucy ist da!“, rief Arnold, als wäre Gabi – oder Nina, er verwechselte sie immerzu – ein Flügelwesen, das soeben von ganz oben Weisung bekommen hatte, einem bedrängten Vater beizustehen.

Als er die Autotür aufriß, hatte er das Bild schon vergessen:

Lucy, wie sie hinter der Sonnenblumentür verschwindet, ohne sich noch einmal umzudrehen.

2

Natürlich war Berger pünktlich und saß schon zwischen den anderen.

Arnold sah durch den Türspalt ins Konferenzzimmer und ballte die Faust in der Hosentasche.

Er hörte das Räuspern des Rektors hinter der Tür, den er nicht sehen konnte.

Nur am Rande nahm Arnold dieses Geräusch wahr, über das er sich schon öfter mit Kollegen lustig gemacht hatte, bevor Sitzungen oder Gespräche eröffnet wurden – dieses widerliche Rollen von Luft und Speichel in Lohmanns Rachen. Eine dieser Vorgesetzten-Macken, der man nicht entkommen konnte.

Arnold stand starr im Flur, in dem noch ein Hauch von Putzmittel zu riechen war. Was da drinnen gleich passieren würde, war eine Schweinerei.

Und er war zu spät gekommen, um sie zu stoppen.

Er kaute auf seiner Unterlippe herum.

Von allen da drinnen wußte er, wie sie abstimmen würden. Nur von Berger nicht, der zu frisch dabei war, um die Verhältnisse zu durchschauen.

Genauer: Die Perfidie des großen Räusperers.

Während der Vorstellung der Kandidaten und Kandidatinnen eine Woche zuvor hatte Arnold Berger genau beobachtet.

Er hatte wie erhofft reagiert.

Für Hauß.

Für Carl-Georg Hauß, diesen hochkompetenten Kenner der kleinen Völker inmitten Europas, die um Sprache und Kultur kämpften und die nun, nach den Umwälzungen der letzten Jahre, durch Leute wie ihn aus dem Dunkel der Geschichte hervortreten konnten.

Arnold sah die flinken Augen hinter Brillengläsern vor sich, als Hauß ihnen in seinem weichen Österreichisch von seinen Reisen in die verlassensten Gebiete berichtet hatte, über die Huzulen in den Karpaten sprach, die Aromunen im Grenzgebiet von Albanien, Griechenland, Mazedonien, die Zimbern in Oberitalien.

Mit seiner ruhigen, gleichzeitig höchst lebendigen Art, einen Vortrag zu halten, hatte er sein Wissen über Sprachen und Kulturen ausgebreitet, von denen etliche in der Kommission (wer gäbe es zu?) zum ersten Mal gehört hatten.

Vielleicht mußte so ein Österreicher daherkommen, Vertreter eines untergegangenen Reiches, der sich längst schon in seiner welthistorischen Unbedeutsamkeit einrichten hatte können, um versunkene oder im Absterben begriffene Minderheiten aufzuspüren und ihnen gerade noch rechtzeitig eine Stimme zu geben.

Er war nicht nur für Arnold spätestens nach diesem Auftritt eine ideale Besetzung für den ausgeschriebenen Lehrstuhl. Ein Mann, der neben Fachkenntnis auch charakterliche Fähigkeiten mitbrachte, die dem Institut gut täten.

Dessen Eitelkeit im Gegensatz zu vielen anderen als wohltemperiert anzusehen war. Und: Mangelnde Internationalität und Reputation konnte man ihm wahrlich nicht absprechen.

Er war genau der Richtige – mußte es doch auch für Lohmann sein, dessen Ziel es war, das Institut angesichts der neuen historischen Lage zu einem Motor für europäische Verständigung zu machen.

Aber, Arnold knurrte innerlich, Lohmann schien andere Pläne zu verfolgen, kochte wieder mal sein eigenes Süppchen.

Er sah auf die Uhr.

Jetzt ging es gleich um die Entscheidung für eine unbefristete Stelle.

Etwas, das rar geworden war.

Und – Arnold preßte die Lippen aufeinander – Bergers Stimme würde ausschlaggebend sein.

Nach der Vorstellung der Kandidaten letzte Woche war er auf Dienstreise in Krakau gewesen und somit unerreichbar.

Arnold hatte auf seinem Anrufbeantworter eine Nachricht hinterlassen, aber keine Rückantwort erhalten vorgestern und gestern, als er wußte, daß Berger schon wieder im Lande war.

Das hatte ihn irritiert.

Wollte Berger nicht mit ihm sprechen?

War er vielleicht in der Zwischenzeit bearbeitet worden?

Nein, nein, nicht von Lohmann. Diese Tätigkeit überließ er seinen Adlaten.

Ein gemütliches Schwätzchen hier, einige Infos da – schon wurde Irritation gesät, schon zeigten sich feine Risse im jeweiligen Bild.

Vielleicht waren Berger wie nebenbei auch Hoffnungen auf Aufstockung seiner halben Stelle gemacht worden.

In scheinbaren Nebensätzen, deren Inhalt ihm erst mit Zeitverzögerung, beim Autostarten oder Aufschließen der Wohnungstür bewußt wurden.

Die üblichen Methoden. Es wäre eine Überraschung für Arnold, wäre es anders gewesen.

Er hörte Papierrascheln, Gemurmel. Gleich würden sie anfangen.

Wäre ich doch früher – vielleicht kommt er noch mal raus – Berger wußte, wofür er, Arnold, stand.

Sie waren im Herbst nach einer Sitzung in einer Kneipe gewesen. Zwei Kollegen auf ein Vorabendbier.

Arnold war nach allerlei Fachgesimpel, in dem es vor allem um sein Spezialgebiet – *Die deutschen Siedlungen in Osteuropa von den Anfängen bis zur Gegenwart* – ging, und einer kleinen, nicht unangenehmen Pause, in der sie einander über die Gläser hinweg zugelächelt hatten, zu dem vorgedrungen, was ihm selbst vor einem Jahr geschehen war.

Berger hatte stirnrunzelnd zugehört.

Daß die Mehrheit in der Kommission damals Arnold für den neuen Lehrstuhl gewollt hatte.

Daß er knapp, aber immerhin auf Platz Eins gewesen war. Daß der große Räusperer danach in einer Sondersitzung allen den Kopf gewaschen habe.

Wie Arnolds Befürworter ihm später zukommen ließen, hatte Lohmann mit Rücktritt gedroht, würde sein international – so der Rektor – weitaus bedeutsamerer Favorit, der wohl einen schwachen Tag vor der Kommission gehabt hatte, leer ausgehen.

Ihr elenden Pfeifen.

Die Stelle, mit der Arnold schon gerechnet hatte, denn sie war wie für ihn gemacht, wurde entgegen der Ausschreibung in zwei halbe geteilt, unter Protest zwar und mit atmosphärisch negativen Nachwirkungen, die Lohmann all die Zeit nicht gekümmert hatten. Seine Eigenschaft, Unangenehmes abperlen zu lassen, war beeindruckend und – alle wußten es – befähigte ihn auf hervorragende Weise, das Rudel anzuführen.

Seit jener Entscheidung arbeitete Arnold fürs halbe Geld, während sein Kollege – wie Berger nickend bestätigte – höchstens einmal im Monat aus München anreiste und den internationalen Star mimte.

Nur weil dieser ab und zu in eine pseudowissenschaftliche Talk-Show eingeladen wurde und einige Statements zum neuen Verhältnis Deutschlands zu den östlichen und südlichen Nachbarn abgeben durfte!

Das schien für einen Wissenschaftler so sensationell, daß das ganze Institut Kopf stand, nur weil man diese Münchner Nase schon mal in der Glotze hatte sehen können.

Berger hatte ab und zu einen kräftigen Schluck genommen und den Kopf hin- und hergedreht und in den sich zersetzenden Schaum hineingeseufzt.

Am Ende jenes Abends hatten sich beide mit einem kräftigen Händedruck ihrer beiderseitigen Loyalität versichert, sich seither jedoch nicht mehr gesprochen, einander nur quer über den Flur zugenickt, wenn sie in ihre Seminare hasteten oder zu den Sprechstunden.

Erst letzte Woche waren sie wieder direkt aufeinandergetroffen als Kommissionsmitglieder für den Lehrstuhl für südosteuropäische Geschichte und Literatur.

Arnolds Faust schwitzte. Er nahm sie aus der Hosentasche und streifte die Finger am Sakko ab.

„Es tut mir leid, aber Sie sind auch noch jünger als er, Sie werden Ihre Erfahrungen noch sammeln und irgendwann…“, hatte Lohmann vor einem Jahr, nach der entscheidenden Sitzung auf den Anrufbeantworter zu Hause geflötet, „… wird Ihr Tag kommen“.

Vera hatte damals die Einkaufstüten auf den Boden sinken lassen, Arnold die Hand auf die Schulter gelegt und leicht gedrückt.

Er fühlte das zarte Gewicht ihrer Hand, hörte das Knistern von Plastik, das dumpfe Klirren der Bierflaschen immer dann, wenn er an Lohmanns falsche, gönnerhafte Stimme dachte, die aus dem schwarzen Kästchen gedrungen war und das Wohnzimmer mit etwas gefüllt hatte, das seither nicht mehr vergehen wollte.

Arnold holte ein Taschentuch aus der anderen Hosentasche, fuhr sich über den Nacken und die Stirn, steckte es wieder ein.

Nun, im aktuellen Fall, wurde das Alter- und Erfahrungsargument von Lohmann umgekehrt eingesetzt.

Neben allem anderen war es vielleicht das, was Arnold am meisten empörte.

Er wünschte inständig, Berger müßte nochmal zur Toilette.

Dann könnte zumindest festgestellt werden, wohin die Reise ginge.

Ob die Sache von vorneherein verloren war oder nicht.

Plötzlich wußte Arnold, daß er das nicht ertragen würde.

Ein Abstimmungsverhältnis von fünf zu vier für Hauß würde Lohmann in Bedrängnis bringen.

Natürlich würde er sein Veto einlegen können, aber er müßte es sich gut überlegen.

Ob er es nochmal riskieren könnte. Den Kampf gegen diesen Beschluß.

Wo doch alle in diesem Raum da drinnen wußten, wohin das geführt hatte, im letzten Fall.

Nochmal so einen Eklat. Zu kämpfen für diese –

„He, Arnold", sagte Lohmann und öffnete weit die Tür, „guten Morgen. Nur hereinspaziert."

Seine stattliche Gestalt füllte den Türrahmen aus, und die Helligkeit des Konferenzzimmers, das von der Morgensonne erfüllt war, beleuchtete ihn von hinten, als stünde er in einem Kranz von Licht.

Arnold schluckte.

Lohmann trat heraus und ging lächelnd an ihm vorüber in Richtung Toiletten.

Arnold murmelte seinem Chef eine Begrüßung hinterher, ging hinein. Nickte in die gedämpft miteinander sprechende Runde – Berger steckte soeben seinen Kopf in irgendwelche Unterlagen –, setzte sich auf den letzten freien Platz.

Neben Hausner, der freundlich und ein Gegner war.

Arnold rückte den Stuhl einige Zentimeter weg und grüßte leise.

Hausner grüßte ernst und im Bewußtsein der Sachlage zurück.

Immer an der Seite des Chefs, dachte Arnold mit leichtem Mundzucken, was auch geschieht, was, Hausner, und packte seine Unterlagen aus.

Die Sitzordnung verhinderte einen direkten Augenkontakt zu Berger.

Dafür fixierten ihn nun wasserblaue Augen.

Martha saß gegenüber und zwinkerte Arnold zu.

Sie war Dozentin für Polnistik, länger schon als er am Institut und schrieb seit Jahren an ihrer Habilitation.

Nicht, daß sie bei einer Tagung vor einigen Jahren, abends im Hotel, miteinander im Bett gelandet waren, verband sie. Den Versuch, der zu einem halbherzigen Beischlaf geführt hatte, hatten sie beide längst vergessen.

Er zwinkerte zurück.

Nach dessen Vollzug war Arnold aufgestanden, hatte sich angezogen und war in sein Zimmer hinübergegangen.

Martha hatte ihm nachgesehen und das Gleiche gefühlt wie er: Unerheblichkeit. Arnold hatte nicht einmal ein schlechtes Gewissen Vera gegenüber gehabt.

Sein Körper hatte Marthas im gleichen Moment vergessen, in dem er von ihr weggerollt war.

Er hatte das Kondom abgestreift, in ein Taschentuch gewickelt, sich angezogen, freundlich „Gute Nacht" gesagt und war eine Tür weitergegangen.

Im Bad hatte er das Taschentuch entsorgt und war in seinem kühlen Hotelbett eingeschlafen, als hätte er den ganzen Abend ferngesehen oder gearbeitet.

Marthas Körper hatte ein bißchen länger gebraucht.

Es war ihr lästig gewesen, Arnolds Anwesenheit in Form roter Flecken auf ihrer Haut im Spiegel zu sehen, und sie hatte sich lange geduscht, nach dem Knacken der Tür.

Am nächsten Morgen waren sie einander beim Frühstücksbuffet begegnet, sie hatte seine ungewaschenen Haare registriert, er eine Fieberblase auf ihrer Unterlippe, und sie hatten einander gegrüßt, als wäre nie etwas vorgefallen zwischen ihnen außer kollegialem Geplänkel – und nichts anderes, fanden beide, war ja schließlich passiert.

Arnold schlug die Beine übereinander.

Jetzt läßt er uns wieder warten.

Berlin, Dezember

Lucy

1

Wo Vera herkam, interessierte uns lange nicht.

Es war einfach kein Thema.

Ihre Eltern waren Jahre vor unserer Geburt gestorben, andere Verwandte schien es nicht zu geben und aus irgendeinem Grund existierten nicht einmal Photos von ihnen.

Irgendwann mußt du, Simon, wohl gefragt haben.

Waren wir fünf und sechs Jahre alt? Jünger?

Sie sei vom Himmel gefallen, nur für ihn allein, soll Arnold geantwortet und dabei versucht haben, dich in die Luft zu werfen. Was ihm nicht mehr gelungen war.

„Und", fragte ich dich aufgeregt, als du mir das Geheimnis verrietst und dich dabei unentwegt umblicktest, als wäre im Garten in Ohlstedt jemand, der uns hätte belauschen können, „glaubst du das? Ist Mama vom Himmel gefallen?"

„Quatsch", sagtest du, „so ein Quatsch" – und kicktest einen Stein an die Hausmauer.

Aber es stimmte.

Vera war vom Himmel gefallen, an einem klaren und kühlen Nachmittag im April, an einem jener Tage mit ihrer ganz eigenen Frische, wie Großvater immer sagte, in der der Winter noch mitschwingt, aber längst schon seine Kraft verloren hat.

Unsere zukünftige Mutter war an jenem Aprilmorgen aufgestanden mit dem Gefühl, an diesem Tag etwas

Besonderes vor sich zu haben, etwas, das unvergeßlich sein und nachwirken würde.

Etwas, worauf sie sich ihr Leben lang gefreut hatte.

Das erfuhren wir von Großmama.

In ihrem Bett, in das wir immer morgens zu ihr krochen, als wir klein waren, weil wir ihre pudrigweiche Haut liebten, ihren Geruch, ihre Geschichten.

In ihrem Bett erfuhren wir so manches, zum Beispiel, daß sie Grundschullehrerin gewesen war, weil sie immer schon arbeiten hatte wollen, am liebsten mit Kindern.

Das, betonte sie, sei nicht selbstverständlich gewesen, denn für ihre Mutter, unsere Urgroßmutter, wäre arbeiten undenkbar gewesen. Sie habe es nicht gedurft!

„Oh“, sagte ich.

„Super!“, sagtest du.

Was ihre Mutter denn den ganzen Tag gemacht habe?!

Großmama drehte den Kopf einmal zu dir, einmal zu mir. Ihre Mutter war noch adelig – a-de-lig? wir prusteten los: „Deswegen hieß sie also Adele!“ – erzogen worden, sie sei, weil ihr Vater „Herzoglich Sachsen-Altenburger Staatsminister“ gewesen war, – nochmal bitte! – mit der gleichaltrigen Prinzessin im Schloß Altenburg unterrichtet worden.

Jeden Tag habe man die Urgroßmutter, die damals natürlich ein Kind war, mit einer Kutsche *zweiter Ordnung* abgeholt und nach dem Unterricht wieder nach Hause gebracht.

Sie sei sehr kunstinteressiert gewesen, mehrsprachig, eine gebildete Person.

„Und warum durfte sie nicht arbeiten?“

Großmama versuchte uns zu erklären, was das bedeutete: standesgemäß.

Manche Geschichten mußte sie immer wieder erzählen, – daß ihre Mutter Adele und die Prinzessin verbotenerweise über Zäune und auf Bäume kletterten, und die Prinzessin einmal heruntergefallen war von einem Apfelbaum. Und Adele Prügel erhalten hatte, richtige Prügel.

Und daß sie einmal Klatschmohn gegessen hatten und beide krank geworden waren, dies aber als Geheimnis gewahrt hatten – „bis in den Tod".

Und welche Streiche Großmama mit Großvater schon als Kind ausgeheckt hatte.

Oder die Geschichte vom englischen Jahr.

Das war jenes Jahr gewesen, in dem Großvater in England an einer Klinik gearbeitet hatte.

Manchester war ein Wort, für das man „viel Spucke braucht", sagtest du, und als Großmama beim ersten Mal erwähnte, daß sie zeitgleich mit Juri Gagarin in Manchester gewesen war, konntest du es nicht fassen.

Sie habe ihn nicht wirklich gesehen, räumte Großmama ein, nachdem du sie mit Fragen bestürmt hattest, nur auf Plakaten – „Wer ist das?", fragte ich, und du schlugst dir entsetzt die Hand auf die Stirn. Wie konnte eine kleine Schwester nur so doof sein.

Nichts vom ersten Kosmonauten im All zu wissen!

Großmama seufzte, schlichtete und lenkte uns ab, indem sie uns von der Klinik erzählte, von Krankheiten, die Großvater heilen half.

Wir konnten uns das nicht vorstellen: Zweimal während der ganzen Zeit ein hastiges Telefonat („sündteuer!"), nur Briefe, jeden Tag einen.

Zweimal habe sie ihn besuchen dürfen, vier Wochen lang insgesamt in jenem Jahr, „Es regnete die ganze Zeit", sagte Großmama, „aber wir haben nur gelacht".

Und einmal fragtest du, Simon, als wir uns geeinigt hatten, daß ich rechts liegen dürfe und du links, ob das stimme, das mit Mama und Papa und dem Himmel, von dem Mama heruntergefallen sei.

„Natürlich", sagte Großmama.

Und dann erzählte sie die Geschichte, als wäre sie dabeigewesen, als wäre sie an jenem längst vergangenen Apriltag mit Vera aufgewacht und hätte sie damals schon gekannt und genau gewußt, welcher bedeutsame Tag dies werden würde. Später wollten wir diese Geschichte immer wieder hören, die Liebesgeschichte unserer Eltern, die uns märchenhaft vorkam, weil wir den Abstand, in dem sie sich eingerichtet hatten, durch diese Geschichte verringert wußten und dachten, es gäbe vielleicht wieder einen Weg zurück, dorthin, wo alles seinen Anfang genommen hatte.

Großmama erzählte uns also, wie Vera eines Frühlingstages erwachte, eine Kunststudentin in Berlin, aus einem kleinen österreichischen Ort in die ausländische Großstadt gekommen, und wie sie aus der Stadt heraus ins neue Umland gefahren sei, um sich auf einem kleinen Flugplatz einen dicken Anzug anzuziehen, Gurtzeug angeschnallt zu bekommen und mit anderen in ein Flugzeug zu steigen.

„Und Papa? War Papa auch im Flugzeug?", fragten wir aufgeregt, und Großmama sagte:

„Nein."

Arnold studierte damals wie Vera, ein fleißiger Student der Geschichte und Politik, so Großmama, der eines Tages von einem Bekannten mitgenommen wurde zu einem Ausflug, damit er einmal rauskäme und sich nicht mehr in den Büchern vergraben könne.

Und so war er dann mittags in einem rostigen Golf, den sein Freund stolz chauffierte, zufällig an jenem kleinen Flugplatz vorbeigekommen, wo Leute in bunten dicken Anzügen lachten und Fallschirme eingesammelt und zusammengelegt wurden.

„Und dann??"

Die beiden Freunde hätten eine Zeitlang zugesehen, wie aus dem Himmel allmählich bunte Schirme wuchsen, mit Marionetten dran, – „Marionetten?" – „Naja," sagte Großmama, „so sahen sie wohl für euren Vater aus".

Vera hingegen sei nicht als Marionette, sondern als Vogel mit zwei Köpfen, vier Beinen und Armen herabgeschwebt, und laut Großmama sei ihm, Arnold, ihr Schirm zuerst aufgefallen, ein in der Sonne in allen Regenbogenfarben aufleuchtender Schirm.

Sie hätten am Zaun gestanden, sein Freund und er, und dann sei Vera mit dem Sprunglehrer gelandet – „In Papas Armen?" – „Neinnein! Wo denkt ihr hin! Das hätte ihn umgeworfen!" – und das Strahlen in ihrem Gesicht hätte Arnold getroffen wie etwas, von dem er nichts geahnt, und das er – in jenem Moment hatte er es plötzlich gewußt – bisher vermißt hatte.

So oder so ähnlich erzählte Großmama diese Geschichte, sie erzählte sie, sooft wir sie hören wollten, und als die Löcher in der Geschichte größer wurden, weil sie begann, den Faden zu verlieren und von einem Satz zum nächsten nicht mehr weiterwußte, erzählten wir beide sie weiter, erinnerst du dich, Simon, jeden einzelnen Satz.

Wir erzählten uns, wie Vera am Boden aufkam und den Blick von Arnold auffing, quer über den Zaun, sich schüttelte und dachte: „Nanu.“

Wie sie, als sie ihn mit seinem Freund beim Verlassen des Geländes wiedersah, mit anfänglich zögernden Schritten, dann aber immer rascher, auf die beiden zuging, die an ihrem rostigen Auto lehnten und auf etwas zu warten schienen.

Und wie plötzlich alle weg waren, und es nur Arnold und sie noch gab und eine Heiterkeit, die zum Blau über ihnen paßte und zu diesem Schwebeglück, das sie vom Himmel mitgenommen hatte und sie lange nicht mehr verlassen sollte.

2

„Schöne Geschichte“, kicherten Vera und ich viel später und prosteten einander mit einer Tasse Kaffee zu.

Da war ich sechzehn, siebzehn. Eine gute Zeit zwischen uns.

Du hattest recht, Simon, es war Quatsch gewesen, was Omama uns erzählt hatte. Immer schon war sie eine Märchentante gewesen, die, wie Vera sagte, zunehmend ihre eigenen Geschichten für wahr zu halten begann.

„Aber das andere stimmt“, fragte ich, „das mit der Kutsche und dem Schloß und Großmamas Mutter?“

Ja, bestätigte Vera, das sei alles richtig, bei Arnold lägen auch alle Dokumente, Urkunden, Briefe, fein säuberlich abgeheftet, alles, was gerettet werden konnte, die Geschichte der riesigen Familie seit Mitte des 18. Jahrhunderts.

„Und deine Familie?“, fragte ich.

Veras Blick flackerte, als wäre ihr etwas in die Augen geraten, sie preßte kurz die Lippen aufeinander und sagte dann:

„Bei uns ist natürlich wenig übriggeblieben. Ich würde sagen: Fast gar nichts. Du weißt ja, was passiert ist.“

3

Ja, aber was weiß man wirklich?

Einmal sind wir zu viert dorthin gefahren, wo Vera aufgewachsen war.

Wir waren zehn und elf Jahre alt, und das weiß ich deswegen so genau, weil es der Sommer nach der Grundschule war.

In meinen Ferien wollte ich mit Anna im Schlachtensee schwimmen und nicht in den Bergen herumstapfen!

„Ihr sollt wissen, woher ihr kommt“, begründete Arnold diese Reise, und wir verdrehten die Augen.

Es war August, als wir hinfuhren, eine gräßlich lange Fahrt, die Vera uns mit der Aussicht auf Schwimmen und Eisessen versüßen wollte, aber als wir nach einer Übernachtung in Bayern endlich das Ziel erreicht hatten, war der Sommer in den Alpen kühl und regnerisch geworden.

Arnold war schon mehrmals mit Vera dagewesen.

Er zeigte uns die Landschaft, als hätte er etwas mit ihr zu tun, während Vera sich darin verhielt wie eine Fremde.

In Gummistiefeln und Jacken starrten wir auf den grauen See, von den groß angekündigten Bergen war nichts zu sehen (naja, fast nichts), Möwen schrien.

Im Café sprachen die Leute ein merkwürdiges Deutsch, und Vera mußte übersetzen, was der Kellner uns an Kuchen und Torten aufzählte.

Danach fuhren wir ein Stück die Berge entlang, bis die Straße einfach aufhörte und nur mehr Geröll zu sehen war.

„Komm“, sagte Arnold und lächelte Vera zu, wir stiegen aus und er umfaßte sie an den Schultern, eine seltene Geste.

So standen wir einige Zeit und starrten auf das Geröll, unter dem sich Veras Vergangenheit verbarg.

Dann stiegen wir wieder ins Auto und fuhren einige Zeit den See entlang, und ich erinnere mich an viel Grün und Grau, und irgendwann gingen wir in ein drolliges Haus, das ein Museum war.

Wir sahen uns lebensgroße Puppen in alten Trachten an, die in Stuben saßen und allerlei Kochgerät in Händen hielten, Handarbeiten, Spindeln, ich begeisterte mich vor allem für die Spinnräder, und du, Simon, warst schnell gelangweilt, gingst vor die Tür, während Vera, Arnold und ich durch diese dornröschenhaften Räume spazierten, die Eltern still, ich aufgeregt auf die Dinge und Puppen zeigend.

Später habe ich verstanden, daß diese Reise weniger für uns als für Vera und Arnold gedacht war, vermutlich, ohne daß sie es beabsichtigt hatten.

Erst am Ende der Ferien wurden sie wieder abwesender füreinander, als hätte sich erneut ein Graben zwischen ihnen aufgetan, etwas, das sie überwinden mußten, Tag für Tag.

4

Vor mir liegt das Buch. Karin Boye, *Kallocain*.

Ich habe es mitgenommen aus deiner Wohnung.

Was interessierte dich an dem Buch, Simon? Daß es um einen Wissenschaftler geht, einen Chemiker, Leo Kall, der ein Wahrheitsserum erfindet, das alle Menschen des Weltstaates, in dem er lebt, zum Offenbaren ihrer innersten Gedanken zwingt?

Mehrere Seiten sind geknickt, manches rot und grün angestrichen, besonders die Beschreibungen des Lebens im totalitären „Weltstaat".

„Lange vor Orwell!!!" hast du dazugekritzelt.

Es gibt einen Satz, den du am auffälligsten markiertest:

„Traumgebilde können doch nicht mit der Erbmasse zusammenhängen und in einem späteren Glied wieder zum Vorschein kommen."

Linda, Leo Kalls Frau, sagt ihn, nachdem er ihr die Wahrheitsdroge spritzt. Sie betrügt ihn nicht, wie er befürchtet hatte. Was er aber erfährt, ist ihre bodenlose Einsamkeit neben ihm.

Und ihre Angst um die Kinder, die bald als *„Mitsoldaten"* in speziellen Kinderlagern verschwinden werden.

Sie weist ihn auf die Individualität der Kinder hin, die sich vor allem beim ersten Mädchen in *„fantastischen Traumgeschichten"*, äußert, die sie *„nie im Kindergarten gelernt haben konnte"*.

Und weiter:

„Sie ist weder wie du noch wie ich. Es ist möglich, daß Eigenschaften ihrer Groß- oder Urgroßeltern in ihrem Wesen hervortreten... Sie war ganz einfach Maryl. Das

klingt so einfach, war aber doch so merkwürdig. Sie muß alles auf eigene Art gesehen haben, schon bevor sie sprechen konnte, und dann – ja, du weißt es ja selbst, sie hat so eine besondere Art.“

Ich lege ein Taschentuch zwischen die Seiten, schließe das Buch.

Mein Herz flattert. Was hat *Kallocain* mit dir zu tun, Simon?

Oder ist es sie, Karin Boye?

Ist sie es, die mit dir zu tun hat?

Sie schrieb den Roman zu Ende.

Dann hat sie sich umgebracht, 1941.

5

Heute Morgen rief ich Tom an, Simon.

Er war der fünfte, alle anderen habe ich nicht erreicht. Ich werde nun jeden Menschen kontaktieren, mit dem du in den letzten Jahren zu tun hattest.

Lisa fand das gut, ich glaube, es stimmt mit den Theorien überein, an denen sie gerade arbeitet. Du weißt ja, Psychologie, 8. Semester.

Seit einigen Monaten schreibt sie an ihrer Diplomarbeit mit dem Titel:

„*Trauerarbeit. Verlaufsformen und therapeutische Maßnahmen*“.

Immer, wenn ich mich schlecht fühle wegen der vielen Zeit, die sie für mich in den letzten Monaten opferte, und das auch artikuliere, zeigt sie auf ihren Laptop, real oder imaginär, grinst und sagt:

„Reiner Eigennutz, Lucy, absoluter Egoismus.“

Und ich bin dankbar und grinse zurück, ein ergiebiges Untersuchungsobjekt.

„Ach“, sagte Tom am Telefon, „sowas ...“

„Ja“, sagte ich, „also ...“

„Ich weiß nicht mehr als du.“

„Du weißt ja gar nicht, was ich weiß“, sagte ich.

„Hm. Hab viel zu tun zur Zeit ...“

Tom ist einer dieser Nerds, mit denen du ab und zu zusammen warst. Ich hatte ihn einmal mit dir gesehen und erinnerte mich an einen schlaksigen Menschen mit Nikotinproblem.

Ich schlug ihm Zeit und Ort vor und pfiff auf seine „Hmms“ und „Achs“, sodaß ihm nichts anderes übrigblieb, als sich dann doch herabzulassen.

Für ein Treffen mit der kleinen Schwester seines verschwundenen Freundes.

Berlin, zwanzig Jahre und mehr zuvor

Vera

1

Sie hatten sich drei gewünscht.

Gleich am Anfang, nach der ersten Begegnung, in diesen ersten Lufttagen, in denen alles anders geworden war: das Gehen beispielsweise.

Plötzliches Schweben über dem Asphalt!

Vera war gehörig erschrocken. Zum ersten Mal hatte sie gewußt:

Das ist für immer.

Sie war auf der Straße gestanden, hatte sich an einen Mauervorsprung gelehnt. Egal, wie es ausgehen wird.

„Ist Ihnen nicht wohl?", hatte eine ältere Dame gefragt, „Brauchen Sie Hilfe?", Vera hatte sich umgesehen: Dies war der Eingang zur U-Bahn, rundherum brauste und toste es wie gewöhnlich.

„Danke", hatte sie gesagt und sich aufgerichtet, „nein, wirklich, danke".

In diesen Tagen nach dem ersten Wiedersehen, dem ersten Ineinanderdrängen, fragte Arnold von unten herauf, ob sie Kinder haben würden.

Sie lagen im Bett, bei offenem Fenster.

Es regnete Silberfäden.

Und wenn ja, wie viele.

Vera saß nach vorne gereckt, als hätte sie sich verhört. Sie saß nackt vor ihm, Arnold ausgestreckt unter der Decke.

Auf dem angewinkelten Arm, der seinen Bizeps hervortreten ließ, lag sein glühender Kopf.

Er sah sie an, als könnte er selbst nicht glauben, was er soeben gefragt hatte.

Vera bewegte sich nicht.

Sie sah aus, als würde sie scharf nachdenken.

Alles tat weh.

Wunderbar weh.

Sie schnupperte an ihren Fingern, deren Haut ein wenig spannte von all den Sekretmischungen der letzten Stunden.

Sie betrachtete den Mann unter sich mit Staunen.

Dieser merkte, wie seine Stirn feucht wurde. Auch die Stelle zwischen Nase und Oberlippe. Er konnte sich plötzlich riechen.

Aber bevor Arnold noch mehr Unbehagliches an sich entdecken mußte, begann Vera zu kichern.

Kichernd hob sie die rechte Hand, zog fast gleichzeitig kleinen Finger und Ringfinger ein, verharrte einige Sekunden, sodaß er Zeit genug hatte, sich dieses Bild einzuprägen.

Vor dem Fenster war feines Prasseln zu hören.

„Was?“, rief er schließlich verschämt und erleichtert und lachend auf: „Was???“, aber ihre Finger bereiteten ihm merkwürdigerweise keine Angst, so wie ihm diese Situation überhaupt keine Angst machte, obwohl er doch etliche Male mit rotem Kopf geflohen war, in ähnlichen Situationen mit anderen Frauen.

Mit einem doch gravierenden Unterschied:

Er war es. Dieses Mal hatte er es ausgesprochen.

Arnold umfaßte Veras Handgelenk, zog ihren Arm zu sich herunter und küßte ihre ausgestreckten Finger.

Jede Spitze einmal. Das Wundern nahm kein Ende.

2

Jener sehr ferne Berliner Nachmittag fiel Vera plötzlich ein, als sie den Termin mit der Klinik vereinbarte.

Es war später Vormittag.

Sie war aus einem dumpfen Schlaf erwacht, hatte sich mühsam an den Morgen erinnert.

An Simons wütendes Suchen nach dem Dino, Lucys Schluchzen der Jacke wegen. Und Arnold? Arnold.

„Vor Weihnachten? … Sehr schwierig … Einen Moment …"

Sie war am Tag davor bei der Frauenärztin gewesen, ja, sie sei schwanger, hatte diese gesagt, hier, sie könne es sehen. Vera hatte nur kurz zum Ultraschallbild hingeblinzelt, in dieses gräuliche Schwarz ihres Innenlebens, und dann gesagt: „Nein."

Sie hatte ihre Stimme gehört, die eigentlich nicht ihre Stimme war, und die Pause dahinter.

Die Leere, in die das „Nein" getorkelt war.

Hatte ein langes Gespräch mit der Frauenärztin geführt.

Sie schnaufte gegen die Übelkeit an.

Wartete, bis die Stimme im Telefon sagte:

„Hier. Hören Sie? … Hier haben wir noch was."

Notierte mit wackelndem Stift den Tag, die Adresse.

Sie schob das Bild zweier nackter besinnungsloser Leute am Anfang ihrer Liebe beiseite.

Die Sachlichkeit der Stimme am anderen Ende der Leitung tat ihr gut.

Wievielte Woche, Voraussetzungen, Papiere, Uhrzeit.

Beruhigende Bürokratie.

„Danke."

Sie legte auf. Trat zum Fenster. Kippte es und hielt die Nase in den Luftzug.

Seit dem roten Strich hatte sich das „Nein“ wie Sirup in ihr ausgebreitet, war eingesickert in alle Zellen. Hatte sich schließlich verhärtet zu etwas, das ihren Körper zu eckigen Bewegungen veranlasste.

Sie kämpfte gegen die Atemnot. Immer wieder dieses Ringen.

Das Öffnen der Fenster, Aufknöpfen der Bluse, Lockern des Schals. Misthormone.

Vera sah sich und Arnold an jenem längst vergangenen Lufttag, an dem es Silberfäden geregnet hatte, und etwas Blitzscharfes in ihrer Brust zerriß das Bett und die drei Finger im Kopf.

Sie stützte sich am Fensterbrett ab, atmete und dachte: „Eine Woche. Eine Woche noch.“

Berlin, Dezember

Lucy

1

Wir waren also mittags im Charlottenburger Schloßpark spazieren, Tom und ich. Plötzlich hatte es ihm nicht schnell genug gehen können.

Einige Stunden nach dem Telefonat! Als müßte er das mit mir hinter sich bringen und hätte dann endlich seine Ruhe.

Ich wußte, daß er von der Polizei vernommen worden war wie alle in deiner Umgebung.

Um anzufangen, fragte ich ihn, wann ihr euch zum ersten Mal begegnet seid.

Bis zu den Knöcheln wateten wir in den Blättern.

Die üblichen Enten, Schwäne, Touristen.

„Im Fitneßstudio", sagte er.

Das chinesische Mandarinentenpaar fand ich nicht im Teich vorne, sondern in einem Seitenkanal. Das Männchen leuchtete unter einem schwarzen Ast hervor, orangefarben, ein Sommerblitz.

Sie sind also noch alle da, Simon.

Fitneßstudio? Was man nicht alles erfährt.

Tom war knochiger, als ich ihn in Erinnerung hatte, er rauchte ununterbrochen, und schließlich rauchte ich eine mit.

Er erzählte, wie er die letzte Zeit mit dir erlebt und von welchen Plänen du gesprochen hattest.

„Abhauen", sagte Tom, „war jedenfalls nicht dabei".

Das wollte ich eigentlich nicht hören.

Ich will, verdammt noch mal, hören, daß du die Nase voll hattest von allem hier. Daß es dir reichte. Daß du unglücklich verliebt bist und deswegen weg wolltest.

Oder vor glücklicher Liebe durchgeknallt, so was gibt's ja auch, und vergißt irgendwo mit einem Mädchen Zeit und Raum. Oder mit einem Mann, egal.

Was verbindet dich mit Tom, Simon?

Es sei ihm da noch was aufgefallen, sagte er später in der Kneipe.

Ich trommelte mit meinen Fingern auf den Tisch.

Du hättest in letzter Zeit viel gelesen, sagte Tom endlich, – also nicht am Computer, und nicht diese e-books, sondern Bücher, richtige Bücher.

„Ja, Tom," sagte ich freundlich, „stell dir vor".

Welche Bücher, konnte er mir nicht sagen. Dick seien sie gewesen, einige von ihnen zumindest. Sensationelle Eröffnungen! Ein Politologie-Student liest Bücher! Dünne! Dicke!

Wir mußten etliche Male raus zu den anderen Abhängigen.

Ich schlotterte in meiner zu dünnen Jacke, ließ mich einräuchern und wollte nicht denken, was ich schon wußte: Daß ich hier nicht weiterkam. Daß dieses Treffen nichts brachte.

Verlorene Lebenszeit.

Tom hatte auch keine Ahnung, warum du aus allen Netzwerken ausgestiegen bist.

„So was", sagte er.

Du hast auch kein neues Smartphone gekauft. Und auf dem, das wir bei Dir fanden, alles gelöscht. Das hat ja die Polizei herausbekommen.

„Professionelle Arbeit“, sagte der Spezialist, und Arnold, Vera und ich sahen uns irritiert an.

Wir hatten nichts von deinen digitalen Fähigkeiten gewußt.

Der Spezialist kratzte sich am Hals.

„Kann es sein“, sagte Arnold und räusperte sich, „kann es sein, daß ihm jemand geholfen hat?“

Der Spezialist schürzte seine Lippen zu etwas Wulstigem, das ich zwanghaft anstarren mußte.

„Schon möglich“, sagte er endlich.

„Aber es heißt doch, daß nichts im Netz verlorengeht“, protestierte Vera.

Wieder dieser Wulst und dann:

„Natürlich. Aber –“, der Polizist blickte von Arnold zu Vera zu mir und senkte seine Stimme:

„Sagen wir es so: Es könnte sein, daß der Vermißte Wert darauf legt, nicht gefunden zu werden.“

Da war die Nummer mit Syrien, IS und all dem schon durch gewesen. Keine noch so winzige Spur hatte in diese Richtung geführt.

Eigentlich keine Überraschung, möchte man meinen.

Aber wir waren, so grotesk das klingen mag, erleichtert gewesen, Simon.

Keine Sekunde hatten wir gedacht, du hättest dich dorthin orientiert, nichts hatte darauf hingewiesen.

Aber das Bohrende blieb: Die Frage, wer du eigentlich bist.

Ob wir je etwas von dir gewußt haben.

Was das für ein Mensch war, der neben uns gelebt und so viel vor uns verborgen hatte.

Heute scheint mir, die Aussage des Spezialisten war als Trost gemeint.

Damit wir nicht das dachten: Daß du, Simon, keine Möglichkeit mehr hattest, Kontakt zu uns aufzunehmen.

Mit welchen Mitteln auch immer.

„Echt", sagte Tom.

Er schüttelte den Kopf leicht hin und her und zog an seiner Zigarette. Ich sah die abgebissene Haut an seinen Fingernägeln, die fleckigen Zähne, wenn er grinste. Diese vorwurfsvolle Nase.

Ja, du hattest immer schon eine Vorliebe für Typen, an denen unsere Großeltern auf der Straße vorbeigegangen wären ohne sie zu sehen –

Dafür sah er nun mich an, aus schmalen, schwarzen Kieselsteinaugen, diesen winzigen Moment zu lang –

Ich tat unbeeindruckt. Stieg von einem Fuß auf den anderen, die Hände in den Taschen, ließ mein Gesicht von der Kälte rot werden.

Noch trug ich den Keim einer Hoffnung in mir, etwas zu erfahren. Normalerweise hätte ich bei dieser Art Blicke auf dem Absatz kehrt gemacht –

Kurze Zeit später, wieder in der Kneipe drinnen, reichte es mir endgültig.

„Du bist ja krimiverseucht!", zischte ich, weil Tom mir was von irgendeiner Verbrechensserie an jungen Männern vorlaberte. Wollte er mich fertigmachen?

Organentnahme und so. Hat er angeblich irgendwo gelesen. Wär' ja vielleicht eine Spur. Wenn auch nicht direkt in Deutschland.

Und als er mich fragte, ob ich was haben wolle, und ich in diese schmalen Augen sah, die nur aus riesigen

Pupillen bestanden, begriff ich endlich, mit wem ich es zu tun hatte.

Schöner Freund, Simon.

Dein Dealer.

Ich knallte ihm die Münzen für mein Wasser auf den Tisch und stürmte aus der Kneipe.

2

Und damit nicht genug, rief Arnold an, als ich wieder zu Hause war.

Er hatte eine dünne Stimme, richtig mickrig.

Er sagte irgendwas von „Interpol“ und „neue Methoden, Gesichtscannen“ und so.

Ich sagte zu allem „ja“ und „achso, hm“.

Im Hintergrund hörte ich das Baby krähen.

„Du Schwein“, sagte ich plötzlich.

Wir waren beide so überrascht, daß eine Weile nur das Baby zu hören war.

Ich war unfähig, noch etwas zu sagen. Arnold atmete nicht mal.

Ich stand da mit dem Hörer in der Hand, und die Sekunden waren etwas Glühendes, das in meine Brust hineintropfte und aus meinem Herz heißen Brei machte.

„Okay“, sagte er schließlich, „gut. Wenn etwas Neues vorliegt, laß uns wieder sprechen.“

Dann legte er auf.

Ich sah in den Hof hinaus und hörte eine Weile nichts außer meinem Atem.

In den Heizkörpern sirrt nun das Wasser, und irgendjemand da unten schmeißt plötzlich Flaschen in die Container.

Ich fühle mich besser, und mein Herz ist kalt.

Eigentlich hübsch.

Dieses Knallen von brechendem Glas.

3

Ich setze mich in den Schaukelstuhl.

Ich wärme meine Füße abwechselnd an den Innenseiten der Schenkel. Alle Socken sind im Wäschekorb, wie ich feststelle. Mir graut vor dem, was kommt.

Ich hasse den Waschcenter, das Geschleppe dorthin, den ewig schmierigen Boden, das Gemisch aus Waschmitteln, feuchter Luft und dem Mief der Penner, die mit den Bullaugen sprechen, hinter denen sich alles dreht.

Vielleicht ist es übertrieben, aber ich finde es einen Eingriff in die Privatsphäre.

Mit der wehrlosen Wäsche anderer Leute zu reden.

Nachdem du verschwunden warst, Simon, kam ich einmal zu spät, und ein Berg BHs und Slips lagen in einem Korb.

Daß es meine Unterwäsche war, erkannte ich an dem einen roten Spitzen-BH, der herunterbaumelte und dessen Träger im Dreck lagen.

Ich fauchte den Typen an, der auf der Pritsche vor meiner Maschine saß und demonstrativ nach draußen sah.

„Ich bin“, sagte er gelangweilt, ohne mit dem Nachdraußensehen aufzuhören, als ich fertig war mit meinem Geschimpfe, „dreimal die Woche hier, Tussi“.

Er hatte meine Unterwäsche aus der Maschine gerissen, mit seinen dreckigen Pranken. Weil ich zwei Minuten nach dem Ende der Waschzeit gekommen war!

Hatte ich mich je ohnmächtiger gefühlt?

Er war nicht viel größer als ich. Ich gruselte mich vor seinem Filzbart und den schwarzen Fingernägeln. Am meisten aber gruselte ich mich vor seiner Verachtung.

Niemand sonst war da, nur die Maschinen mit ihren monotonen Geräuschen.

Ich stopfte meine teilweise saubere Unterwäsche in die mitgebrachten Tüten und heulte den ganzen Weg nach Hause wie ein kleines Kind.

Was für eine Demütigung. Was hatte er für einen Unsinn geschwafelt! Und ich war nicht schlagfertig genug gewesen.

Lisa sah mich abends prüfend an.

„Vielleicht hat er eine Art Heimrecht verteidigen wollen“, meinte sie und schob sich eine Gabel Spaghetti in den Mund.

Ich legte mein Besteck beiseite.

Verschränkte die Arme.

Ehrlich gestanden geht mir ihr Verständnis für die Erniedrigten und Beleidigten dieser Welt manchmal zu weit.

4

Ja, Simon, wir hatten, wenn ich nur lange genug überlege, auch Gemeinsamkeiten.

Wir mochten es beispielsweise zu backen. Hände in Mehl, Eigelb, Zucker. Der Duft von abgeriebener Zitronenschale, das Auslecken der Schüssel.

Manchmal mit Arnold. Und mit Großmama.

Mit Vera hieß das Backen: Nudelwalker-Festspiele.

Gemeinsam erfolglos waren wir in der Haustier-Frage. Wobei uns schon die Tiergattung wieder entzweite: Ich Katze oder Kaninchen, du Hund oder Schlange. Es wurde dann ein Hamster, der uns allerdings bald entkam – nie haben wir sein Schicksal in der Danckelmannstraße in Erfahrung bringen können.

Beide enttäuschten wir Großvater gleichermaßen, obwohl er es verbergen wollte.

Es war einfach nichts zu machen: Uns fehlte jegliches musikalische Talent.

Ich hole mir aus Lisas Kommode warme Socken. Sie sind blau und weich und duften.

Die Farbe erinnert mich an das DDR-Blau von Großvaters Cembalo.

Wie sehr er es geliebt hatte.

Und niemand wollte es haben, nach seinem Tod.

Ja, tatsächlich, wir heckten auch mal was gemeinsam aus.

Das war, als wir schon nicht mehr zusammenlebten.

Wir begannen mit der S-Bahn, mit der U-Bahn zu fahren, heimlich – erinnerst du dich?

Wir stiegen in Charlottenburg ein und fuhren einfach irgendwohin.

Wir trauten uns immer längere Strecken zu. Hellersdorf, Marzahn, Beton bis zum Horizont, das gefiel uns, adrenalindurchpulst umklammerten wir die Stangen, mit scheinbar trägen Blicken, um bei jedem verdächtig Scheinenden rausspringen zu können.

Und weißt du noch, der Tag, als wir den Ampelturm entdeckten am Potsdamer Platz?

Arnold hatte ihn uns zeigen wollen, es aber nie geschafft.

Also waren wir alleine hingefahren.

„Den ließ unser Urgroßvater erbauen!“, erzählten wir den Japanern und Amerikanern, die vorbeikamen, als wir den Turm umarmten.

Wir hielten die Hand auf, riefen „Great-grandfather, our great-grandfather!“, die Leute photographierten uns, lachten und gaben uns Münzen, die später in unsere Sparschweine wanderten und bohrende Vera-Fragen auslösten, als irgendwann ein Schwein von der Kommode fiel und zersprang.

Sonst hatten wir kein Geld, das heißt, wir gaben unser Taschengeld nicht für unsere Fahrten aus, sondern fuhren schwarz.

Nie wurden wir erwischt.

Nur von Vera.

Eines Tages öffnete sie die Tür, als wir von einem unserer Ausflüge zu ihr nach Hause kamen, und bevor du, Simon, noch „Hallo“ sagen konntest, hattest du ihre Hand im Gesicht.

Und dann ich.

Sie sah uns an, als hätten uns die Schläge in Außerirdische verwandelt, klatsch! – sie erkannte uns – klatsch! – nicht mehr.

Drehte sich um.

Wortlos drehte sie sich um und ging ins Wohnzimmer zurück.

Meine Wange fühlte sich tatsächlich an, als würde mir etwas herauswachsen, ein glühendes Geschwür.

Wir standen eine Weile in der Tür, ich mit der Hand an der Wange, du hattest beide Fäuste in den Hosentaschen.

Wie war sie dahintergekommen?

Sie sei im Hort gewesen, sagte sie später.

Sie habe uns früher abholen wollen, sie habe Lust gehabt, ihre Kinder gemeinsam zu sehen an jenem Sommertag. Hatte mit uns blau machen wollen, Eis essen gehen.

Donnerstags würden wir seit Monaten immer früher nach Hause gehen, habe ihr die Betreuerin gesagt, und ihr den Zettel mit der gefälschten Unterschrift gezeigt. Und dann, ob was nicht in Ordnung sei.

Es war in Ordnung. Diese Schläge waren in Ordnung. Sieht man mal ab von ihrer Kraft.

Als wir schniefend und rotgesichtig um die Ecke schlichen, saß unsere Mutter gerade wie ein Betonpfeiler am Schreibtisch und ordnete Papiere mit ihren steinerprobten Händen.

5

Ich muß an einen der Abende letzten Sommer denken, an dem ich mit Vera am Tisch gesessen hatte, kurz vor dem Essen.

Die Abendnachrichten liefen, der Bericht über eine Demo, ich hatte nicht richtig hingehört, legte soeben eine Serviette neben Veras Teller, als du am Bildschirm mit einem Transparent zu sehen warst, es stand „Zu–" darauf, den Rest konnte ich nicht sehen.

„Da!", zischte Vera, – Zumutung? Zurück? Zukunft? Zusammen? – und erst beim nächsten Bild begriff ich, daß ich gerade dich gesehen hatte, in Großaufnahme, kantig das Gesicht, mit diesem entschlossenen Blick.

Zusicherung? Zustand? Zusammenbruch?

Statt zu essen versuchten wir dich zu erreichen, du reagiertest auf nichts, und so wußten wir bis zum nächsten Tag nicht, ob du unter denjenigen warst, die bei den Ausschreitungen danach verhaftet wurden. Im Nachhinein war das wie ein Probelauf für alles, was später kam.

Mit dem Unterschied, daß die Angst am darauffolgenden Nachmittag beendet war, weil du dich meldetest.

Du seist gar nicht bei dieser Demo gewesen. Eine Verwechslung, sagtest du. Vera und ich hätten schwören können …

Bist du untergetaucht, Simon? Ist es das? Bist du einer von denen, die irgendwo versuchen dagegenzuarbeiten, den krakenhaften Irrsinn zu unterwandern, jene Leute, die an Schaltstellen sitzen und irgendwann beschlossen haben, auszusteigen, zu unterstützen?

Je mehr ich mir ausmale, desto plausibler wird es:

Du bist irgendwo in dieser Welt unterwegs, in irgendeiner Mission.

Du bist nicht gestorben, Simon.

Du kämpfst.

Berlin, zwanzig Jahre zuvor, vormittags

Arnold

Arnold sah sich um.

Von den neun, die hier saßen, hatten fünf ganze Lehrstühle, waren Professoren für Literatur-, Sprach- und Kulturwissenschaften, während die anderen halbe Stellen bekleideten und im ewig scheinenden Wartezustand dümpelten.

Sie waren rar, die Möglichkeiten, sich zu bewerben, zumal am eigenen Haus. Lohmann war zurückgekehrt, der Zoodirektor schließt grinsend die Tür, dachte Arnold und drehte seinen Kugelschreiber.

Lohmann setzte sich und nickte der neben ihm sitzenden Sekretärin zu, die das Protokoll schreiben würde.

Die Sitzung begann und lief sofort auf das hinaus, worum es ging.

Hauß oder Meyer.

Doreen Meyer.

Grauer Hosenanzug, roter Pullover, rote Ohrringe. Schwarze Schuhe mit Absatz. Sie hatte einen guten Eindruck vor der Kommission gemacht, konnte fließend vier slawische Sprachen und Ungarisch dazu.

War ganz apart, zumindest sah man sie gerne an mit ihren dunklen Augen, den dunklen, kurzen Haaren.

Arnold war sich bewußt, daß letzteres Kriterium für einen Mann nicht galt.

Vera würde eine Augenbraue hochziehen. („Hallo? Was hat sie eigentlich erzählt?")

Doreen Meyer kam aus Dresden, hatte eine beachtliche Publikationsliste vorzuweisen und beste Kontakte in die gerade nicht mehr sozialistischen Länder. Man konnte Lohmann kaum fehlenden Mut unterstellen.

Jung, Frau, Osten.

Offenbar unbelastet.

Lohmann hatte alle überrascht mit dieser Kandidatin, die auf seinen Wunsch hin eingeladen worden war.

„Meine Damen und Herren", sagte er soeben, „aus diesen genannten Gründen möchte ich Ihnen" – er sah jeden und jede in der Runde freundlich an – „dringend Frau Dr. Meyer anempfehlen".

Jemand scharrte mit den Füßen über den Linoleumboden.

Arnold hoffte, daß Schlemp sich melden würde, einer der wenigen, dessen Autorität und Alter Lohmanns Intrigenkunst etwas entgegensetzen konnte.

Da war er schon:

„Lieber Dieter", ließ sich sein mächtiger Baß vernehmen, „deine Ausführungen zu Frau Meyer sind stichhaltig und überzeugend. Dennoch haben wir letzte Woche – wenn ich mich recht erinnere – eine Liste erstellt mit Herrn Hauß an erster Stelle. Ich erspare mir nach unserer ausführlichen Diskussion, erneut die Gründe für diesen Beschluß zu nennen, sie liegen auf der Hand. Es gibt aus meiner Sicht keine neue Sachlage, ihn nicht umzusetzen."

Beifälliges Nicken einiger.

Lohmann räusperte sich, nahm seine Brille ab, holte ein Tuch aus der Hosentasche. Seine grauen dichten Haare wucherten um den imposanten Schädel.

Während er die Gläser bedächtig putzte, sah er mit seinen größer gewordenen blauen Augen in die Runde, lächelte und ließ keinen Zweifel daran, daß er bereit war zum Kampf.

Arnold fing Marthas Blick auf.

Ganz ruhig bleiben, sagten ihre Augen.

Sie würde nicht umfallen.

Das war gewiß.

Bei aller Frauensolidarität würde sie am Entschluß für Hauß festhalten.

Seitdem sie von Lohmann kaltgestellt worden war (Was war der Grund dafür gewesen? Martha sprach nie davon. Es wurde gemunkelt, sie habe sich geweigert, Artikel zu schreiben, die Lohmann unter seinem Namen veröffentlichte. Oder hatte sie seinen Avancen widerstanden? War es das gewesen?), schloß sie sich jedem an, der sich gegen Lohmann auflehnte.

Arnold war sicher, wenn es eines Tages gelänge, den Instituts-Gott zu stürzen, würde Martha mit wehenden Haaren und erhobener Fahne, an vorderster Front und befreit, diesen Sieg feiern.

Wohin, fragte Lohmann nun freundlich, sie alle mit ihrem Institut wollten, und Arnold fühlte diesen Satz wie eine kleine gezielte Sprengladung in seinem Kopf.

Egal, was Lohmann nun sagte:

Jeder seiner Sätze detonierte mit etwas Zeitverzögerung und schien sich für alle Zeiten unter Arnolds Schädeldecke zu brennen als Zeichen der Nichtachtung und Arroganz einem der fleißigsten und fähigsten Mitarbeiter gegenüber. Ihm gegenüber.

Er legte seine flache Hand über die Stirn, was Lohmann registrierte, weswegen er nun in Arnolds leeren Blick hinein sagte, daß sie die Zukunft sei.

Arnold nahm die Finger von der Stirn.

Doreen Meyer.

Es sei das Gebot der Stunde, fuhr Lohmann fort, junge, unverbrauchte und hochmotivierte Nachwuchskräfte zu fördern. Gerade jetzt, in dieser wohl historisch einmaligen Situation.

Mit Frau Dr. Meyer ließe sich eine Wissenschaftlerin ersten Ranges gewinnen, welche das gänzlich neue Forschungsgebiet von Erinnerungskultur und Gedächtnisraum bearbeite und bisher erstaunliche Ergebnisse vorgelegt habe. Zudem sei ihr Umgang mit Studierenden vorbildlich – sie verfüge, wie alle hatten sehen können, über eine natürliche Autorität und außerordentliche didaktische Fähigkeiten.

Und natürlich müsse man bei gleicher Qualifikation – das liege ja wohl auf der Hand – eine Dame bevorzugen, so, wie es in den Ausschreibungsrichtlinien festgelegt war.

Lohmann räusperte sich und fächelte wie ein Schaufelrad mit der rechten Hand Luft in sein Gesicht.

Alles war still, als Arnold sich räusperte und seine Hand hob.

Am Abend zuvor hatte er ein Buch in seinem Zimmer vergessen und war den Flur entlanggeschlendert. Die Tür zum Büro von Lohmanns Sekretärin, Frau Weis, war nur angelehnt gewesen, sodaß er im Vorbeigehen ihre gedämpfte, aber irgendwie ungewöhnlich aufgekratzte Stimme hatte hören können und, wie unter Zwang, stehengeblieben war und gelauscht hatte.

Durch den Spalt hindurch hatte er die rotkarierte Schulter von Frau Weis sehen können, den oberen Teil des Hörers, und ihre Worte gehört:

„Die Meyer, weeßte, die, – ja ... der Chef unbedingt – dit muß jetz wirklich unter uns – jut, na, man will sich doch nich – ja, ja, also: Die Meyer is seene – sitzte? ja? – Nee, denk mal schräg. Noch mal anders. – Jenau. – Da biste jetz platt, wa? Weeß natürlich keener. Darf auch nich! – Ick? Na, ick krieje doch seene Privatjespräche mit. – Neenee. – Janz sicha. – Jaja ... Hoppla, die Tür is uff, Momentchen ...“

„Ja, Arnold?“ Lohmann schickte ihm sein Kampfgrinsen.

Arnold fühlte Marthas Blick auf sich gerichtet.

Er leistete sich ein kleines Lächeln in ihre Richtung und sagte ruhig, indem er jedem der Kommissionsmitglieder gegenüber in die Augen sah, daß er sich der Meinung Professor Schlemps anschließe, und, ohne das Lächeln aufzugeben, fügte er hinzu, daß Frau Meyer jung genug sei, um – und hier schwenkte er in Richtung Lohmann – die mannigfaltigen Möglichkeiten, die sich ihr in der Zukunft böten, wahrnehmen zu können, ja, ihr Tag, da sei er sicher, werde noch kommen. Zudem scheine es ihm in Anbetracht der privaten Verbindung zwischen Frau Meyer und Herrn Lohmann sowieso nicht möglich, ersterer die Stimme zu geben.

Für einen Moment schien es, als drückten sich die Wände auseinander, so berstend war das Schweigen im Raum.

Arnold fühlte in sich einen Triumph, wie er ihn zuletzt als Kind erlebt hatte, als er sich am Schulhof endlich getraut hatte, Felix Overkamp zu schlagen.

Er sah das entsetzte Gesicht des einen Kopf größeren Jungen vor sich und sich selbst, der wie ein durchgedrehter Boxer um ihn herumsprang, Haken in Richtung Felix Overkamps Brust zielend und schreiend:

„Hättstenichtgedacht! Was! Du! Hättstenichtgedacht!“

„Vielen Dank“, sagte Lohmann.

Er sah keineswegs erschüttert aus, wie Arnold feststellte.

Er sah nicht aus wie ein Mensch, dem vor Publikum die Maske heruntergerissen wurde, wie jemand, dessen Machenschaften offenbar geworden waren.

Der sich nun genötigt fühlte, etwas zu erklären.

Einen, zwei, mehrere Fehler zuzugeben.

Den Hut zu nehmen.

Gott dankt ab.

Nichts dergleichen.

Fast schien Lohmann sich zu freuen.

Arnolds Mundhöhle war ausgetrocknet, seine Zunge wie ein Stück Holz.

„Ich denke“, sagte Lohmann nun sachlich, aber aufgeräumt in die Runde, „daß mit dieser Wahl eine Weichenstellung vorgenommen wurde, die bahnbrechend ist für unser Institut“.

Arnold sah zu Martha.

Sie hatte den Blick auf den Tisch gesenkt und drehte ihren Kugelschreiber zwischen Daumen und Zeigefingern.

Er legte das Stück Holz von einer Seite auf die andere.

Martha schien zu vibrieren.

Jetzt sah er es: Es kam von ihrem übergeschlagenen Bein, das unter dem Tisch ruckartig auf- und abwippte.

Was – Arnold drehte langsam den Kopf – ist hier los.

Niemand sah ihn an.

„Somit“, sagte Lohmann, „ist die Sitzung beendet, ich wünsche allen noch einen produktiven Tag“.

Stühlerücken, Gemurmel, Knacken der Fenstergriffe.

„Gute Arbeit“, murmelte Hausner im Aufstehen in Arnolds Richtung, mit einem breiten Lächeln, das, wie Arnold fand, etwas Hinterhältiges hatte.

Ein kalter Luftzug streifte seinen Nacken.

Martha stand gegenüber, was ist passiert, sie sah auf die Uhr, signalisierte Arnold, daß sie los müsse. Er sprang auf, bemerkte aus den Augenwinkeln, wie Berger aus dem Raum ging, hinter Lohmann und Schlemp her, die, die Köpfe zusammengesteckt, sich offensichtlich in angeregtem Gespräch befanden. Träume ich?

Arnold schob Zettel und Stift in seine Mappe, stand auf und eilte zu Martha.

Sie waren die letzten im Raum.

„Na“, sagte sie sarkastisch, „das war ja wieder mal eine Vorstellung“.

„Wie – meinst du – mich?“

Sie wich vor ihm zurück und Arnold erschrak, weil er seinen Mundgeruch bemerkte.

„Wieso dich?“

Sie sah ihn irritiert an.

Ich werde verrückt.

„Hat ers wieder geschafft, dieser ... dieser ...“

Arnold packte ihr Handgelenk, –

„He, hör auf“, zischte sie, „bist du verrückt?“, und da, in diesem Moment, in dem er ihr festes Gelenk zwischen seinen Fingern spürte, das er in einem Bruchteil einer Sekunde wünschte zu zermalmen, stürzte das Wissen in ihn, was passiert war, ein Wissen, das ihn wanken ließ wie einen Betrunkenen, „Entschuldige bitte," murmelte er mit seiner schweren holzigen Zunge, „verzeih, das ... wollte ich – nicht, ich weiß auch nicht –", er wankte wie einer, der sich in der Wüste verlaufen hat, während Martha ihr Handgelenk rieb, „Such dir", flüsterte sie mit schmalen Augen, „jemand anderen für deine Aggressionen", und ihm war klar, daß er ihre Hand nicht gefaßt hätte und sie das nicht sagen würde, wären sie nicht miteinander im Bett gewesen, er wußte plötzlich, daß er nichts vergessen hatte von dieser Szene in diesem Hotelzimmer, auch seine Hand nicht, die genau wußte, wo sie überall gewesen war in und an Marthas Körper, er starrte die Hand an wie etwas, das ihn verraten hatte, und völlig unerwartet kroch das schlechte Gewissen in ihm hoch, er hatte Vera betrogen, überrascht von diesem Gefühl atmete er schwer, es füllte ihn aus wie Sand, der jede Pore verstopft, plötzlich war es ihm, als läge das ganze Verhängnis seiner gegenwärtigen Situation in dieser halben Stunde, in der Martha und er damals etwas Lustloses und Belangloses vollzogen hatten, er hatte unerträglichen Durst, – war es nicht nach jener Tagung gewesen, daß sich Lohmanns Wohlwollen ihm gegenüber verändert hatte, konnte es sein, daß Lohmann jene Nacht mitbekommen hatte oder von irgendjemandem darüber informiert worden war und – Arnold stützte sich mit einem Arm an der Wand ab und sah Martha zu, wie sie ihre Tasche packte und ging – es missbilligt hatte als Zusammenrottung gegnerischer Kräfte, konnte es sein, daß Lohmann – er trat auf den Flur, sah ihr hinterher, wie sie die Wand entlangeilte, die Absätze ihrer Schuhe klackten auf dem Boden – solche Unerheblichkeiten aufs Schärfste verurteilte, weil er – es war eigentlich undenkbar – eifersüchtig war auf ihn, Arnold, und war es etwas, was er als Trumpf in der Hand behielt, gegen ihn – „Deine Frau ist sehr hübsch, Arnold" –, sehr aufrecht eilte Martha weg von ihm mit wippenden Haaren, weg von seinem harten, bösen Griff, ha, Lohmann, du Arsch, du willst dich aufplustern als Moralapostel, ausgerechnet du, Arnold atmete wie jemand, der eine Last abstellen muß, aber nicht weiß, wie er sie von der Schulter bekommt, und nun, da der Flur leer und das Klacken von Marthas Absätzen verebbt und eine eigentümliche Stille eingekehrt war, traf ihn die Erkenntnis –

Eine Welle schwappte in ihm hoch, wie heißes Wasser.

Er schüttelte den Kopf.

Das Wasser kühlte sich nicht ab.

Es begann zu kochen.

Nun konnte er es nicht mehr verheimlichen vor sich selbst, mußte sich der Tatsache stellen:

Ich –

Ich habe, fast knickten seine Beine ein, nichts gesagt, ich habe Lohmann –, Arnold rann Schweiß in den Hemdkragen, nicht, er war erschüttert von dieser Erkenntnis, nicht entlarvt, ich habe einfach nichts gesagt, er riß an seinem Pulloverausschnitt, und Berger hat, er stützte sich an der Wand ab, für Meyer gestimmt, das war vielleicht das Schlimmste, das drehte ihm den Magen um, er versuchte sich zu beruhigen, ruhiger zu atmen, er stolperte Richtung Toiletten, aber die Angst, jemanden zu treffen, überwog, er sah auf die Uhr, was ist heute für ein Tag, ich muß, in Panik blickte er um sich, als er Schritte hörte, unterrichten, es waren zwei Lehrbeauftragte, ein Mann und eine Frau, die am Ende des Flurs aufgetaucht waren.

Arnold wischte sich den Schweiß aus dem Gesicht, blackout, er schloß die Augen, blieb stehen, öffnete sie wieder, tat so, als suchte er etwas in seiner Mappe.

Die Hitze wurde erträglicher, es beruhigte ihn allmählich, daß er ein Wort gefunden hatte für das, was ihm widerfahren war in der Sitzung, ja, blackout, und dann fiel ihm ein, daß es Mittwoch war, und Mittwoch war der Tag ohne Unterricht, er mußte nur seine Sprechstunde abhalten, erneut durchflutete ihn etwas Heißes, seine Augen brannten vor Dankbarkeit, nur die paar Studenten, so würde er den Tag überstehen, Wasser, er mußte dringend in sein Zimmer.

Und während er den Flur entlangtappte mit unsicheren Schritten, mit dem einzigen Ziel, die eine Tür zu öffnen, die Linderung versprach, sah Arnold vor seinem inneren Auge Berger an sich vorüberziehen.

Er würde die nächste ganze Stelle bekommen, das war vollkommen klar, er würde sich einreihen in die Riege der Gegner, er hat die Seite gewechselt, und ich, dachte Arnold und erreichte die Tür zu seinem Zimmer wie einer, der weiß, daß sich hinter der Sanddüne, die er soeben mit letzter Kraft hochstapft, die nächste verbirgt, ich habe alles verloren.

Er drückte die Klinke, trat in sein Zimmer.

Die Mineralwasserflasche am Tisch erschien ihm wie ein überirdischer Trost.

Ein krächzendes Lachen kam aus seiner Kehle, als er sie an seine Lippen setzte.

Sie war leer.

Vera

1

„Rings um uns hoben sich die Leiber aus dem Stein", –

Wie immer, wenn Vera in dieser hellen riesigen Halle stand, vor dem Fries, das den Kampf der Götter und Göttinnen gegen die Giganten zeigte, fielen ihr die ersten Sätze der *Ästhetik des Widerstands* ein, – *„zusammengedrängt zu Gruppen, ineinander verschlungen oder zu Fragmenten zersprengt, mit einem Torso, einem aufgestützten Arm, einer geborstnen Hüfte, einem verschorften Brocken ihre Gestalt andeutend, immer in den Gebärden des Kampfs"* –,

mit dem Buch auf den Knien war sie in den letzten Jahren immer dann hier im Pergamonmuseum gesessen, wenn sie einige Stunden Zeit hatte, geflohen war aus der Wohnung mit ihren Wäschebergen, Kuchenkrümeln, den Mäusefallen in den Ecken.

Auf der riesigen Treppe sitzend war sie den Schilderungen von Peter Weiss gefolgt, der in dem Schlachtgetümmel rundherum den ewigen Kampf der Oberen gegen die Unteren sah.

Und der die Leerstelle, die Herakles, der einzige Sterbliche, hinterlassen hatte, als Bild der Hoffnung interpretierte, wenn auch einer widersprüchlichen, schmerzhaften.

Vera trat nahe an die Marmorreliefs heran.

Irgendwann hatte sie das Buch nicht mehr gebraucht, sie kannte die Sätze mittlerweile auswendig.

Eine Stunde zuvor, nach dem Telefonat mit der Klinik, dem Notieren des Termins war endlich Besserung eingetreten – sie hatte sich wohler gefühlt und kräftiger. Wenn alles vorbei war, nach dem Eingriff nächste Woche, würde sie darüber nachdenken, wie sie ihr Leben anders einrichten könnte.

Dieser Entschluß hatte ihre Stimmung so gehoben, daß sie übermütig geworden war.

Sie hatte sich im Bad Wasser ins Gesicht geschüttet, im Spiegel die Zunge rausgestreckt und euphorisch beschlossen: Her mit diesem Tag!

Wenn schon kein Auftrag, kein noch so klitzekleiner Karriereschub, dann wenigstens nicht die Stunden bis zum Kindergartenende mit Gummihandschuhen verschleudern, sondern sinnvoll verbringen: mit Licht und Kunst.

Sie hatte vor sich hingesummt, als sie sich angezogen, geschminkt, den Schal um ihren Hals und die Tür ins Schloß geworfen hatte.

War sich seltsam frei von allen Bindungen vorgekommen beim Hinabsteigen in die Unterwelt, froh gewesen über den halbleeren Waggon mit lesenden, nicht unangenehm wirkenden Leuten.

Keine Besoffenen, keine osteuropäischen Musikanten, kein U-Bahn-Gespenst mit seinen aus alten T-Shirts selbstgebastelten Knie- und Armschützern an den nur aus Knochen und Haut bestehenden Extremitäten. Kein hohes Stimmchen aus dem alten Gesicht, das nicht verriet, ob es zu einer Frau oder einem Mann gehörte, kein Grinsen:

„Seid glücklich und mehret euch. 50 Pfennig fürs Nicht-Singen.“

Vera sah in das zerschundene Gesicht der Ge, der Erdgöttin, die aus Rache, daß ihre Söhne von Zeus unter die Erde verbannt worden waren, die Giganten veranlaßt hatte, riesige Felsbrocken und brennende Eichen gegen die Himmelsgötter zu schleudern.

Vergeblich. Sie hätte es wissen müssen: So kommt man einem Göttervater nicht bei. Da die Giganten nur von Sterblichen getötet werden konnten, zeugte Zeus Herakles, den ihm die Menschenfrau Alkmene gebar. Was für ein Betrug!

In Gestalt ihres Mannes Amphytrion hatte der oberste Götteranführer sie verführt und getäuscht. So stand schon am Beginn des Lebens von Herakles ein Verbrechen, der, wie Peter Weiss schrieb, *„einer sei, den es nur im Exil geben könne"*.

Eine zwielichtige Figur, von der man oft nicht wußte, ob er für die Unterdrückten arbeitete oder doch auf Seiten der Herrschenden stand, das Urbild aller Empörer.

Es war ein Abenteuer, dieser Deutung zu folgen, immer wieder hatte Vera beeindruckt, wie Peter Weiss diesen mythischen und größten aller antiken Helden, der wie ein Terminator durch die Welt marschiert war, auf die Seite der Versklavten stellte, ihn zu ihrem Fürsprecher werden ließ.

Und gleichzeitig, wie bei allen Revolutionären, dessen dunkle Seiten aufdeckte, seine Rasereien, seine Unberechenbarkeiten, die Gewalt, mit der er sich von der herrschenden Klasse losgerissen hatte.

Vera verschränkte die Arme.

Aber weder Peter Weiss noch die Götter haben dich hängenlassen, dachte sie. Du bist nicht zerfallen wie ein lausiger Mensch im Grab. Natürlich nicht.

Heimgeholt von Zeus wurde Herakles in den Olymp, wo er seither an der Seite des Vaters trohnte, Amen, dachte Vera, während sie die Löwenpranke rechts oben am Relief betrachtete.

Weiter unten gab es noch einen Teil des Löwenfells, die einzigen Zeichen, die von Herakles übriggeblieben waren.

Ein Platz, der gefüllt werden konnte mit allen möglichen Bildern.

Vera starrte in dieses Nichts und bemerkte, wie es in ihren Fingern arbeitete.

Das war es, was sie interessierte:

Leere, die Geschichten provoziert.

Sie drehte sich um und ließ den Blick über die übrigen Teile des Pergamonfrieses schweifen, das Getümmel aus Leibern, Gliedmaßen, Waffen, Flügeln, Bruchstücken.

„*Ein riesiges Ringen, auftauchend aus der grauen Wand, sich erinnernd an seine Vollendung, zurücksinkend zur Formlosigkeit.*"

Arnolds Gesicht stieg vor ihr auf, seine hellen, wehrlosen Blicke.

Ja, das war eine Überraschung gewesen, damals im Zugabteil von Berlin nach Przemysl, als der Mensch, der sich ihr und anderen Leuten mit Rucksack am Zoo als Reiseführer vorgestellt hatte, plötzlich einen Satz aus der *Ästhetik des Widerstands* zu zitieren begann:

„*Wir fragten uns, was das Wahre in der Kunst sei, und fanden, es müsse das Material sein, das durch die eignen Sinne und Nerven gegangen war.*"

Sie war so überrascht gewesen, daß sie kein Wort herausgebracht hatte.

Später dann, beim ersten Halt, als er am schiefen Marktplatz in Przemysl über Galizien und den Ersten Weltkrieg erzählt hatte mit einer warmen, auf seltsame Weise Sicherheit verströmenden Stimme, hatte sie ihn sich genau angesehen, den Arnold Kaufmann.

Nur wenige Besucher bewegten sich in der Halle, leise und staunend.

Vera erinnerte sich an ihre ersten Versuche, Figuren aus Ton zu formen und Bronzeabgüße zu machen, sie mußte lachen.

Was für ein weiter Weg.

Sie sah sich Mauerstücke aus dem Beton klopfen, schreien, lachen, fremde Leute umarmen in jenen wilden Monaten, die nun Lichtjahre entfernt schienen.

Was hätte Peter Weiss zum Herbst 1989 gesagt, zu den tanzenden Menschen auf dem Betonwall, dessen Verlauf durch die Stadt man schon nicht mehr erkennen konnte? Was zu diesem Land, das nicht mehr geteilt war?

Vielleicht wäre er doch mit seiner Frau, Gunilla Palmstierna, nach Berlin zurückgekommen aus Stockholm, dem lebenslangen Exil?

Er hatte es nicht erlebt, war viel zu früh gestorben, im Mai 1982.

Was auch immer noch passieren wird, dachte Vera, das bleibt:

Der Tanz auf der Mauer. Freiheit.

„*Rote Grütze für alle*".

Sie sah auf ihre Uhr.

Wenn auch nur für einen Moment.

Einmal hatte es den Tanz auf der Mauer gegeben.
Und nun war es Zeit zu gehen.

Auf der Höhe der Nyx, der Göttin der Nacht, angekommen, krampfte sich ihr Magen zusammen.

Sie atmete ein und aus, versuchte sich zu beruhigen.

Ein älteres Paar ging an ihr vorüber, die Frau zupfte den Mann am Ärmel, bitte nicht, dachte Vera.

Aber schon waren sie vorbei, das Ärmelzupfen hatte nicht ihr gegolten.

Gespenster, dachte Vera, überall seh ich schon Gespenster.

Unten an der Garderobe trat sie an den Tisch heran, jemand von hinten kam ihr zu nah – „Oh!“, die Frau, die ihr gegen die Schulter stieß, sah ihr in die Augen und wurde rot, – „Verzeihung!“

„Nichts passiert“, murmelte Vera, packte Tasche und Mantel, verpaßte sich eine aufrechte Haltung und eilte aus dem Museum.

War das nicht –?

War das nicht eben diese – diese Kollegin von Arnold gewesen?

Es war Mittag vorbei.

Könnte sein, das Institut lag in der Nähe – diese nette, wie hieß sie noch gleich? Maria? Magdalena?

Sie hatten sich einmal bei einem Vortrag am Institut kennengelernt, sie war etwas schüchtern gewesen, als Arnold sie vorgestellt hatte – war sie in der Sitzung heute –? Arnold.

Selten hatte sie ihn so nervös gesehen wie heute Morgen.

Das fiel ihr jetzt erst ein.

Einen Moment lang stand Vera auf der Treppe zum Pergamonmuseum, hörte das Rattern der S-Bahn und überlegte, ob sie nicht noch einmal zurückgehen sollte zu Marina? Monika? – fragen nach dem Verlauf der Sitzung. Es ging ja um diese wichtige Stelle – Marlene?

Sie hörte das Tuckern eines Bootes und entschied sich dagegen.

Sie kannten sich überhaupt nicht.

Arnold würde ihr schon berichten. Sie blieb noch einen Moment stehen und bemerkte erleichtert, wie die Übelkeit endgültig von ihr abfiel.

2

Was aber blieb, war das Gesicht ohne Mund, ohne Nase, abgeschlagen unter den Augen.

Das zerstörte Gesicht der Ge war in ihrem Kopf, als sie zurückfuhr, an den Kränen und Baustellen entlang bis zum Zoo, und auch, als sie eingezwängt in der U-Bahn stand, die Ausdünstungen wegatmend, sah sie die blinden Augen, die gleichzeitig alles wahrnahmen, den eigenen Untergang und jeden Augenblick des Schlachtens rundherum.

Noch als Vera die Treppen des Hauses hochstieg, langsam, die Hand am Geländer, und im zweiten Stock erleichtert feststellte, daß keine Gerüche sie überwältigten, war das Gesicht in ihr und verblasste erst, als ihr einfiel, daß sie noch eine rosa Jacke kaufen mußte – weg war es, nachdem sie die Wohnungstür aufgeschlossen und die etwas verrauchte Stimme auf dem Band abgehört hatte, die ihr mitteilte, man habe Verständnis für kranke Kinder und könne sich einen Termin vorstellen, auch zu einem späteren Zeitpunkt.

Berlin, Dezember

Lucy

1

Wie langsam so ein Tag vergeht, Simon.

Ich sehe mir Bilder an, lese, was die Leute heute geschrieben haben.

Alle wünschen Kraft und Glück und hoffen, ich tippe, sende.

Marschiere voller Tatkraft in die Kammer, hole den Staubsauger.

Wechsle den Beutel, als ich bemerke, daß das Gerät kein Staubkorn mehr fassen kann.

Nun ist es eine Freude zu hören, wie es ritscht und ratscht.

Am meisten natürlich in meinem Zimmer. Danach sauge ich das halb leere von Samir, das bunte von Lisa.

Auf ihrem Bett liegt eine Zeitschrift aufgeschlagen – *„Kann ein Kind sich an das erinnern, was die Eltern vergessen haben?“* – ist mit Leuchtstift markiert, – *„Wie kann eine unterdrückte Erinnerung von einer Person an eine andere Person weitergereicht werden?“* –

Ich schalte den Staubsauger aus.

Eine wissenschaftliche Zeitschrift ist das, ein Artikel über einen Begriff, den ich nicht kenne: *Epigenetik*.

Ich verschlinge den Artikel.

Mir schwirrt der Kopf von all den biologischen Details, wie sich neueren Forschungen zufolge Informationen vererben, wohl auch Traumata sich in unserem Erbgut nachweisen lassen, über mehrere Generationen hinweg.

Das Buch von Karin Boye fällt mir ein, auf deinem Schreibtisch. Ich laufe in mein Zimmer zum Regal, das Herz hüpft mir bis zum Hals hinauf.

Ich ziehe das Taschentuch heraus, das ich zwischen die Seiten gelegt hatte:

„*Traumgebilde können doch nicht mit der Erbmasse zusammenhängen und in einem späteren Glied wieder zum Vorschein kommen.*“

Hängen diese Sätze aus diesem Buch von 1940 mit denen von Lisas aktueller Zeitschrift zusammen?

Meinte Karin Boyes Figur Linda genau das, was nun, Jahrzehnte später, offensichtlich wissenschaftlich nachweisbar wurde?

Wenn unsere Vorfahren uns neben dem üblichen Genmaterial auch ihre Verletzungen und Traumata vererben: Was bedeutet das für unsere Leben? Unsere Träume?

Was bedeutet es für dich? Und: für mich?

Ich habe das brennende Gefühl, etwas Wichtiges über Dich herausgefunden zu haben, Simon, es ist zwar noch nicht ganz klar, was das alles mit deinem Verschwinden zu tun hat, aber es ist eine Spur, das merke ich genau. Mir ist übel.

Aber das Gefühl, dir nahe zu kommen, ist stärker:

Als stünde ich in einem lichtlosen Raum, in dem eine Botschaft hinterlassen liegt.

Ich muß nur von irgendwoher Licht beschaffen. Vielleicht befinde ich mich ja schon vor ihr.

2

Ich trinke ein Glas Wasser.

Wäre Lisa mit Samir doch schon zurück!

Lisa wird das Licht anknipsen können. Lisa mit ihrem klugen Kopf, ihrem Grübchenlächeln, ihren flinken Fingern, „meine Wurstfinger", wie sie sie nennt.

Ich finde ihre weichen Hände schön.

Die Familienphotos liegen noch herum, ich räume sie in die Schachtel zurück.

Was ist das?

Meine Finger stoßen hinten an einen harten Gegenstand – eine viereckige Schatulle, ehemals wohl dunkelblau, nun abgeschabt. Wirkt alt.

Ein Minihaken verschließt sie.

Drinnen ist ein Ring, ein seltsamer Ring in Rot und Weiß mit drei Hundeköpfen. Wem gehört er?

Ich werde Vera fragen.

Ihr Geständnis.

Daran muß ich nun denken und daß ich es gar nicht wissen wollte, was sie mir an einem Regennachmittag, in einem Anfall von Mitteilungswahn, erzählte, es muß kurz vor deinem Verschwinden gewesen sein.

Ich sehe noch ihre glänzenden Augen, die geröteten Wangen, die fahrigen Bewegungen, sie hatte mir die Tür geöffnet, schwungvoll und schmal in ihren Jeans.

Offenbar war sie soeben aus dem Atelier zurückgekommen.

Sie hustete und scheuerte im Bad ihre Hände.

Während das Wasser rauschte und ich in der Tür lehnte, fragte sie mich nach anstehenden Prüfungen.

Ich sagte, das würde noch dauern.

Was fast richtig war.

Dann saßen wir am Küchentisch.

Vera sah mir zu, wie ich das Gemüse und das Fischstück herumschob, das sie für mich gekocht hatte und fragte plötzlich mit einem eckigen Lächeln:

„Hast du … das Baby schon gesehen?"

Das also war es.

Ja, natürlich.

„Nein", log es aus mir.

Ich legte das Besteck beiseite, sehr vorsichtig.

Ich hörte diesem „Nein" hinterher, überrumpelt von Veras Frage und meiner Antwort und nicht sicher, wohin nun alles gehen würde.

Etwas in mir hatte blitzschnell das Mutterschonprogramm angeworfen, in Bruchteilen von Sekunden, in denen keine bewußte Entscheidung möglich ist. Vera sah mich an.

Ich studierte die Erbsen und Karotten, vertiefte mich in dieses Orange und Grün, um der Dankbarkeit, die mir aus ihren Augen zufloß, zu entkommen.

Aber es gab kein Entkommen.

„Spätzelchen", sagte Vera und zwang mich aufzublicken und die Mundwinkel nach oben zu biegen.

Ich konnte nicht verhindern, daß sich meine Finger an die Finger des Kleinen erinnerten.

Meine Finger fühlten diese Engelsberührung noch immer.

Diese unvergleichlich zarte Eindringlichkeit.

Es war nichts zu machen: Ich hatte das Staunen dunkelblauer Babyaugen in mir und Arnolds offenes Glück im Gesicht.

3

Es war erst einige Tage zuvor gewesen.

Ich hatte Söckchen gekauft, himmelblaue natürlich, und ein winziges Holzgefäß, das mit einem Marienkäfer bemalt war, beides schön eingepackt in blaues Papier mit rosa Schnullern darauf.

Ich hatte unten in der Naumannstraße geläutet, war vier Stockwerke hochgegangen, und Anda hatte mir geöffnet.

Im ersten Moment dachte ich, das Kind sei noch immer in ihrem Bauch, aber dann hörte ich das Glucksen aus dem Nebenraum.

„Hallo, Lucy", rief Arnold.

Anda sah mich forschend an, sie sah erschöpft aus, sehr blaß, ihre Haare waren achtlos von einem Band zusammengehalten.

Auf ihrer Schulter lag eine Windel voll gelblicher Flecken.

Ich bemühte mich, nicht auf ihren Bauch zu starren und stammelte irgendetwas.

Anda nickte in ihrem lindgrünen Überwurf.

Es war unser zweites Zusammentreffen, das erste lag ein Jahr zurück.

Arnold hatte mir eines Abends seine neue Frau aus Lettland vorgestellt, im „Ovid" in der Körtestraße.

Nach einer Stunde hatte ich mich verabschiedet, um das junge Paar nicht weiter zu stören.

Obwohl sie nur wenige Sätze gesagt hatte, bekam ich lange Zeit Andas singendes Deutsch nicht mehr aus dem Kopf. Nun, da ich sie verändert vorfand, fragte ich mich, ob das so bleiben würde: diese Formlosigkeit, dieses Blasse und überall Flecken.

Aber als wir zusammen ins Zimmer kamen, in dem Arnold stand und routiniert sein drittes Kind im Arm hielt, und Anda sich über ihr erstes beugte, kam etwas in sie, das ich schon einmal bei einer Kommilitonin erlebt hatte.

Etwas Ungreifbares und Merkwürdiges:

Dieses Mutterleuchten.

So ein innerer Glanz, der sich über das Gesicht breitet, das Formlose überflutet, es vergessen läßt und Mütter zu Wesen aus einem Paralleluniversum macht.

Das fein gebogene Zahnfleisch des Babys, das sein Lächeln freilegte – „Das ist er, unser Benjamin" – machte mir klar, was für ein idiotisches Geschenk ich in der Hand hielt.

Arnold und ich beugten uns aneinander vorbei, streiften unsere Wangen.

Der Babyduft stieg hoch zwischen uns, ein Gemisch aus Milch und Neubeginn.

Das Zimmer war fast leer, an den Wänden sah man graue Streifen von abgehangenen Bildern.

In einer Ecke lagen Mülltüten gestapelt. Staub stieg mir in die Nase, der Geruch von Putzmitteln.

Versehentlich stieß ich an eine offene Kiste, es schepperte – sie war voller gerahmter Porträts.

„Entschuldigung", sagte ich, „sind das nicht –?"

„Ja", antwortete Arnold, „die Ahnen".

„Wirst du sie aufhängen?", fragte ich und konnte im ersten Moment nicht verstehen, warum er plötzlich so verlegen war.

Im zweiten Moment war klar:

Mit ihm war die wohlgeordnete Ahnenreihe beendet.

Er müßte ja zwei Frauenbilder an die Wand nageln. Ha. Platz dafür würden er und Anda in der neuen Wohnung genug haben, eigentlich.

„Das", grinste Arnold nun geschäftig, „können wir dir noch anbieten", und zeigte auf das grüne Sofa an der Wand, vor dem eine umgedrehte Kiste als Tisch diente.

Abends würden die drei schon in ihrer neuen, schicken Wohnung in der Carmer Straße schlafen, Dachgeschoß mit Galerie, Parkett, Flügeltüren, alles piekfein renoviert.

Ja, Simon, das hat uns alle überrascht, daß unser lieber Vater es endlich geschafft hat, nach den vielen Jahren Kampf nun doch diese ganze Professorenstelle zu bekommen.

Obwohl er nicht mehr damit gerechnet hatte, in seinem Alter. Es war eine Ausnahme gemacht worden – Genaues weiß ich nicht.

Manchmal hatte er ja von seinem vorigen Chef und dessen Tochter erzählt.

Immer dann, wenn es irgendeine Familienzusammenkunft gab, begann Arnold am späten Abend mit glasigen Augen diese Geschichte zu erzählen.

Die Tochter war nach der Wende aufgetaucht. Wie das Teufelchen aus der Kiste.

Oder war es eine Geliebte gewesen?

Jedenfalls hatte sie sofort eine Professur bekommen.

„Diese üblen Machenschaften", hatte Arnold jedes Mal geknurrt und sein halbleeres Weinglas kreisförmig am Tisch herumgeschoben, unentwegt, eine Art motorische Störung.

Anda und ich setzten uns aufs Sofa.

Es wäre uns allen besser gegangen.

Das war es, was du mir irgendwann sagtest, in den Jahren nach der Trennung unserer Eltern.

Wäre Arnold Professor geworden, als wir kleine Kinder waren, *wäre es uns allen besser gegangen.*

Ich will das nicht denken.

Daß der Fortlauf eines Lebens von einer einzelnen Entscheidung abhängt. Daß irgendjemand die Macht hat: Daumen rauf, Daumen runter.

Das Leben ist doch ein Strauß voller Möglichkeiten: eine farbensprühender als die nächste!

Sagt Lisa. *Trotz allem.*

Arnold mit dem Baby auf dem Arm holte sich eine Kiste und setzte sich auch.

Im Hinterstübchen meines Gedächtnisses sind diffuse Situationen abgespeichert:

die zögernde Haustür, Arnolds tägliche, freudlose Heimkehr.

Erschöpftes Gezanke im Schlafzimmer. Du, Simon, und ich hinter der Wand, atemlos.

Immer taten wir so, als hörten wir nichts. Wir spielten.

Hätte es nicht diesen ewigen Kampf ums Geld gegeben, der in unserer Kindheit an der Tagesordnung war: Wären die beiden zusammengeblieben?

War es das gewesen?

Benjamin gickste und gluckerte, Arnold kniff seine Wange.

Ob es ihm viel ausmacht, daß es mit seiner Stelle nur geklappt hat, weil sein langjähriger Rivale beim Fallschirmspringen abgestürzt war?

Oder ist das Veras Sichtweise?

Er sah müde aus, tiefe Linien im Gesicht, aber gleichzeitig schien er jemand zu sein, für den das Glück nicht zu spät gekommen war.

Wie hieß der Abgestürzte? Irgendetwas mit Berg, glaube ich …

Es raschelte.

Anda wickelte das erste Geschenk aus. Die Söckchen quittierte sie mit einem Seufzen.

Im gleichen Moment wußte ich: Schande.

Arnold sagte: „Oh danke, Lucy, sehr aufmerksam, sieh mal, er mag sie."

Und ich dachte: Es sind die zwanzigsten seit der Geburt, vermutlich.

Benjamin, der Gute. Alles fand er aufregend, was man ihm vor die Nase hängte.

Nun das zweite Päckchen. Ich bekam einen Schweißausbruch.

Am liebsten hätte ich es Anda weggenommen, die es ans Ohr hielt und leicht schüttelte und aus ihrem Mund ein „Aaaa!" und ein „Ooooh!" machte.

Dann zelebrierte sie vor dem Baby das Auspacken, knisterte mit dem Papier, ließ die silberglänzende Schleife vor seinem Gesicht tanzen.

Starrte schließlich auf den Holzbehälter mit dem Marienkäfer, so winzig, daß nur ein Zahn darin Platz hatte, der erste Milchzahn, der Benjamin in circa fünf Jahren ausfallen würde.

Oder sechs – keine Ahnung.

Sie hob das Deckelchen und machte es wieder zu.

Blickte zu Arnold. Dann sah sie mir fest in die Augen.

„Weißt du", sagte sie, „das ist ein sehr hübsches Geschenk".

Schon umklammerte Benjamin den Marienkäfer mit seinen winzigen Fingern.

Wir sahen ihm zu beim Umklammern und versuchten das Schweigen, das sich zwischen uns aufbaute, mit unseren Blicken zu bannen. Mit eifrigem Lächeln.

Ich wußte nicht genau was vorging, und ein neuer Hitzeschub machte, daß ich plötzlich streng roch.

Die Windel rutschte Anda von der Schulter, sie hob sie auf und knüllte sie zusammen.

Sie hatte etwas Hilfloses im Gesicht, wie sie ihr Kind ansah.

„Ich kann", sagte sie windelknetend und hob die Schultern so, daß sie plötzlich sehr schmal aussah, „nur … nur noch nicht so … so weit denken".

Arnold grinste ein bißchen dämlich.

Wie peinlich: Und mir stiegen die Tränen in die Augen.

Anda konzentrierte sich wieder auf Benjamin, der seinen Arm mit dem Marienkäfer ruckartig auf- und abbewegte.

Dann sah sie mich erneut an. Und das, was ich in ihren Augen sah, füllte nun den ganzen Raum.

Alles in ihm war voll mit ungewisser Zukunft:

Diese ganze Abfolge von Impfungen und Geburtstagsschlangen und Klettergerüsten und Was-ist-die-richtige-Schule-Fragen.

Und irgendwie konnte ich plötzlich ansatzweise verstehen, was Vera mir einmal erzählt hatte:

Daß man keine Ahnung haben kann ohne Kind. Daß Anda soeben ein Drama nach dem anderen überstanden hatte, Schwangerschaft, Geburt, Milcheinschuß.

In ihren Augen saß all das, was dieses andere Universum ausmachte, von dem Vera mir versucht hatte zu berichten: Einen Schritt nach dem nächsten tun, jeden Tag, von Angst zu Angst, von Glück zu Glück.

Und meistens findet alles gleichzeitig statt.

„Es ist ein Wunder, aber man weiß plötzlich, wie zerbrechlich dieses Wunder ist“, hörte ich unsere Mutter sagen, „man fühlt sich stark und unglaublich verletzlich. Die Welt ist reich und bedrohlich zugleich“.

Und nun schwamm Anda vor mir.

Benjamin, dieses arglose Baby, ruderte und kieckste, auch er schwamm, wie das ganze Zimmer.

„Na“, sagte Arnold und legte eine Packung Taschentücher auf den Tisch, „wir müssen mal“, und erhob sich mit dem Kleinen, um ihn irgendwo in dieser leeren Wohnung zu wickeln.

Wir Frauen sahen einander nicht an, als wir die Tücher nahmen und schneuzten.

„So, und jetzt“, sagte Anda mit einem scheuen Lächeln, „hole ich mal die Thermoskanne mit Kaffee“, bevor sie in die Küche entschwand.

Ich starrte auf den blöden Milchzahnbehälter.

Fühlte mich wie nach einem Sprint im Sportunterricht, damals in der Schule.

Klatschnass und überfordert.

4

Soweit, lieber Simon, mein Bericht vom ersten Besuch bei unserem Halbbruder. Du hast ihn ja nicht gesehen, nicht wahr. Hast verweigert, Benjamin zu begrüßen auf dieser Welt.

Bist einfach verschwunden. Abgehauen. Obwohl Du wußtest, daß er auf dem Weg war, der kleine Glücksbringer. Nicht mal eine Karte wirst Du geschrieben haben: „Willkommen Benjamin, auf unserer Welt. Von

Herzen wünsche ich Dir ein erfülltes Leben voller Frieden und Licht."

Nichts da.

Und Vera?

5

„Schätzchen", sagte sie an jenem Regennachmittag und legte ihre Hand auf meine, „iß noch ein bißchen".

Danke. Vielen Dank.

Ich legte Gabel und Messer seitlich an den Tellerrand.

Sie strich sich etwas aus der Stirn, als störte sie eine Haarsträhne.

„Also, du und dein Bruder …", begann sie plötzlich und hörte wieder auf.

Ach, Simon. Du weißt ja, welche Blicke sie drauf hat, wenn sie um Worte ringt. Man möchte sie sofort in den Arm nehmen, unsere starke Mutter, die jeden Marmor kleinkriegt.

Aber ich blieb sitzen und sah ihr zu. Ich kam gar nicht dazu mich zu fragen, ob ich das kennenlernen wollte, was aus ihr herausmußte, offenbar.

Sie hätte abgetrieben, sagte Vera plötzlich.

Ich meine, es gibt Schlimmeres.

Lisa hat auch abgetrieben, vor einem Jahr.

Ich habe alles mitbekommen: Den Schrei im Badezimmer. Das Stäbchen mit dem Strich. Das zitternde Elend am Küchentisch. Das Beschimpfen des Verursachers. Die Selbst-Beschimpfung. Die Aids-Angst. Die Zukunftsangst. Die Lebensangst.

„Ich konnte ihn schon während – währenddessen nicht ausstehen“, schluchzte Lisa, „ein scheußlicher Irrtum“.

Obwohl ich zum fraglichen Zeitpunkt in der Wohnung gewesen war, hatte ich ihn weder gehört noch gesehen, Lisas One-Night-Stand.

Normalerweise kann man Stimmen hören und sieht Haare im Waschbecken oder Klopapier in der Küche, weil der Besuch den Kaffeefilter nicht finden kann, irgendwas in diese Richtung.

Lisas Besuch aber hatte wohl weder Bad noch Toilette benützt noch unsere Küche abgesucht.

Er war geflohen.

In aller Stille. Rein in die Klamotten und weg.

„Zu früh“, wimmerte Lisa, „zu früh gekommen…“

Herrgott.

Vielleicht bin ich zu vernünftig.

Mir würde das nicht passieren, Simon, du weißt es.

Ich wedele gleich mit dem Tütchen herum, sobald klar ist, wie das alles enden wird.

Ich sage noch in BH und Jeans: „Hier, ja, hier“, und dann wühlen starke Finger in meiner Hüftgegend, was mich zum Japsen bringt, und dann hat er den Gummi endlich und muß damit zurechtkommen, ob er will oder nicht.

„So“, schluchzte Lisa, „so bin ich nicht…“

Also wartete ich auf sie, einige Wochen später.

Sie kam aus einem weißen Raum, in dem einige Frauen saßen, jede mit einer Tasse in der Hand.

Schon schloß sich die Tür, aber mein Gehirn speicherte sie ab, die Frauen jeden Alters zwischen erstaunlich jung und erstaunlich alt, die da in Korbstühlen mit weißen Tassen saßen und vor sich hinsahen.

„Ich spendiere," sagte ich, „ein Taxi".

Lisa drückte meine Hand. Ihre war trocken, meine naß.

Den ganzen Weg über sagte sie kein Wort. Sie biß die Zähne zusammen beim Treppensteigen, preßte eine Hand auf ihren Bauch und wollte keine Hilfe.

Aus dem Klo drang später etwas Hohes, wie ein Summen mit geschlossenem Mund, tagelang, in meiner Erinnerung.

Mehrmals täglich trug ich die Mülltüte voller blutiger Binden in den Hof.

Eine Abtreibung ist kein Spaß, das möchte ich hier mal festhalten.

All denen, die sich genötigt fühlen, mit dem Zeigefinger zu drohen und vor diversen Kliniken und Häusern zu stehen, mit Schildern, auf die blutige Bilder und horrende Zahlen geklebt sind, möchte ich hiermit mitteilen:

Sie büßen es. Es ist keine Kleinigkeit für sie. Laßt sie in Ruhe, Leute, und kümmert euch um die Geborenen.

Exkurs Ende, Simon.

Ich weiß, daß du mal so eine Phase hattest. Irgendein älterer Freund, mit dem du zu irgendwelchen Treffen gingst.

Vera und Arnold sahen dir damals nach, als die Tür hinter dir zuging, jeder aus seinem Zimmer.

Ich erinnere mich noch an ihre Gesichter, als ich im Flur stand:

Rote Wangenflecken bei Vera, Augen wie Meteorsteine bei Arnold.

6

Unsere Mutter hat es also auch getan.

„Wann?“, fragte ich matt.

Vera legte ihren Kopf schräg.

Ich sah ihre Fältchen um die Augen, die beiden Linien von der Nase an den Mundwinkeln vorbei, ihre grauen schönen Haare.

Am liebsten hätte ich ihr die Hand auf die Schulter gelegt oder eine Wange gestreichelt, aber natürlich blieb ich sitzen ohne mich zu rühren.

„Ihr wart noch klein“, sagte Vera und strich mit dem Finger über die Holzmaserung.

„Ah“, sagte ich.

Hinter uns tickte die Uhr.

„Wie klein?“

Ich kann nicht sagen, warum mir das plötzlich so wichtig vorkam: unser Alter.

Vera legte ihr Kinn auf ihre linke Faust und schien zu überlegen.

Ohne den Blick zu heben, sagte sie schließlich:

„Vier ... und fünf.“

Vier. Fünf.

In meinem Kopf passierte mit Verzögerung etwas.

Irgendetwas begann zu pulsieren. Ich hielt den Atem an und entschied mich dafür, daß es Blut war.

Mein Blut pulsierte in meinem Kopf, wurde schneller, fuhr schließlich Karussell.

Meine Finger klammerten sich am Tisch fest.

Ich nehme an, daß Vera dasaß und vor sich hinstarrte, vielleicht wartete sie auf eine Frage, aber ich war mit dem Karussell in meinem Kopf beschäftigt.

Und als ich mich lange genug darauf konzentriert und flach geatmet hatte, verlangsamte es sich, und das Blut ließ etwas in meine Brust fließen, womit ich nicht rechnen konnte.

Es war groß und unausweichlich.

Traurigkeit.

Eine riesige, beschissene Welle Traurigkeit schwappte in mir, verteilte sich nach oben, unten, überallhin.

Die Tränen schossen in meine Augen, und nun starrte ich Vera an und hätte sie am liebsten geschüttelt und geschrien:

„Was? Vier und fünf? Vier und fünf? Was????"

Du merkst, Simon, daß ich ein klein wenig außer Kontrolle geriet.

Obwohl ich nichts tat, außer weiterhin brav auf dem Stuhl zu sitzen, die Finger mittlerweile unter den Oberschenkeln geparkt, und nun auch wieder die Uhr hörte.

Tick. Tick. Tick.

Ich weiß auch nicht, warum mich Veras Nachricht dermaßen umwarf.

Unsere Eltern hatten uns also eine Schwester oder einen Bruder genommen. Unterschlagen, verheimlicht, all die Jahre einfach nichts gesagt.

Aber Halt. Andersrum. Es gab einen Grund für dieses Verschweigen: Es hätte bedeutet, vielleicht, daß sie zusammengeblieben wären. Ein Baby hätte zuwege bringen können, was wir beide, du und ich, nicht geschafft haben.

Ich weiß auch nicht, warum das plötzlich so klar war für mich:

Das Geschwisterchen hätte den Niedergang dieser Ehe aufhalten können.

Diese Ehe, die noch zehn Jahre weitergeführt wurde, nur unsretwegen.

Ich holte meine Hände wieder hervor, weil ich einen Schluck trinken mußte.

„Aber Lucy“, flüsterte Vera, „meine Güte“.

Ihre Hand tastete nach meiner, ich entzog sie, und ihr Blick war, als hätte ich ihr gerade ein Messer an den Hals gesetzt.

Sie richtete sich auf.

Ich heulte. Ich konnte nichts machen, ich heulte.

„Warum“, schluchzte ich, „warum wolltet ihr das Kind nicht“ –

„Ich“, sagte Vera hart.

„Ich. Wollte. Es. Nicht.“

Wir sahen uns so lange in die Augen, bis Vera begann, ihr linkes Handgelenk zu reiben.

Danach umfaßte sie ihren Daumen und drückte ihn leicht. Ich betrachtete ihre Bemühungen, gegen den Schmerz anzuarbeiten, als sie mit dieser harten Stimme hinzufügte:

„Dein Vater hatte keine Ahnung.“

Sie massierte weiterhin sanft ihre Arthrosefinger und schien irgendwo zu sein, nur nicht hier bei mir, am Küchentisch, in ihrer Wohnung, die von Steinen umstellt war.

Verstehst du, Simon, sie hat es allein gemacht.

Vollkommen allein.

Sie hat ihm die Schwangerschaft verschwiegen und die Abtreibung.

Alles. Im Lichte späterer Ereignisse eigentlich logisch.

Aber ich war nicht darauf gefaßt in jenem Moment.

Darauf nicht.

Hamburg, zwanzig Jahre zuvor, mittags

Helene

Schnee.

Helene hätte immer so stehen mögen, die Stirn am kalten Glas, bereit für dieses Licht, das durch ihre Augen fiel wie ein Scheinwerfer und einzelne Partikel im Gestöber ihres Kopfes beleuchtete.

Bilder tauchten auf, verschwanden wieder, ungeordnet, als hole jemand aus einer Kiste Photos, ließe sie kurz schweben vor ihren Augen, bevor das nächste hochgehoben wurde, Großaufnahme, weiß, ein zarter weißer Kindernacken, Arnold, wie er sich über eine Pfütze beugt, Lorenz, dem das Haar weht, die Hand als flaches Schild über den Augen, Lachen gegen den Nordseewind, Frieda, verwackelt, wie sie ihr zuzwinkert über dem Waschbrett, und aus den Tiefen eines inneren Archivs für Geräusche und Klänge plötzlich das Plop, plop, plop, mit dem die Lindenblüten auf das Plastik des Tisches, der Stühle im Brunskrogweg fallen.

Und nun, noch leiser: Glucksen in der Stille eines Sommerabends, diese feinen Laute, wenn Wasser zerteilt wird von einem Körper, einem Kinderkörper, sich ausbreitende Ringe im Schlachtensee. Eine zärtliche Regung überkam Helene, ein warmes Fluten bis in Zehen- und Fingerspitzen, und sie hätte nicht sagen können, wem dieses Gefühl galt – den Menschen in ihrem Leben, ihr selbst, dem merkwürdigen und brüchigen Ineinander von Vergangenheit und Gegenwart – es war etwas, das über all das hinausging, über das eigene Leben hinaus.

Plötzlich sah sie das Zimmer, das Bett.

Und das Wissen war da: Manchester.

Sie hielt ganz still, als könnte Bewegungslosigkeit ihr Gehirn veranlassen, das Bild zu festigen, es so zu fixieren, daß aus ihm andere Bilder hervorgehen konnten – und tatsächlich: Das Zimmer in Manchester weitete sich zu einer Abfolge von Begebenheiten – eine Erinnerung! Helene atmete kaum, nur nichts verscheuchen, ruhig abwarten, damit sich die Bilder ordnen, eine Reihenfolge ergeben konnten.

Blühende Sträucher tauchten auf, graue Wolken vor blauem Himmel, kleine, vollgestopfte Läden, Blätter, die im Regen tropften, und leere Straßen vor schwarzen Industriebauten.

Das Gesicht eines Mannes folgte, breites Lachen unter einer Mütze, Gagarin, so hieß er, sie konnte den Schriftzug sehen, war das ein Photo, ein Plakat? – merkwürdiger Name, sie wußte nicht, was er mit Manchester zu tun hatte.

Egal.

Was aber wichtig war: Daß es einen besonderen Anlaß für ihre Reise gegeben hatte, nicht nur den naheliegenden – irgendetwas Wichtiges hatte sie mit Lorenz besprechen müssen, Auge in Auge –, aber es fiel ihr nicht ein.

Sie war mit dem Zug gekommen, das war sicher, aus Berlin, wahrscheinlich hatte Lorenz sie abgeholt.

Aber es konnte auch sein, daß er in der Klinik unabkömmlich gewesen war, und vielleicht war sie allein mit einem der Busse vom Bahnhof zu ihm gefahren.

Das Haus, in dem er ein kleines Zimmer mit Kochnische bewohnt hatte, war irgendwie verwischt, nur den schmalen Flur erkannte sie – aber das konnte auch ein anderer gewesen sein, in einem anderen Haus.

Das Besinnungslose allerdings, als sie endlich allein in seinem Zimmer waren, das erinnerte Helene plötzlich mit einer Heftigkeit, die sie vom Fensterglas zurückschnellen ließ.

Verwirrt tastete sie die taube Stelle zwischen den Augenbrauen ab, zu lange hatte ihre Stirn am kalten Glas geklebt, sie fürchtete schon, daß es nun zu Ende wäre – aber da schnupperte sie Lorenz' Haut, spürte den Druck seines Körpers, all das, was sie lange entbehren hatte müssen.

Und nun – ein kleines schmerzendes Staunen beim Anblick seiner rechten Schläfe:

Haare, weiße Haare.

Helene hatte die Augen geschlossen und sich an Lorenz' Wange gepreßt, so fest, daß er sich schließlich aus ihrer Umklammerung entwunden hatte.

Etwas prasselte – Regen? – ja, Regen war vom Dach in die Dachrinne geflossen, in einem steten Wasserfall nach unten.

Und kühle Luft war durch das undichte Fenster gedrungen.

Rasch hatten sie sich angezogen, es war schließlich klamm geworden, so nackt unter der Decke.

In jener Nacht, im schmalen, kühlen Zimmer in Manchester mit dem Geprassel des Regens draußen und dem herrlich wunden Gefühl zwischen ihren Beinen, hatte sie zum ersten Mal von der Sache mit der Gestapo erfahren.

„Ich habe ihnen aufgemacht", hatte Lorenz gesagt.

„Du konntest es nicht verhindern", hatte sie erwidert.

Dann war sie aufgestanden.

Hatte Teebeutel in zwei Becher gelegt, die neben dem Kocher auf dem Tisch standen.

Und nun hörte Helene Lorenz' tonlose Stimme, die ihr das Nachbarhaus zurückholte, dieses weiße, schmucklose Haus neben ihrem Elternhaus im Hans-Knirsch-Weg Acht – „Weißt du, daß der ein früher Nazi war?", fragte Lorenz, – „Wer? Dein Vater?", – „Aber Helene! Hans Knirsch! Ein österreichischer Nazi, übrigens" –

Sie sah den Garten mit den Kaninchen und dem Geflügelstall, den Zaun, über den sie heimlich geklettert war, um zu Arnold Ernst und Lorenz zu gelangen, ja, sie sah alles, und nun, Lorenz hatte sehr leise gesprochen, tauchte seine Mutter auf.

Johanna, kalkweiß.

Helene sah sie, obwohl sie nicht dabei gewesen war, Johanna war, als sie das Läuten und Gepoltere gehört hatte, vom Keller hochgerannt, Helene kannte jede Kerbe im Boden, hatte plötzlich den Geruch des Windfangs in der Nase, in dem Johanna soeben ihren Jungen an der Wand stehen sah, vor ihm drei Männer. Stumm drückte Lorenz sich an seine Mutter, als die Gestapo durchs Haus stürmte.

Den Vater fanden sie hinten im Schuppen, bei den Hühnern.

„Warum erzählst du mir das jetzt erst?", hatte Helene gefragt und in vorsichtigen Schlucken ihren Tee getrunken.

„Au", hatte Lorenz gesagt, „verflixt", die Tasse hart auf den Tisch gestellt und die Finger geschüttelt.

Hatten sie nun geschwiegen und erst nach einiger Zeit jene Fragen gestellt, die Helene nun, in ihrem

Haus im Brunskrogweg stehend, im Kopf schwirrten, Fragen, die viele Jahre in einer Ecke ihres Gedächtnisses geruht hatten, und nun wie Glühwürmchen im Dunkeln aufleuchteten und wieder verschwanden?

Sie schloß die Augen, und die Atmosphäre jener Nacht in Manchester füllte sie aus, jede Zelle in ihr.

Das war gewiß:

Lorenz und sie hatten sich, auf dem Bett sitzend, mit den Teetassen zwischen den Händen, vorgestellt, was dem Vater beim Verhör vorzuwerfen gewesen war, nachdem er, wie Lorenz stockend erzählte, plötzlich schmal und kleiner geworden war zwischen den drei Männern, die ihn den Weg vom Haus weggeführt hatten.

Helene sah ein graues riesiges Gebäude, an dem sie einmal an der Hand ihrer Mutter vorübergeeilt war, sie sah das Straßenschild, Prinz-Albrecht-Straße Acht.

Das Schild mußte etwas mit der Verhaftung des Vaters von Arnold Ernst und Lorenz zu tun gehabt haben – ein früher Schrecken.

Einige Atemzüge brauchte Helene, um sich wieder zu beruhigen, wieder in das Zimmer in Manchester zurückzukehren, ganz ruhig bleiben, da war Lorenz' junges Gesicht neben ihrem, erleichtert hörte sie sich und ihn sprechen.

War es – so hatten sich beide gefragt – dem Vater zugutegekommen, daß er sich um Berlin große Verdienste erworben, als Leiter der Abteilung II im Polizeipräsidium die Stadt mit Methoden, die er in London und New York kennengelernt hatte, modernisiert, den Ampelturm in Berlin im Jahr 1924 eingeführt hatte?

Nein, so war die Vermutung gewesen, nein, was kümmerte die Nazis der Schnee von gestern.

Etwas anderes hatte die Gestapo sicher mehr interessiert:

War der Vater nicht als Polizeivizepräsident Nachfolger von – so hatten sie sich die Fragen der Gestapo-Leute vorgestellt – diesem Juden Bernhard Weiß gewesen, der am 20. Juli 1932 gemeinsam mit dem Polizeipräsidenten Grzesinski des Amtes enthoben und verhaftet worden war?

Dieser Weiß, der das höchste Amt, das je ein Jude hatte erringen können, in der Weimarer Republik bekleidet hatte, war aus Deutschland getürmt, so die Vernehmer, ein Jahr später, als ein Kopfgeld auf ihn ausgesetzt worden war.

Lorenz und Helene hatten den Vater so vor sich sehen wollen:

In tadelloser Haltung, fest den Beamten in die Augen blickend.

Bernhard Weiß also – genannt Isidor, wie er doch wisse? –, jemand, der das Weite gesucht hatte. Abgehauen war, wie schon zuvor Frau und Tochter, alle zuletzt wohnhaft Steinplatz Drei, Berlin-Charlottenburg.

Getürmt, das Weite gesucht, abgehauen –, und nun hatte sich einer der Gestapo-Leute vielleicht über den Tisch gebeugt, um jedes Zucken des Augenlids zu erkennen, jedes noch so minimale Anzeichen von Unsicherheit beim Gegenüber, – abgehauen vermutlich mit fremder Hilfe, – und wäre da nicht eventuell die Mitarbeit seines Nachfolgers, also seine Hilfe, vorstellbar – was er denn dazu zu sagen habe?

Und warum er eigentlich seinen Dienst quittiert hätte, ausgerechnet im Januar 1933, als die Polizei dem Reichsführer SS und dem Reichssicherheitshauptamt unterstellt worden war?

Mit 55 Jahren in den Ruhestand gehen! Was sollte man davon nur halten?

„Wir warteten Tag und Nacht auf ihn", hatte Lorenz gesagt.

Seine Mutter war nachts am Fenster gestanden und hatte in den Schnee gestarrt.

Frühmorgens war sie zu Lorenz ins Bett gekrochen.

Von Arnold Ernst im Osten hatte es kein Zeichen gegeben, keine Nachricht, nichts.

„Und wir im Nachbarhaus", hatte Helene geflüstert, „waren so ahnungslos".

„Meine Mutter hatte mir eingeschärft, niemandem ein Wort zu sagen, niemandem."

Nach einer Woche hatten sie nachmittags das Gartentor aufspringen hören und gedacht, nun würden sie geholt.

Aber es war der Vater gewesen.

Ein Wunder.

„Er zog sich die Jacke aus, die ihm an den Schultern zu weit geworden war, und gab mir weiterhin Latein- und Griechischunterricht", hörte Helene Lorenz erzählen, „und niemand sprach über das Vorgefallene".

Als hätten nie drei Männer im Flur gestanden mit Mündern, dicht vor ihm, er hatte ihren Atem gerochen, und einer hatte ihm makellose Zähne gezeigt.

Helene hatte Lorenz betrachtet, wie er sich sammeln mußte, um weitersprechen zu können.

Bevor die Bombe fiel, fuhr er schließlich mit leiser Stimme fort, und Johanna und das Haus traf, und Adele und Helene überleben ließ, hatte er ein Gespräch zwischen den Eltern aufgeschnappt.

Für „gestapoische Verhältnisse“, wie der Vater diese genannt hatte, war er nicht schlecht behandelt worden, obwohl er dem „Heimtückegesetz“ zufolge mit „schwerer Schuld“ beladen war.

Diese Wörter, hatte Lorenz gemurmelt, hätten ihn lange verfolgt.

Schwere Schuld. Heimtücke.

Warum aber war der Vater freigekommen?

Vielleicht habe ihm, hatte Lorenz vermutet, die Nummer seines Parteiabzeichens geholfen.

Nach seiner Ernennung zum Nachfolger von Bernhard Weiß im November 1932 war dem Vater das Abzeichen zugesandt worden, kommentarlos.

Er hatte es in eine Schublade gelegt, nicht gewagt, es zurückzuschicken.

Also war er jemand mit einer niedrigen Nummer, hatte Helene gesagt, ich habe, hatte Lorenz gemurmelt, das Abzeichen nie gesehen.

Wurden nicht auch Parteimitglieder gnadenlos verfolgt, wenn sie sich nicht im Sinne des Regimes verhielten, war Helenes weitere Frage gewesen.

Sie hatten geschwiegen, keine Antwort gewußt.

Oder einer der Gestapo-Leute – hatten sie eine andere Möglichkeit erwogen – war dem Vater vor 1933 schon begegnet, hatte ihn vielleicht gekannt, seine Arbeit geachtet, wer weiß, so etwas schien es ja auch hin und wieder gegeben zu haben.

Nach dem, was man so hörte.

Helene am Fenster legte die Hand um ihren Hals.

Sie hatten einander angesehen, damals im Halbdunkel.

Oder, hatte Lorenz nach einer Weile zögernd gesagt, oder –

Und dann hatten sie erneut geschwiegen und einander nicht zu sagen brauchen, was ihnen durch den Kopf gegangen war.

Das Undenkbare.

Konnte es sein, daß der Vater jemand anderen verraten hatte?

War das die Rettung gewesen?

„Haben wir es je erfahren?“, dachte Helene alarmiert und fühlte, wie sich Manchester zurückzog von ihr, als verwische plötzlicher Nebel alle Konturen. Was hatten sie damals noch besprochen?

Sie versuchte sich zu konzentrieren, biß sich auf die Lippen.

Oder hatten sie schließlich zu reden aufgehört, überlegte sie, sich schlafen gelegt, damit Lorenz früh aufstehen hatte können, nun lächelte Helene erleichtert, früh wie jeden Morgen, denn nur weil die Ehefrau aus Deutschland gekommen war, das erinnerte sie nun ganz genau, war kein Dienstplan in der englischen Klinik geändert worden.

Berlin, Dezember

Lucy

„Sie kamen am ersten Arbeitstag nach Weihnachten, und niemand hatte mit ihnen gerechnet."

Plötzlich ist dieser Satz da, Simon, und ich sehe dich vor mir im Tiergarten unter der Lampe, um die irre Mücken toben, wie du diesen Satz in meine Wange sagst.

Ich hatte ihn völlig vergessen.

Aufrecht sitze ich plötzlich, Herzschlag bis in die Ohren.

Wie kann man diesen Satz nur vergessen!

Ich muß wohl gefragt haben: „Wer?", denn jetzt erinnere ich mich an deinen nach innen gerichteten Blick, und wie du sagtest:

„Was, wer?"

Es stank nach irgendwas Verbranntem.

„Wer kam am ersten Arbeitstag?"

Du starrtest ein Loch in meine Wange. Durch dieses Loch hindurch sahst du wohl weit hinter mir Dinge, von denen ich keine Ahnung habe, und dann schicktest du das hinterher, das ich schon kannte:

„Vergiß es."

Vergessen setzt voraus, daß man sich an etwas erinnert, Simon, stimmt doch, oder.

Ich sehe hinaus ins Dunkel, aber wenn ich mich zu erinnern versuche, wird alles weiß, schneetuchweiß. Ein luftiger Raum, der weich und kalt nachgibt, wohin man sich auch wendet.

Damals, nach jenen Weihnachten, kamen also Leute zu den Großeltern in den Brunskrogweg, überraschenderweise.

Wie viele? Warum? Was wollten sie?

Warum konnte ich diese Information vergessen? Sie muß wichtig sein, sonst hättest du das nicht gesagt.

Wir waren betrunken in jener Nacht im Tiergarten, das stimmt, eindeutig.

Wir hatten deinen Studienabschluß gefeiert, wir hatten alles hinter uns gebracht, das Gebüffel und die Streiks und die endlosen Nächte.

Vor uns: Der Sommer!

Ich war entsetzlich verliebt in Sven, und du, Simon, warst schon mit Dingen beschäftigt, von denen niemand etwas wußte.

So haben wir in dieser Nacht über manches gequatscht und manches ausgelassen.

Und später standen wir da mit unseren verkeilten Rädern im kreisrunden Licht. Was ich spürte, war: Mein Bauch schmerzt, und mir wird übel.

Über uns höre ich das Brutzeln und Zischen des Mückengrills, das Rauschen des fernen Verkehrs, die Leute im Dunkel rundherum.

Du sagst zweimal: „Vergiß es“, und ich, die ich keine Erinnerung habe, werde diesen Abend vergessen.

Es wird mir leicht fallen, mit all dem Wein im Blut. Ich habe eine schwere Zunge. Ich sehe dein Gesicht, in dem nur deine Augen verraten, wie angestrengt du bist von dem, was in deinem Hirn rumort.

Wer, Simon, kam damals in den Brunskrogweg?

Wieder und wieder muß ich an diesen Abend im Tiergarten denken.

Hast du noch mehr gesagt, als ich erinnere? Habe ich Entscheidendes überhört?

Ich muß mir einen Plan machen. Fragen sortieren.

Weihnachten wird kommen:

Als wir klein waren, schrieben wir ans Christkind.

Alle anderen Kinder schrieben an den Weihnachtsmann, aber Vera hatte das Christkind in die Familie gebracht.

Egal, wer für die Wunscherfüllung zuständig ist: Ich habe natürlich nur einen.

Und wenn dann noch ein klitzekleiner Wunsch frei wäre:

Dann bitte noch einen Waschmaschinenanschluß.

Hamburg, zwanzig Jahre zuvor, vormittags

Die Besucher

1

Es schneite. Es schneite aus einem maßlos freigebigen Himmel, der der Stadt, der Landschaft etwas hinzufügte, das sie schon vergessen hatte.

War es jemals so still gewesen?

Selbst das Brüllen der Schneepflüge verschluckte die Flockenflut, senkte ihre Stille auf alles, was noch meinte, rennen und fahren und produzieren zu müssen und schloß ihre Decke hinter den Räumgeräten, sauber und sacht.

Was sah jener alte Mann in seinem besten Anzug, der sich in dieser Vormittagsstunde im Flugzeug beim Landeanflug vorbeugte?

Er sah, wie eine ganze, bis zu ihren äußersten Rändern bedeckte Stadt zur Ruhe gebracht wurde, zum Versinken.

Er faßte die Person neben sich am Arm und deutete hinaus.

Nichts mehr war von den Bauernhöfen mit den Ställen und Weideflächen zu erkennen, nur mehr eine Ahnung waren die unter Naturschutz stehenden Wälder, aus denen kein Elch röhrte, kein Habicht sich aufschwang und jedes Ehrendenkmal für die Krieger verschwunden war.

Allein an ihren Umrissen waren die Häuser mit den großen Grundstücken noch kenntlich, die Marktplätze und Pferdekoppeln jedoch schon untergegangen, Einkaufszentren, Fabriken, jeder Kirchturm sanft erstickt.

Kurz vor dem Aufsetzen des Flugzeuges auf der Landebahn – ein Rutschen auf Seife – starrten die beiden auf den Monitor über ihnen und versäumten so das Feldballett der Antennenmasten. Im wirbelnden Weiß wirkte es, als tanzten Kristalltürme auf den Feldern hintereinander her, und nur, wenn man ein Fernrohr zur Hand gehabt hätte, wären die Leitungen zwischen den Masten auszunehmen gewesen, schwingende, weiß gepuderte Schnüre.

Der alte Mann, der aus dem Flugzeug in Fuhlsbüttel ausstieg, an den lächelnden Stewardessen vorbei, fühlte plötzlich, wie etwas in seinem Inneren ruhig wurde.

Nun konnte er nicht mehr zurück.

Er war da, und er würde diese Aufgabe bewältigen.

Er betrat als Letzter aus dem Flugzeug deutschen Boden, indem er in die kühle Röhre stieg, die die Maschine mit dem Flughafengebäude verband.

Die Stewardessen stellten ihre Mundwinkel gerade und seufzten unhörbar. Endlich.

Neben dem Mann war diese schmale Gestalt in Hose und Mantel, die sie jetzt fast übersehen hätten, sie nahm seinen Arm.

Die Stewardessen würden sich später, wenn sie ihre Köfferchen über den blanken Boden gleiten ließen, nicht einig sein.

„Das war doch ein Junge“, würde die eine sagen, „eindeutig“.

„Ich bitte dich. Eine Frau war das. Es liegt an der Mütze. Ich habe ihre Stimme gehört. Ich habe sie doch bedient!“

Da standen die beiden, von denen die Rede war, einige Hallen weiter vor dem Fließband und sahen dem Gepäck beim Kreisen zu.

2

Daß Deutschland so still sein konnte!

Keine Betonlandschaft empfing die beiden Reisenden beim Verlassen der geschäftigen Halle, kein Grauingrau, sondern Helligkeit, Schweben und Flockentanz.

Selbst die Baustelle gegenüber war zu einem verzuckerten Palast geworden.

Der Mann blinzelte in den Himmel und bot sein Gesicht für einen Augenblick als Landeplatz an.

Er lachte mit hüpfenden weißen Augenbrauen.

Stille.

Kein Flugzeug würde mehr aufsteigen für viele Stunden, keines landen. Und was da drüben aus dem Gestöber auftauchte, war ein Auto auf Samtpfoten, vielleicht das letzte, das sich hierher traute.

Leider, das merkten die beiden jetzt, war es kein Taxi.

Die Gestalt mit der Mütze, der man erst sehr nahe kommen mußte, um zu erkennen, daß sie eine Frau war, trug einen Rucksack und zog einen kleinen Koffer hinter sich her. Sie sah auf die Schuhe des Mannes und auf ihre Schuhe, nahm den Älteren am Arm und ging mit ihm durch die Drehtür wieder ins Warme zurück.

Sie warteten eine Stunde, vielleicht auch länger.

Sie tranken Kaffee und sahen den anderen Reisenden zu, deren Flüge gestrichen worden waren.

Wie es die Frau schaffte, ein Taxi für sie zu gewinnen, blieb dem Mann verborgen. Vielleicht war er ein wenig eingenickt. Wichtig war nur, daß es wie durch Zauberei plötzlich draußen stand. Die Frau holte ihn und den Koffer und zeigte dem Fahrer eine Adresse auf einem Zettel.

Viel sah er nicht. Die Scheibenwischer leisteten Schwerarbeit.

Draußen rutschte eine Welt vorbei, die sie nicht kannten und – der hamburgische oder türkische oder kroatische Taxifahrer hieb mit der Hand auf das Lenkrad und stieß Drohungen in alle Richtungen aus – ihnen mehrmals gefährlich erschien. Irgendwann war diese Fahrt überstanden, das Auto rumpelte und hielt vor einem schemenhaft zu erkennenden Gebäude.

Sie bedankten sich mit Handschlag und Trinkgeld beim sichtlich erschöpften Fahrer.

Zuckte er zurück, als er dem Mann die Hand schüttelte, weil ihn plötzlich eine Ahnung befiehl, als er in dessen Augen blickte? Eine Ahnung, daß dieser nicht mehr lange zu leben hatte, ja, vielleicht sogar nur mehr diesen einen Tag?

Nein, der Taxifahrer entzog, heiser lachend, seine Hand dem Schütteln, weil er die Schnauze voll hatte.

Bis hier oben standen ihm Schnee und Müdigkeit und diese Art von Verbrüderung wie nach einem überstandenen Abenteuer.

Er hob ihnen, während ihnen die Flocken ins Gesicht fuhren, den Koffer und den Rucksack heraus, und sah ihnen nicht nach, wie sie vorsichtig zum Hotel gingen, den Schnee von den Schultern strichen, von der Mütze fegten.

Als sie an die Rezeption traten, begrüßt wurden und unterschrieben, hatte der Taxifahrer sie auf seinem mühseligen Weg Richtung Innenstadt schon vergessen.

„Wir haben noch Zeit", sagte die Frau oben im Zimmer und half dem Älteren aus dem Mantel, dem Anzug und hinein ins Bett.
„Ruh dich aus", sagte sie.

Dann stand sie am Fenster und sah auf die weiße, leere Straße.
Es war früher Mittag.
Noch war kein Toter zu beklagen, kein Dach eingestürzt, die Stromausfälle überschaubar. Auch vom weit entfernten Hafen war keine Störung zu vermelden. Aus den Containerschiffen wurden wie jeden Tag von Computern gelöschte Riesen, die jedoch träger als sonst dahinglitten, wie verwundert über das lautlose Spektakel rundherum.
Die Stadt erlahmte endgültig. Sie hatte sich gefügt, sank in ihren Schneeschlummer auch hier, im äußersten Norden, wo die Wohldörfer Wälder hinüberreichen nach Schleswig-Holstein, und nur mehr vereinzelte Flocken taumelten, hierhin und dahin tanzten.
Als gönnte sich das, was diese Massen in einer Nacht ausgestoßen hatte wie in einer nie enden wollenden Wut, eine gnädige Pause.

Helene

Helene wurde schwindlig.
Sie mußte ihren Blick wenden von diesem Schneetanz, der ihr die Balance zu nehmen begann, unwillkürlich stützte sie sich am Fensterbrett auf, schloß für einen Moment die Augen.

Dann richtete sie ihre Aufmerksamkeit nach unten.

Kompaktes Weiß, makellos, unberührt. Keine Kinder.

Sie würden wohl schon hineingelaufen sein.

„Schuld."

Wo war sie eben gewesen? Helene straffte ihre Schultern, in ihrem Hinterkopf pochte erneut das Wort:

„Schuld."

Sie hörte Regen prasseln und sah das Lächeln eines Mannes, der den merkwürdigen Namen Gagarin trug, sie schnupperte verbrauchte Luft.

Hielt den Atem an.

Manchester.

Sie waren doch noch nicht zu Ende gewesen mit ihrem Gespräch, jetzt wußte sie es wieder. Ein Leuchtpunkt vor Lorenz' verschattetem Gesicht war aufgeglommen, bevor er eine graue Fahne an ihrem Gesicht vorbeigeblasen hatte.

Jetzt verstand Helene: Es war nicht mehr um den Vater gegangen.

Lorenz hatte von etwas gesprochen, in dessen Zentrum das Wort „Bedrohung" stand.

Das Wort hatte sich in dem kleinen Zimmer ausgebreitet wie der Rauch, den sie eingeatmet hatten.

Zum ersten Mal beunruhigte Helene das Erinnern, aber bevor sie sich dagegen wehren konnte, sah sie Lorenz, wie er den Kopf senkte und gleichzeitig einen Namen aussprach.

Sie hatte den Namen damals nicht hören wollen und erschrak auch jetzt über ihn:

„Arnold Ernst."

Er war, hatte Lorenz in den Boden hineingeflüstert, vor dem Krieg schon zur Bedrohung geworden.

Ja, Bedrohung, das Wort treffe das Gefühl, das ihm viel später erst bewußt geworden war.

Arnold Ernst habe es nach der Kristallnacht „beispielsweise" – Lorenz' Stimme war schneidend dünn geworden – „nicht schön" gefunden, was mit den Juden passierte, aber „notwendig".

„Einige Male saßen wir beim Abendessen, aber die Teller blieben halbvoll. Ich wurde aus dem Zimmer geschickt."

Der Vater hatte *Mein Kampf* gelesen. Er hatte nicht daran gezweifelt, daß den Worten Taten folgen würden, so abstrus sie ihm auch erschienen waren.

Er hatte den jahrelangen, mutigen Kampf von Bernhard Weiß gegen Joseph Goebbels bis 1932 miterlebt.

All die Schmähungen, die haltlosen Anwürfe, die Prozesse, das „Unterschreiten jeglichen Niveaus", wie er es genannt hatte.

Der Vater hatte gewußt, wovon er – vorsichtig – sprach.

Aber der älteste Sohn hatte ihm nicht glauben wollen.

Helene sah sich selbst an einem eiskalten Wintertag im ersten Stock stehen und die zwei Mütter am verschneiten Zaun lachen, als hätten sie sich soeben einen Witz erzählt. Immer wenn sie so lachten, erzählten sie einander, welcher Junge, welcher Mann gefallen war. Welche Häuser nicht mehr standen.

Vor wem man sich in acht nehmen sollte.

Helene sah sich auf der Treppe ihres Elternhauses stehen, die Tür zum Zimmer war angelehnt, sie hörte die Stimme der Mutter, das Entsetzen ihrer Eltern drang heraus bis in den Flur:

„Er hat etwas von Jagdgerechtigkeit erzählt. Das Recht, an einem bestimmten Ort zu jagen. Er meinte keine Tiere. Johanna sagt, sie haben Angst vor ihm. Stell dir das vor: Angst vor dem eigenen Kind.“

Einen Moment lang wußte Helene nicht, wer das Kind gewesen war, und Panik überkam sie.

Bitte nicht, dachte sie, nicht jetzt.

Welches Kind hatten die Eltern gemeint?

Sie schloß die Augen, atmete gegen die Angst an.

Ruhig bleiben. Ganz ruhig. Sie mußte Manchester zurückholen, ganz einfach, das war der Schlüssel, diese dicke, erstaunliche Erinnerung, Lorenz und sie auf der Bettkante, bitte, bitte, schon war das Bild da, ganz ruhig halten, nicht bewegen, einfach das Gefühl, das sich in ihrer Brust ausdehnte und zusammenzog, verbinden mit dem Bild von Lorenz und ihr auf der Bettkante, das Bild, das sie ihr Leben fühlen ließ, als wäre es etwas Ganzes, als könnte sie es überblicken, von der ersten Wahrnehmung bis – lieber Gott, laß mir das.

Helene blickte auf zwei Menschen, dicht aneinandergedrängt, stumm, in Rauchschwaden.

Mit leuchtenden Augen, hatte Lorenz gesagt, sei Arnold Ernst in den Krieg gezogen.

Das Klavier habe er gestreichelt bei der Verabschiedung und später geschrieben, daß es ihm immer wieder gelinge, „auf dem Siegeszug des Deutschen Volkes ein Instrument zu requirieren“ und seine Finger, wie er es bezeichnete, „bei Laune zu halten“.

In jener Regennacht hatte Helene erneut zwei Zigaretten aus der Packung ihres Mantels geholt, eine

Lorenz und eine sich selbst zwischen die Lippen gesteckt und entzündet.

Lange war es still gewesen.

Gab es da nicht auch einen Brief von Bernhard Weiß an Lorenz' Vater – nach dem Krieg?

In dem er ihm für seine Hilfe bei der Flucht dankte und in kargen, mit Berliner Humor getränkten Sätzen sein englisches Elend nur ahnen ließ?

Oder bilde ich mir das ein, dachte Helene.

Angst überschwemmte sie, sie bemerkte das Zittern ihrer Hände – atmen, atmen, bis der Kopf wieder ruhig wird –, dumme Hände, ihr dummen Hände.

Und da, als sie sie vor der Brust gegeneinander preßte und aufsah, erstaunt über den nun wütenden Flockensturm vor ihrem Fenster, tauchte der Ring in ihrem Kopf wieder auf, der Ring mit den drei Bracken, und sie hörte ihre Stimme, in Manchester, sah Lorenz und sich auf der Bettkante.

Sie müsse ihm etwas gestehen, hatte sie gesagt.

Was?

Sie habe Arnold Ernst einen Ring zum Abschied geschenkt, damals, als er den Einberufungsbefehl stolz herumgezeigt habe, den Ring ihrer Mutter, etwas sehr Kostbares.

Lorenz hatte eine Braue hochgezogen, beim Aufglimmen der Zigarette war es zu sehen gewesen.

Im Dunkel hatte Helene leichter weitersprechen können: Daß sie in ihrem kindlichen Glauben gedacht habe, der Ring könne Arnold Ernst beschützen. Später habe ihre Mutter den Ring gesucht, um ihn dem Vater an den Finger zu stecken, in dessen Hand der Einberufungsbefehl seltsam geflattert hatte.

Sie, Helene, habe es nicht übers Herz gebracht, der Mutter die Wahrheit zu sagen und lange gedacht, es sei ihre Schuld gewesen, daß ihr schutzloser Vater gefallen war, einige Monate später, in Frankreich.

Sie biß sich auf die Lippen. Sah sich mit ihrer Mutter im Keller der Kaufmanns sitzen, kurz nachdem Johanna hinter der Brandschutztür verschwunden war – weiter reichte das Bild nicht, es blieb eingefroren, eine Frau mit aufrechtem Rücken an der Wand, ein Mädchen mit Häkelzeug auf dem Schoß.

Der Ring, hörte sie sich in Manchester sagen, wurde von ihrer Mutter nie wieder erwähnt.

Ob sie ihr später, nach dem Krieg, die Wahrheit gesagt habe?, hatte Lorenz nach einer Weile gefragt.

Helene hatte langsam den Kopf geschüttelt.

Ihre Mutter habe nie wieder von Dingen gesprochen, die verlorengegangen oder zerstört waren. Nur von den Menschen. Vom Vater. Von Johanna. Von Arnold Ernst. Von den vielen anderen.

Und als die Nacht in Manchester grau geworden, schon fast in den Morgen übergegangen war, sie beide schließlich im Bett gelegen, schlaflos dem Trommeln des Regens aufs Dach des Mansardenzimmers zugehört hatten, da war der Wunsch nach einem Kind schier übermächtig geworden in Helene.

Sie hatte Lorenz' salzige Finger geküßt, die sie an Arnold Ernsts Finger erinnerten, hatte sein Gesicht in ihrem Busen vergraben, ihn hin- und hergewiegt.

Berlin, Dezember

Lucy

1

Es war, nicht wahr, Simon, ein herrlicher Sommernachmittag, als Großmama beerdigt wurde.

Ich sehe uns wie ein Vogel auf einem Ast: Eine stumme, schwarze Menschentraube im flirrenden Licht. Der Himmel ist von tiefstem Blau, so ein Blau, das selten ist, das es eigentlich nur im Süden gibt.

Zwischen den Rhododendronsträuchern und Rosen und Hortensien rundherum brummt und zischelt und krabbelt es.

Nur wir sind still. Etwas rieselt über uns. Es ist der Wind in den Blättern der hohen Buchen, in deren Halbschatten wir stehen und den Mohnblumen-Berg anstarren, unter dem der Sarg fast verschwindet.

Da vorne ist ein Pastor. In der Kirche habe ich mehrmals „Berlin“ und „Hamburg“ und „Nachkriegszeit“ und „langes, erfülltes Leben“ von ihm gehört.

Jetzt verstehe ich nicht, was er sagt.

Ein Flugzeug im Landeanflug reißt dem Pastor die Worte weg. Er bewegt die Lippen, und ich sehe seine gelben Zähne.

Die Hitze staut sich in meinem schwarzen Kleid, Papa riecht in seinem schwarzen Anzug. Auch an Mama stehe ich eng gedrückt. Sie hat klebrige Unterarme, aber ihr Handgelenk duftet blumig.

Seltsam, Simon, daß ich dich nicht sehe. Aber du mußt doch hier dabei sein, das ist sicher. Auch Großvater sehe ich nicht. Nur einen Marienkäfer, er krabbelt über meinen Lackschuh, weg, denke ich, weg von all den schwarzen Schuhen.

Stehen wir etwa in einer Reihe vor dem Pastor und Großmamas Sarg?

Ich denke an Anna und die anderen, die am Schlachtensee sind, zum Wandern und Baden. Schulausflug, seit Wochen geplant.

Und an meinen Rucksack zu Hause, in dem der Badeanzug liegt. Die neue Schwimmbrille.

Als alles vorbei ist, umarmt Mama jemanden.

Sie macht ein merkwürdiges Gesicht dabei. Auch Arnold umarmt diese Person, von der ich nicht sagen kann, ob sie eine Frau oder ein Mann ist.

Papas Schultern hüpfen auf und ab nach der Umarmung, er steht irgendwie schief, das Gesicht in den Händen. Vera streichelt seinen Arm. Die Person wendet sich mir zu, beugt sich herunter. Ich sehe türkise Augen und einen lächelnden Mund.

„Die sehen sich irgendwie ähnlich", tuscheln Leute hinter mir, die ich nicht kenne.

Ich werfe ihnen böse Blicke zu.

„Jetzt wird sie uns nie wieder von eurem Kennenlerntag erzählen", hatte ich am Vortag geheult.

Vera hatte mich hin- und hergewiegt und leise gefragt: „Was hat euch Großmama denn erzählt?"

„Na, das vom Fliegen und alles."

„Vom Fliegen?"

Vera hatte mit dem Wiegen aufgehört.

„Na, wie du vom Himmel gesprungen bist!"

„Vom Himmel?"

„Mamaa", hatte ich geschluchzt.

Aber sie hatte begonnen mich weiter in ihren Armen zu wiegen und nichts mehr gesagt und zur Beruhigung gesummt, alle Kinderlieder, die ihr einfielen.

Trotzdem blieb in mir einige Zeit ein seltsames Gefühl zurück, irgendein Rätsel zwischen Vera und Großmama.

Aber dann war es auch wieder vergessen und später, Simon, erfuhren wir es:

Es hatte gar nicht gestimmt, das mit dem Fliegen.

Großmama hatte sich eine schöne Geschichte ausgedacht.

So eine Schwindlerin!

In Wahrheit lernten sich unsere Eltern auf einer Fahrt durch Polen, die Ukraine und Rumänien kennen.

Arnold arbeitete ja als Reiseführer, einige Jahre lang, weil er sich auf die deutschen Sprachinseln in Osteuropa spezialisiert hatte.

Und Vera wollte wissen, woher ihre Eltern und Großeltern stammten, die nach 1945 nach Österreich geflohen waren, ins Land zurück, aus dem ihre Vorfahren wegen ihrer Religion in der Mitte des 18. Jahrhunderts deportiert worden waren.

Arnold hatte sich sofort in sie verguckt, schon am Bahnhof Zoo, wo sich die Gruppe getroffen hatte vor der Abfahrt.

Also hatte unser Vater uns angelogen.

Es war eine der Situationen, die dich, Simon, und mich, gemeinsam empörte:

Beide waren wir zu Arnold gelaufen, der uns entgegenlachte und sagte, er hätte das sinnbildlich gemeint. Das mit dem Himmel.

Großmama glaubte an den Himmel.

Sie hatte wohl wenig Angst vorm Tod. Aber vielleicht bilde ich mir das nur ein. Erzählte der Pastor in der Kirche damals etwas von Großmamas letzten Jahren?

Manchmal sagte sie in den letzten Jahren, daß sie Schneeflocken in ihrem Kopf habe.

Das fanden wir lustig, du und ich. Und beim nächsten Besuch konnte es sein, daß sie zu weinen begann, plötzlich beim Abendessen, indem ihr ein Kartoffelstück aus dem Mund fiel.

Oder draußen im Garten, beim Betrachten einer Mohnblume oder einer Rose: Aus dem Nichts tropften die Tränen aus ihren Augen, machten ihre Wangen, ihre Nase, ihr Kinn naß, und wenn wir sie bestürmten, zu sagen, was denn los sei, tippte sie auf ihren Scheitel und lächelte:

„Alles schmilzt."

Einige Male lief Großmama, wie die meisten Menschen in ihrem Zustand, einfach weg.

Wenn Großvater sie fand, am Ende des Brunskrogwegs oder, wenn er Glück hatte, noch innerhalb des Grundstücks, mit der Hand auf dem Gartentor, fragte er sie anfangs, wohin sie um Himmels willen wolle.

„Nach Hause möchte ich."

Wenn Großvater meinte, daß sie zu Hause sei, lächelte Großmama ungläubig, hob schließlich den Zeigefinger und drohte:

„Bringen Sie mich sofort nach Hause!"

Das war die Zeit, in der sie alle Leute zu siezen begann, auch uns.

Einmal, erinnerst du dich, waren wir dabei, als Großvater seufzend fragte:

„Wo ist dein Zuhause, Helene?“ – und Großmama den Kopf schief legte beim Nachdenken und schließlich unsicher, von einem zum anderen blickend, sagte: „Schwanenwerder? – Ja, ich glaube, Schwanenwerder, jaja.“

Vera und Arnold tauschten einen seltsamen Blick und sagten später, als wir nach Schwanenwerder fragten, das sei ein Ort in Berlin, sie würden ihn nicht kennen, und Großvater hielt sich am Zaun fest und hatte einen eckigen Mund.

Im letzten Jahr ihres Lebens lebte sie auf Capri.

Sie war gerade zurück von Capri, wenn wir sie im Brunskrogweg besuchten, oder im Begriff, nach Capri zu fahren, und Großvater hatte diesen nachsichtig-traurigen Blick und sagte:

„Jaja, Helene, wir packen gleich.“

Oder: „Ich packe gleich aus, ja, doch.“

Wenn Großvater in dieser Zeit spazieren ging oder oben schlief oder einfach mal dasaß und sich erholte, nahm sie uns beide beiseite und flüsterte verschwörerisch:

„Er will mich immerzu davon abhalten.“

Und wir fragten wie beim ersten Mal:

„Wovon? Wovon will er dich abhalten, Großmama?“

Ihr Gesicht verfinsterte sich, immer auf die gleiche Weise:

„Er will nicht, daß ich in Capri bin.“

Tiefes Seufzen: „Capri stört ihn.“

Und dann versank sie in sich, ihr Blick wurde leer, und wir beide sahen zu, wie sie vor uns saß und gleichzeitig weg war, weit weg, irgendwo.

Natürlich fragten wir Großvater:

„Warum willst du nicht, daß Großmama in Capri ist? Warum stört es dich?“

Er drückte uns an sich, ich rieche noch das Holzige, das von seinem Hemd aufstieg, und dann wackelte er, als würde er in sich hineinlachen, und wir wackelten mit, so lange, bis er sich wieder beruhigt und uns losgelassen hatte.

2

Und jetzt hat auch noch Tom angerufen.

„Äh,… mir ist noch was eingefallen …“

„Ja?“

„Also … also, das war im Sommer …“

„Ja?“

„Ich habe … jemanden … jemanden umgebracht, sagte … Simon.“

„… Sonst noch was?“

„Ehrlich jetzt …“

„Wieso fällt Dir das jetzt erst ein?“

„… ich habs, ehrlich, vergessen …“

„Vergessen??? – Ach, komm …“

„Wir waren … na, kannst Dir ja denken, war ne schräge Nacht, haben einige Sachen geworfen, der übliche Quatsch, und irgendwann hat Simon gesagt, ich habe jemanden umgebracht … Also … er.“

„Okay.“

„Das war kein Witz. Er hat’s ernst gemeint.“

„Mensch, beruhige dich.“

„Ja … ja.“

„Ist ein Traum.“

„Was jetzt?“
„Das, was dir Simon erzählte.“
„Ein Traum?“
„Ja, hat er schon als Kind geträumt.“
„Daß er jemanden umgebracht hat? – Als Kind?“
„Sag ich doch. Sollte dir sonst noch was ein– ...“
„Ja, mach ich. Tschüs.“
„Tschüs.“

3

Ich lege auf, Simon, meine Knie schlottern.

Ich sehe dich als kleinen Jungen, aufrecht im Bett, schreiend.

Unsere Mutter kommt durch die Tür geflogen, stürzt auf dich zu, umarmt dich, wiegt dich in leisem Singsang.

Ich spüre alles wieder, was damals im Raum war: Dein Entsetzen, deine Ohnmacht, Veras Angst.

Das also war dein Alptraum gewesen.

Hattest du ihn vergessen, war er zurückgeblieben in deiner Kindheit?

Was hast du genommen, welche Droge hat dich nun sprechen lassen?

Wie kann ein Kind träumen, es habe jemanden umgebracht.

Hamburg, zwanzig Jahre zuvor, mittags

Die Besucher

1

Es war nicht weit.

Vom Hotel in der Alten Dorfstraße konnte man linkerhand bis zur leichten Steigung die ersten Häuser im Brunskrogweg erkennen.

Rechts war die U-Bahn-Station Ohlstedt zu erahnen, weiß verweht wie die Bushaltestelle und der Bürgersteig.

Die Frau am Fenster starrte hinaus auf die im Schnee versunkene menschenleere Gegend und verschränkte die Arme.

Diesen Weg würde der alte Mann schaffen, trotz des Wetters und der zu leichten Schuhe. Sie brauchte also nicht nervös zu sein.

Nicht deswegen.

Sie hätte jetzt gerne eine geraucht und schluckte schwer.

Versuchte an etwas anderes zu denken. Sie sah einer taumelnden Flocke hinterher.

Nur nicht weich werden. Auch wenn dieser Aufenthalt hier eine nicht zu unterschätzende Probe war für einen erst zwei Wochen währenden Nikotinentzug.

Die Frau dachte an ihre Anreise, die am Vortag begonnen hatte, und an die Überraschung, von einem sonnigen Morgen mit gewohnter Wintertemperatur hierhergeraten zu sein.

In diese nördliche Schneewildnis.

Sie dachte an die Überfahrt von der Insel auf der Fähre am Vorabend, an die vertrauten Geräusche der Maschinen und Menschen rundherum.

An den kühlen Wind, der ihnen die Tränen in die Augen getrieben hatte, an die Bucht mit der Stadt, die vor ihnen im Abendlicht zu schweben schien. Ein Meer aus pastellfarbenen Vierecken, die sich die Hügel hochstapelten und ihren sanften Schwüngen folgten.

Sie hatte den Vulkan betrachtet, „ihren aktiven Arbeitgeber", wie sie ihn nannte, der sich wie immer jedoch gleichmütig gab. Ab und zu Dampf ablassen, den Boden mal einige Zentimeter oder Meter heben und senken – so beschäftigten er und die *campi flegrei* seit Jahrzehnten Hunderte Vulkanologen mit ihren seismographischen Messungen. Tagein, tagaus.

Der Berg hatte alle Zeit der Welt.

Nein, diese Menschen mit ihren Instrumenten im *Osservatorio Vesuviano* kümmerten ihn nicht im Geringsten.

Jeden Tag fuhr sie von der Insel ins Institut, wertete Daten aus, übertrug sie in Tabellen, überprüfte Warnstufen. Beobachtete, wie immer mehr Häuser ohne Genehmigung an den Hängen des Vesuv gebaut wurden. Im März 1944 war er das letzte Mal ausgebrochen.

Seitdem, das wußten alle, arbeitete er im Verborgenen.

So eine kleine Zigarette, überlegte die Frau nun, das wäre doch eigentlich wie keine.

Und da dieser Gedanke ins Leere lief, dachte sie, daß der Vulkan und die brennenden Felder um Pozzuoli und Umgebung eines Tages alle überraschen würde. Alle.

Dann: Gnade uns.

Sie blickte hinter sich, auf den Berg weißer Decke, der sich gleichmäßig auf und ab bewegte.

Ja, dachte sie, ruh dich aus, schlafe. Schlaf.

Ihre Füße waren kalt. Sie rieb sie an ihren Waden, vergeblich.

Setzte sich auf den Teppichboden, hob die Beine und legte die Füße auf den warmen Heizkörper.

Feuchtigkeit und Winde waren sie ja gewöhnt.

Aber das andere Klima hier, der Temperatursturz machte dem alten Mann zu schaffen, wiederholt hatte er sich im Taxi ans Herz gefaßt.

War die Reise zu anstrengend für ihn?

Die Frau stellte die Füße zurück auf den Boden, rieb ihre Zehen.

Ein Fehler?

Sie sah hinter sich, auf den beweglichen Berg, aus dem nun strudelnde Geräusche kamen, ein Gegurgel, das sie rührte.

Morgen würden sie wieder ins Flugzeug steigen, Deutschland und mehr als die Hälfte Italiens überfliegen. Gleich nach der Ankunft zum Hafen fahren. Die Fähre würden sie sehen, wie sie übers Meer rollte. Und hinten den Schemen der Insel, bei gutem Wetter. Sie atmete tief durch. Abends würden sie bei Massimo sitzen, Wein trinken und alles vergessen.

2

Sie sah auf ihre Armbanduhr, seufzte und trat zum Bett.

Strich mehrmals über den seit geraumer Zeit regungslosen Deckenhügel und murmelte:

„Aufwachen, babbo, wach auf. Es ist Zeit."

Tiefes Schnaufen unter der Decke.

Langsam bewegte sich der alte Mann, wandte ihr sein Gesicht zu mit einem Blick in den verklebten Augen, der ihr zeigte, daß er sich mühevoll erinnern mußte.

Wo er war.

Und warum.

„Es ist Zeit", sagte sie freundlich, „komm".

Kurz hielt er noch inne, dann schüttelte er den Kopf, schüttelte sich das Wissen um sein Hiersein und seine Aufgabe zurecht, schlug die Decke zurück.

Sie half ihm heraus, fühlte seinen zitternden Ellenbogen, die sperrige Kraft seiner alten Knochen.

Half ihm hinein in die gute schwarze Hose. Mittlerweile hatte sie Falten und Flecken an Stellen, die von allen möglichen sauberen und unsauberen Sitzgelegenheiten zwischen Capri und Hamburg zeugten.

Egal, dachte die Frau, egal.

Auch wenn ihr ein fein herausgeputztes Väterchen in tadelloser Kleidung zu ihrer eigenen Überraschung jetzt lieber gewesen wäre.

Schon war sie bei der Überlegung, wie sich der kommende Besuch gestalten würde, eine Überlegung, die sie bis zu diesem Zeitpunkt gut wegdrücken hatte können.

Jetzt, wo er bevorstand, der Besuch, stieß ihr ein Gefühl den Hals hoch, das mehr war als der Wunsch, sie hätten es schon überstanden.

Plötzlich war ihr Kopf heiß, und nicht nur der.

Ihr ganzer Körper war von einer Sekunde zur anderen wie in einen Ofen gesteckt. Die Frau versuchte zu atmen, tief durchzuatmen und dem alten Mann, der an seinen Anzugärmeln zupfte, ihren Zustand zu verbergen.

Sie hielt sich seitlich am Stuhl fest, auf dem ihr Mantel lag, ihre Mütze.

Sah sich im Spiegel über dem Tisch, sah etwas fiebrig Grünes in ungesundem Rot.

Wasser, dachte sie, und deutete dem alten Mann, daß sie das Bad aufsuchen müsse.

Er blieb am Fenster stehen und sah so wie sie vorhin hinaus ins weiße Ungefähre.

Die Frau schüttete kaltes Wasser in ihr Gesicht, legte einen nassen Waschlappen in ihren Nacken.

Erblickte nach einer Weile im Spiegel, daß das ungesunde Rot ihrer normalen Gesichtsfarbe zu weichen begann und der falsche Glanz in ihren Augen dem gewohnten Grün.

Sie straffte die Schultern. Also.

Jetzt wurde es Zeit. Sie entfernte ein Haar auf ihrem Ärmel, klopfte über die Hose.

Jetzt nur noch die Schuhe.

Sie standen draußen vor der Tür neben seinen, ausgestopft mit Taschentüchern.

„Komm", sagte sie.

Helene

Vorbei, dachte Helene, jetzt ist es vorbei mit Manchester, sie stützte sich am Fensterbrett auf, nun gut – wie spät ist es eigentlich?

Sie erschrak, weil sie die Tageszeit nicht wußte – war es vor oder nach dem Frühstück, vor oder nach dem Mittagessen?

Sie blinzelte an sich hinunter, sie war angezogen, fein angezogen, also nach dem Frühstück, es konnte nur nach dem Frühstück sein oder später, und bevor sie sich in weiteren Überlegungen verlor, sah sie ihre schwarzen Lederpumps – so schön geputzt! – (Wer hat die Schuhe so schön geputzt?) – und plötzlich schrumpften die Pumps, wurden zu schwarzglänzendem Lack, zu Lackschuhen an Kinderfüßen, hinreißende Riemchenschuhe an den Füßen eines anderen Mädchens, das auf sie zugelaufen und soeben stehengeblieben war, mit lachendem Gesicht.

Ach, dachte Helene erfreut, Helga.

„Komm!“, rief Helga und faßte Helenes Hand, sie liefen auf ein Gebäude zu, ein Schloß, eine Villa, Helgas Zuhause auf Schwanenwerder.

Stolz erfüllte Helene.

Niemand hatte so viele Puppen wie Helga.

Aber nicht nur deswegen wollten alle ihre Freundin sein und beneideten die Auserwählten, zu denen sie, Helene gehörte.

Einladung zum Geburtstagsfest. Ins Märchenland! Wochenlange Aufregung!

Alle Mädchen bewunderten Helga, auch ihrer Haare wegen, dieser schweren Affenschaukeln.

Manchmal saßen ganz hinten in der Klasse die jüngeren Geschwister von Helga – Hilde und Helmut –, wenn sie früher mit der Schule fertig waren. Sie zeichneten, beschäftigten sich still.

Denn der Kutscher kam nur einmal am Tag, die Kinder abzuholen und nach Hause zu bringen.

Und jetzt wußte Helene, warum ihr Helga eingefallen war.

Sie sah sich Schulter an Schulter mit Lorenz auf der Bettkante sitzen.

Hätte ich von der Verhaftung gewußt, hätte ich mehrmals Gelegenheit gehabt, Helgas Mutter zu fragen, ob sie was tun könne.

Der Rauch hatte ihre Augen tränen lassen.

Schwachsinn, hatte sie damals in Manchester gedacht und dachte sie nun erneut, fünfunddreißig Jahre später.

Was für ein Gedanke.

Niemals hätte ein Kind gewagt, Magda Goebbels zu bitten, sich für jemanden in Gestapohaft einzusetzen.

Berlin, Dezember

Lucy

1

Es sind Bracken, eine Art Jagdhunde, sagt die Suchmaschine.

Sie gelten als Symbol für Jagdgerechtigkeit, was seit dem Mittelalter das Recht bedeutet, an einem bestimmten Ort die Jagd auszuüben.

Das bedeutet, der Ring stammt von Großmamas Seite. Unsere adeligen Vorfahren.

Aber wie kam der Ring in diese Schachtel hinein?

Und wo gerieten all die übrigen Sachen hin, als Großvater gestorben war, die Noten? Möbel?

Zum ersten Mal frage ich mich das.

Ich bin nie mehr in Ohlstedt gewesen und du auch nicht, Simon.

Ohlstedt gibt es nicht mehr. Das Haus wurde abgerissen.

Schon scheppert es in meinem Kopf.

Nein, nicht das übliche Kopfweh. Es ist das Scheppern von früher, vom Gartentor, diesem klapprigen, von Großvater zusammengeschusterten Holzteil, das himmlisch nach Wald und Öl muffelte.

Es scheppert, und ich erinnere mich an diesen Telefonanruf, einige Monate nach seinem Tod.

Vera sagte: „Das ist ja erfreulich“, und „Danke. Ich danke Dir sehr.“

Dann sank sie wie in Zeitlupe auf einen Stuhl, strich sich nicht vorhandene Haare aus dem Gesicht und sagte, das sei Arnold gewesen. Und daß das Grundstück verkauft werden konnte.

Und dann entkorkte sie eine Sektflasche.

Seit jenem Anruf *ist es uns besser gegangen.*

Ich sehe Großvaters Gerümpel vor mir, sein Werkzeug im Schuppen, all die kuriosen Vorrichtungen. Die Bücher der Bibliothek haben Arnold und Vera zum Teil aufgelöst, zum Teil in ihre Wohnungen übernommen. Aber was ist mit dem Cembalo geschehen?

Plötzlich könnte ich heulen, weil es dieses blaue dünnbeinige „Zupfklavier", wie Großvater es manchmal bezeichnet hatte, nicht mehr gibt.

Haben unsere Eltern alles zu Geld gemacht? Und wenn ja: Ist das nicht normal?

Der Lauf der Dinge?

2

Sie habe, sagte Vera an jenem verregneten Tag, der nachmittags begonnen hatte und irgendwann in einen Regenabend übergegangen war, von dem ich Tage brauchte, um mich zu erholen, nicht damit gerechnet.

Mit diesem Schmerz.

Jedes Mal käme er überraschend, ein Überfall.

Ich sah sie an, Simon, und wenn sie gewollt hätte, hätte sie in meinem Gesicht lesen können:

Genug.

Aber die Büchse war geöffnet und alles mußte heraus, offensichtlich.

Es war Abend geworden, und ich hatte große Lust, die Tür hinter mir zuzumachen, wegzugehen, in die frische nasse Luft, quer durch die Stadt zu fahren, irgendwo auszusteigen, mich an eine Bar zu stellen.

Leute kennenzulernen.

Doch ich blieb sitzen. Blieb sitzen am Holztisch, angeklebt seit Stunden.

Sah, wie unsere Mutter aus dem Fenster starrte, weil sie beim Sprechen irgendeinen Punkt außerhalb des Raumes fixieren mußte.

Anfangs, sagte Vera, habe sie nicht gewußt, was los war. Sie sei durch die Straßen geradelt, habe einen Kinderwagen gesehen und plötzlich einen Krampf im Bein gehabt.

Oder Schwangere. Habe sie eine schwangere Frau gesehen, seien ihr Tränen in die Augen getreten.

Das Merkwürdige daran sei der Zeitpunkt gewesen.

Viele Jahre habe sie in Ruhe verbracht – zumindest was diese Sache anbelange. Und dann sei es ganz schlimm geworden.

Eines Tages habe sie aus dem Nachbarfenster ein Baby schreien hören, dieses Schreien, das nur aus sehr kleinen Kindern kommt.

Sie sei zusammengezuckt, schweißnass geworden, ihr Herz habe zu rasen begonnen, ihr Kopf schien zu platzen.

Ihr ganzer Körper sei innerhalb Sekunden in einen Zustand geraten, der ihr lebensbedrohlich vorgekommen sei – so also, dachte sie, ist es, wenn man stirbt.

Wußtest du das, Simon?

Nein, ich glaube, niemand wußte das.

Außer Veras Arzt, der eine Angstattacke feststellte, Tabletten verschrieb und ihr den Rat gab, eine Therapie zu beginnen.

„Und“, fragte ich, „hast du ihn befolgt?“

Vera sah mich an und schüttelte langsam den Kopf.

Sie habe in ihren jungen Jahren etliche Therapien gemacht, sagte sie dann, das müsse reichen. Sie habe keine Lust mehr, dorthin zu gehen, wo sie schon gewesen war.

Sie habe gedacht, das Frühere sei von allen Seiten angesehen, besprochen und, wie es so schön heiße, aufgearbeitet worden. Sie habe jahrelang damit zugebracht, ein- oder zweimal pro Woche auf einem Sofa zu sitzen und über ihre Kopfschmerzen zu sprechen, ihre Ängste, Eltern, frühen Verluste.

Irgendwann in diesem früheren Leben sei sie eines Morgens aufgewacht und habe die Blätter vor dem Fenster gesehen. Das sonnenbesprenkelte Grün.

Da habe sie gewußt, daß es ihr besser ging.

Sie habe alles Frühere gut verstaut in einem inneren Kästchen.

Es abgeschlossen und dann zu leben begonnen.

Richtig zu leben.

Wegen des Buches sei sie nach Berlin gegangen, ich wisse schon.

„Ja“, sagte ich.

Das hatte mich immer beeindruckt. Daß ein Buch den Lebensweg eines Menschen bestimmen kann.

Nein, nicht von einem. Von uns allen!

Vera hatte *Die Ästhetik des Widerstands* gelesen und wußte danach: Berlin. Nach Berlin!

Dort, wo man der Geschichte nicht entkommt, aber trotzdem überleben kann.

Weg von den Bergen und Seen, der Fabrik, dem ganzen Desaster.

Sie sah den Pergamonaltar in Berlin und wußte danach, daß sie genau das wollte: Den Stein zum Leben bringen. Für und gegen alles Mögliche und Unmögliche kämpfen. Verrückte Dinge tun.

Sie habe gedacht, das Kästchen bliebe verschlossen bis in alle Ewigkeit, und sie könne das Glück mit ihrer Arbeit und später mit Arnold und uns Kindern festhalten, für immer.

Aber das Leben sei nicht so. Das Leben sei nichts zum Festhalten und Ausruhen. Und so sei auch das Kästchen durch verschiedene Umstände wieder aufgesprungen und habe alles freigelassen, alles, was so fein säuberlich verstaut gewesen war.

Und seither sei sie damit beschäftigt, das Ausgeflogene wieder einzufangen.

„Welche Umstände?", fragte ich.

Vera sah aus dem Fenster und antwortete nach einer Weile:

„Ich konnte kein drittes Kind bekommen. Kinder zu haben ist das Schönste."

Bevor ich „Hallo! Widerspruch!" denken konnte, sagte sie:

„Und das Schrecklichste."

Ich hatte plötzlich unbändige Lust zu tanzen. Mich zu betrinken. Nur raus!

Mein schlechtes Gewissen wegen der Notlüge hatte sich mittlerweile gelegt.

Ich war sogar froh, Vera belogen zu haben wegen meines Besuches bei Benjamin und Anda und Arnold.

Das war das einzig gute Gefühl an diesem Tag: Ich hatte unsere Mutter geschont.

„Er wird zurückkommen“, sagte sie mit scheuem Lächeln, als ich schon in der Tür stand.

„Ja“, sagte ich und knöpfte meine Jacke zu, „sicher wird er das“.

Hamburg, zwanzig Jahre zuvor

Helene

Helene starrte auf ihre Armbanduhr und brauchte einige Zeit, bis sie die Zahlen zuordnen konnte:

13 Uhr 30. Mittag. Also Mittagessenszeit. Gleich würden die Kinder klingeln!

Hatten Arnold und – und – wie hieß sie noch gleich? – das Sèvres-Geschirr –? Dochdoch, versuchte sie sich selbst zu beruhigen.

Ganz bestimmt. Arnold war gewissenhaft genug.

Er hatte sicherlich beim Abwasch nichts angeschlagen, und bisher hatte es ja auch immer geklappt mit dem vorsichtigen Abtrocknen und dem Einlegen von Tüchern, bevor die kostbaren Stücke im Schrank oben geordnet wurden.

Sie selbst durfte das ja nicht mehr. Lorenzverbot.

Neinnein, auf Arnold und – wie hieß sie noch gleich? – war Verlaß.

Es klingelte.

Lorenz trat einen Schritt ins Schlafzimmer.

„Meine Liebe!" – er tat so, als sei er gerade im Begriff gewesen, Helene abzuholen.

„Ach", sagte sie im Umdrehen, „du …", sie drehte an ihrer Perlenkette, sah wieder hinaus aus dem Fenster, „die Kinder … ihnen muß ja schon kalt … was ist …?"

Sie blickte auf seine Brust und lächelte leicht tadelnd.

„Es hat geläutet", sagte Lorenz laut.

„Ja", sagte Helene, „die Kinder".

Sie wandte sich noch einmal zum Fenster, blickte in das dichte Schneetreiben –

„Das gibt's doch nicht – nein, also – jetzt sind sie schon wieder da unten, sie sollten doch längst ..."

Helene drehte sich Lorenz zu.

Während sie auf ihn zuging, sah sie aus dem Augenwinkel im Spiegel eine rotseidige Gestalt vorbeiwischen, fühlte, wie Kraft bis in ihre rosafarbenen Nägel floß, in die schwarzglänzenden Lederpumps hinein.

Es klingelte erneut.

Helene reichte Lorenz ihre Hand, er drückte sie leicht und dankbar.

Vergessen waren die kleinen Kämpfe um die üblichen Dinge, den Baum, den Baumständer, die Lichter im Garten.

Den Schneeschieber!

„Ich öffne!", hörten sie beide Veras Stimme rufen.

„Die Kinder", sagte Helene, „ihnen muß ja schon kalt ..."

Und als sie Lorenz ins Gesicht sah, sagte sie:

„Was ist?"

Lorenz räusperte sich. Die Kinder, dachte er, konnten nicht unter Helenes Zimmerfenster sein und gleichzeitig an der Haustür klingeln.

Hatte sie wieder eine ihrer Halluzinationen?

Nun ja. Vielleicht war es doch der Postbote mit einem Brief.

Lorenz ließ Helene den Vortritt.

Es klingelte zum dritten Mal.

Oder mit einem Päckchen.

Arnold legte den Kochlöffel beiseite.

Der Braten war ihm gelungen, das mußte er zugeben. Die Zwiebeln waren butterweich, der Koriander gab der Soße die spezielle Note.

Er sah schon die entzückten Gesichter vor sich, das Zungenlecken der Kinder, die das Fleisch nicht mochten, dafür aber die Soße und, er mußte grinsen: die Klöße, – ein Wort, das Vera nie über die Lippen käme.

Jetzt fielen ihm die dichter gewordenen Flocken auf.

Sie flogen gegen das Fenster und die Tür, als wollten sie herein und hier, in dieser alten Küche, den Wärmetod erleben, zwischen Braten und Klößen und dem Salat, der nun in einer großen Glasschüssel angerichtet war.

Es klingelte.

Die Kinder, endlich. Schon vor zehn Minuten hatte er sie zum Mittagessen gerufen, damit Zeit bliebe, sie aus Stiefeln und Anzügen herauszuschälen, den Rotz wegzuputzen, eventuell nasse Strumpfhosen zu wechseln.

Arnold bemerkte in sich eine sentimentale Regung beim Gedanken, daß er keine Erinnerung an jene Zeit hatte, in der seine Mutter, selbstverständlich seine Mutter, diese Tätigkeiten an ihm verrichtet haben mußte.

Hatte das nur damit zu tun, daß, wenn die Erinnerung einsetzt, ein Kind in der Regel sich selbst anziehen kann?

Vielleicht damals, dachte Arnold. Heutzutage saßen die Kinder mit vier, fünf, sechs Jahren da und warteten, daß ihnen die Mutter, der Vater aus dem Schneezeug, den Kleidern, den Schuhen, der Unterwäsche, dem Schlafanzug halfen. Und retour.

Übermorgen, dachte Arnold, fahren wir.

Übermorgen fahren wir nach Berlin.

Er nahm einen Schluck Wasser, angelte mit zwei spitzen Fingern ein Blatt Endiviensalat heraus, kostete.

Warum ihm jetzt ein glühender Faden durch die Brust zog, hatte mit dem Blick auf die Hocker zu tun, die um den Herd und die Tischplatte standen, leer, und weil er seine Mutter im Topf rühren sah und sich selbst als Kind, das von Jens Pohles neuestem Streich in der Bio-Stunde erzählte.

Der glühende Faden zog. Arnold salzte nach.

Vielleicht, weil das Haus voll war, dachte er, während sich sein Handgelenk ruckartig bewegte, mit Erinnerungen, die mittlerweile so wenig mit ihm zu tun hatten, eine Art Gleichgültigkeit, die sich im Laufe der Jahre eingeschlichen hatte. War es das?

Arnold stellte den Streuer zurück aufs Bord.

Gleichgültigkeit?

Es klingelte erneut.

Das Bild des jungen Mannes in Uniform am Ende der Treppe drängte sich auf, das Ölbild, das ihm immer zu groß, zu würdevoll und traurig erschienen war, um irgendeine Nähe zu dem Abgebildeten fühlen zu können. Was für eine Unsitte der früheren Generationen, dachte Arnold, Kindern den Namen der Eltern oder der Verstorbenen zu geben!

Er prüfte die Soße.

Immer hatte er die Bürde seines Namens gespürt und das Gezwungene in der Verbindung zu diesem ernsten Onkel, der in einem Alter gestorben war, in dem er selbst gegen AKWs demonstriert, Frauen und Männer gleichermaßen begehrt und Adorno hinauf und hinunter gelesen hatte.

Er hörte draußen im Flur, wie Vera eine Schranktür schloß und nach oben rief: „Ich öffne!“

Während er das Geschirrtuch über die Schulter warf und die Temperatur zurückstellte, sah er aus dem Augenwinkel vor der Küchentür, die in den Garten führte, etwas aus dem wirbelnden Weiß auftauchen, etwas, das mit blauen und rosaroten Armen ruderte und offensichtlich kämpfte –

Das darf doch nicht –!

Arnold riß das Geschirrtuch von der Schulter, warf es auf die Anrichte und stürzte zum Fenster. Die Tür zum Garten konnte er nicht mehr öffnen. Mittlerweile reichte der Schnee bis zu seinen Knien.

Nach mehreren milden, fast schneelosen Wintern nun diese Massen – so etwas hatte Arnold hier noch nie erlebt.

Wir haben zu lange geschlafen, dachte er, zu lange gefrühstückt, zu lange irgendwelchen Quatsch geredet.

Früher hatte Lorenz diese Arbeit erledigt. Ohne daß man es merkte, war plötzlich der Weg freigeschaufelt zum Postkasten, zur Straße. Lorenz tat immer noch so, als könnte er das alles.

Warum fiel Arnold das jetzt erst auf?

Am ersten Tag ihrer Ankunft war er nach oben geklettert, zum Dachboden hinauf. Lucy hatte einen Stoffhasen vermißt, und Helene hatte gemeint, er könne vielleicht in einer Kiste unter dem Dach liegen. Es war nass da oben gewesen, feuchte Balken, muffeliger Geruch. Als Arnold Lorenz darauf angesprochen hatte, war die Reaktion eine abwehrende Handbewegung gewesen, ach das, ja, Flugschnee.

Nach Weihnachten, hatte Lorenz versichert, werde er sich damit beschäftigen.

Es klingelte zum dritten Mal, aber Arnold hörte es nicht.

Sie brauchen Hilfe. Und Mutter – Vera hat recht.

Mutter ist anders geworden. Es sind nicht nur ihre tauben Ohren. Sie brauchen Hilfe.

Diese Erkenntnis war weder neu noch überraschend für Arnold. Aber zum ersten Mal sickerte sie in seinen Hinterkopf ein wie etwas Nasses, das vom Scheitel in den Nacken rieselte.

Eine Art feuchte Wut. Sie verdrängte das Schuldgefühl nicht, sondern gesellte sich ihm zu, schmiegte sich ihm an. Breitete sich im ganzen Körper aus, diese Schuldwut.

Nach dem Essen.

Nach dem Essen würde Arnold sich aufmachen und das Haus befreien, den Weg zur Straße freischaufeln. Und danach würde er seinen Vater wie beiläufig fragen, wie das denn nun aktuell gehandhabt werde, die Sache mit den Rechnungen und Versicherungen und dem ganzen übrigen Kram.

Viele Jahre war Helene die Herrin der Familienfinanzen gewesen.

„Hier kommt die Buchhalterin", hatte sie immer wieder gelächelt, „wo sind deine Belege?"

Aber so, wie er sie an diesen Weihnachten erlebte, war klar, daß diese Arbeit nicht mehr wie früher funktionierte. Außer Lorenz hatte alles übernommen.

Was nicht vorstellbar war.

Sein Vater hatte immer alle Geldangelegenheiten gehaßt.

Vermutlich gab es in irgendeiner Schublade einen Berg unbearbeiteter Papiere, Mahnungen ...

Arnold riß das alte Fenster fast aus der Verankerung, als er den Flügel öffnete. Ein heftiger Windstoß mit einem Schwall wildgewordener Flocken attackierte ihn, ließ ihn nach Luft schnappen.

„Simonnnnn!!! Lucieeee!“, brüllte er gegen den Wind, drückte das Fenster zu und wischte sich den Schnee mit verächtlich wegwerfenden Gesten vom Gesicht, als beseitigte er Reste einer Sahnetorte.

Diese Kinder! Sie konnten nicht geklingelt haben –

Vermutlich die Nachbarn, die ihre obligatorischen Blümchen abgeben wollten. Arnold drückte eine Schublade zu.

Oder vielleicht war es der, der seit Jahrzehnten quer durch die ganze Stadt gefahren kam.

Dem Vater das Leben gerettet hatte, vor vielen Jahren. Zu jedem Weihnachtsfest eine Flasche Rotwein und ein Gesteck.

Arnold schloß die Augen.

Ich sollte am Schreibtisch sitzen und diesen verdammten Artikel zu Ende bringen. Er stellte einen der Töpfe zur Seite auf ein Brett.

Nach dem Frühstück hatte er versucht, Berger zu kontaktieren.

Tagelang hatte er gegrübelt, aber keine bessere Lösung gefunden.

Er hatte Berger in Berlin auf den Anrufbeantworter gesprochen mit der Bitte um Rückruf.

Zähne zusammenbeißen und durch. Auch wenn das Vertrauen verloren war.

Arnold wischte die Zwiebelschalen zusammen und warf sie in den Eimer unter der Spüle.

Für alle Zeit. Aber auch Berger hatte immer wieder Probleme, die Abgabefristen für Manuskripte einzuhalten. Mit ihm gemeinsam wäre es nicht so peinlich.

Man muß die Dinge kühl betrachten und Kooperationen eingehen, wenn sie einem nützen.

Wenn sie beide Lohmann eine Verspätung ankündigten, dann – Arnold sah auf die Uhr.

Und nun müssen die Kinder endlich –

Berlin, Dezember

Lucy

„Es gibt Frauen, die keine Kinder bekommen sollten."

Das ist so ein Satz, Simon, den ich lieber nicht gehört hätte.

Vera sagte ihn an jenem langen Nachmittag, an dem ich bei ihr gesessen und ihren Beichten gefolgt war.

„Mit Simon kam die Angst in mein Leben", fügte ihre tonlose Stimme ohne Übergang hinzu, als hätte sie eine CD eingelegt gehabt und spielte diese nun ab, ein ungeordneter Text in ihrem Inneren, auf „play" getippt.

Ich wartete.

Sie sah mich nicht an, blickte aus dem Fenster, in den grauen Hinterhof hinaus. Es fällt mir schwer, mich an den genauen Ablauf zu erinnern.

Ich weiß noch, wie ich mich wegwünschte, wünschte, ich könnte meinen Kindertraum wahrmachen und mich als Fee verzaubern, irgendwo anders hin, in einen Zustand, der nichts weiß von Schwangerschaft, Geburt und tausend Ängsten.

Ich glaube, Vera sagte auch, daß sie wisse, sie solle ihrer Tochter eigentlich ein positives Bild von all dem vermitteln – aber vielleicht bilde ich mir das jetzt nur ein. Sicher ist, daß sie vom Erschrecken sprach, als sie dich Winzling in den Armen hielt, vom Erschrecken darüber, wie schutzlos du warst, und wie riesig die Verantwortung für dein Leben.

Kein Wort über Arnold.

Das fiel mir erst viel später ein, – Arnold kam nicht vor in ihrem Text, als hätte er nichts mit uns Kindern und mit ihr zu tun gehabt.

Ein Kind zu haben sei wie ein Tor aufzustoßen in die eigene Unterwelt, so oder so ähnlich formulierte es Vera.

Ich betrachtete ihr Glas, in dem Wasser zu sein schien, aber vielleicht war es auch irgendein Gebräu, das sie depressiv und verrückt werden ließ.

Es sei ihr plötzlich in einem viel tieferen Sinne bewußt geworden, sagte unsere Mutter, wie verletzbar ein kleiner Mensch sei, wie ausgeliefert an die Willkür der ihn umgebenden Mächte, Mensch oder Natur.

Sie habe das Gefühl eines Widersinns in sich entdeckt – und da brach sie ab, das wollte sie nicht weiter ausführen.

Aber in ihren Augen sah ich etwas, das ich in der unmittelbaren Situation nicht verstand, etwas, das mit den Wörtern „Abgrund" oder „Verbrechen" oder „Wahnsinn" zu tun haben könnte, vielleicht ein Wissen darüber, warum Mütter sich umbringen und ihre Kinder dazu.

Aber vielleicht wurde nur ich wahnsinnig.

Mein Bedürfnis nach Normalität vervielfachte sich plötzlich. Teil einer Familie sein, in der man Kinder bekommt und einfach vor sich hin lebt, mit Höhen und Tiefen, ja, aber bitte in einem gewissen Rahmen. Teil einer Familie sein, in der es Streitereien und Sorgen gibt, Arbeitslosigkeit oder Krankheit, all diese Dinge, aber in der niemand einfach so verschwindet und Jahrzehnte später Wahrheiten auftauchen, die man eigentlich nicht wissen will.

Du, Simon, hättest ihr Angst gemacht – daß sie das mehrmals sagte, erinnere ich mit Bestimmtheit.

„Angst?", fragte ich irgendwann. Unsere Mutter sah mich an, als habe sie eine Aufgabe vor sich, die sowieso schiefgehen würde. Sie brauchte eine ganze Weile, um sich zu entscheiden.

„Simon war eine Welt für sich", sagte sie irgendwann doch, mit schleppender Stimme.

Schon als Baby sei das so gewesen.

In meinen Augen standen wohl zwei Fragezeichen, denn sie fuhr fort:

„Schon als kleines Kind, mit zwei, drei Jahren, hat Simon einen unsichtbaren Kreis um sich gezeichnet. Mit einem Stock. Und mit klarer Stimme gesagt, daß niemand diesen Kreis betreten dürfe."

Vera kicherte plötzlich hysterisch.

„Und wenn doch, würde er sterben."

Mit ihren Ringfingern wischte sie sich etwas unter den Augen weg.

Sah seitwärts in den Hinterhof. Es hatte zu regnen begonnen, die Blätter der Esche bewegten sich leicht unter dem Geprassel.

„Simon", sagte sie, „meinte sich selbst".

Du komischer kleiner Angeber, dachte ich und sah Vera weiter beim Sprechen zu, ohne eine Regung zu zeigen.

Später habe es noch mehr solcher Merkwürdigkeiten gegeben, sagte sie.

Zum Beispiel hast du, Simon, mit sechs Jahren zum ersten Mal gesagt, daß dir die Jahre so schnell verfliegen würden.

Immer wieder sollst du das gesagt haben.

Ein Jahr sei doch unendlich für jedes Kind, oder?

Vera sah so hilflos aus, als sie mich das fragte.

Gut, das mußte ich zugeben. Mir war jedes Jahr meiner Kindheit wie eine in der Unendlichkeit verschwimmende Fläche erschienen, etwas, das ich mir nur von Tag zu Tag vorstellen konnte. Schon eine Woche war unübersehbar!

„Vielleicht werde ich ja mal ermordet, sagte Simon, als er acht war."

Vera sah mir bei diesem Satz auf die linke Schulter.

Mensch, Simon. Mußte das sein?

Meine Erinnerung an diese Zeit mit dir ist vage. Viele unscharfe Bilder. Ich war wohl sehr mit mir beschäftigt.

„Weißt du, Lucy", sagte unsere Mutter leise in Richtung meiner Schulter, „Kinder sind nicht nur eine Bereicherung, ein Mehr an Lebendigkeit, Kraft. Sie mobilisieren Ängste, die man sich vorher nicht vorstellen konnte. Man gerät in ungeahnte Widersprüche. Sie machen uns alles klar, unser Versagen, unsere Verluste. Und speziell bei mir: Die Lücke in der Generationenkette."

Dann sah sie hoch und versuchte zu lächeln.

Eine Art Verstehstdumichüberhaupt- und Entschuldigungslächeln.

Und in diesem Moment wußte ich, daß Vera sich die Schuld an deinem Verschwinden gab.

Am liebsten hätte ich sie angebrüllt und in die Arme genommen.

In dieser Reihenfolge.

Stattdessen saß ich nur kerzengerade da, mit gekreuzten Beinen, die Arme verschränkt oder die Finger in den Haaren, das Gesicht bemüht um gefaßte Teilnahme.

Auf meine Frage, warum sie dann noch mich bekommen hätte, wenn mit dem ersten Kind alles so schrecklich gewesen war, sah sie mich nur an, mit doppelt schwimmender Iris.

Und da spürte ich ihn, den Haß, etwas, das sich rasend in mir ausbreitete, etwas Reines, Klares, das durch meine Adern schoß und mein Hirn leicht machte, bereit für den Entschluß endgültig zu gehen.

Ich habe nicht gefragt, ob meine Zeugung ein Unfall war, Simon. Ich mußte nicht fragen.

Ich hatte es ja schon immer gewußt, ein Wissen, das irgendwo im Unbewußten schlummerte und nun hervorspringen durfte wie ein Gruselclown. Bekanntlich trennt uns beide nur ein Jahr.

Drei Monate nach deiner Geburt wurde ich gezeugt. Etwas früh für das zweite Wunschkind, zumal nach diesen Eröffnungen, findest du nicht?

Bevor ich ging, sah ich mir ihre letzten Arbeiten an.

Es waren viele kleine Figuren aus Ton in unterschiedlichen Gebärden, die auf einer Glasplatte standen. Unter der Glasplatte verzweigte sich erst bei näherem Hinsehen etwas Myzelartiges aus durchsichtigen Fäden, das die Figuren miteinander verband, Neuronennetzen ähnlich oder dem filigranen Wurzelwerk von Bäumen oder Pilzen.

„Toll“, sagte ich, und Vera sah mich an mit dem Blick aller Mütter, deren Kinder anders geworden sind, als sie sich das vorgestellt hatten.

Es war nicht nur das in ihrem Blick, sondern auch die Traurigkeit, weil ich nun gehen würde, und jene, weil Schweigen und Sprechen so schwer abzuwägen sind, und das Bedauern oder die Resignation, weil ich keine

Ahnung von Kunst habe und nie verstehen werde, daß nur diese Rettung bedeutet.

Tut mir leid, Mama, dachte ich.

Mich werden andere Dinge retten, darauf kannst du Gift nehmen.

Da erst konnten wir uns in die Arme nehmen und ein bißchen weinen.

„Er wird zurückkommen“, sagte sie mit scheuem Lächeln, als ich schon in der Tür stand.

„Ja“, sagte ich und knöpfte meine Jacke zu, „sicher wird er das“.

Hamburg, zwanzig Jahre zuvor

Vera

Vera öffnete die Tür und zuckte zurück.

Der Windstoß preßte ihr Gesicht zusammen, die Augen.

Ihre Finger versuchten, mit der Jacke den Hals zu bedecken, die Augen wollten sich nur mühsam öffnen und verstehen, was sie sahen:

Einen alten und einen jungen Mann, schwarz gekleidet, fremd.

„Guten Tag", sagte der junge Mann unter seiner Mütze, und Vera registrierte im Schneegestöber einen Blick aus hellgrünen, überaus klaren Augen.

Später erschien es ihr, als sei das das einzig Wirkliche bei dieser ersten Begegnung gewesen:

Das Lichtgrün dieser Augen in all dem Schwarz und Weiß.

Der Alte beugte seinen Kopf mit dem Hut, ein schmales, faltiges Mittelmeergesicht tauchte wieder hoch, und nun grüßte er in einem Deutsch, mit dem er nicht aufgewachsen war.

Vera sah das Grüne, Klare auf sich gerichtet, sie wandte diesem ihre Aufmerksamkeit zu, sie hörte, was der junge Mann nun sagte, sie hörte es in einem kehligen Deutsch, sie starrte auf den Brief, den er ihr gab, und sie verstand nichts.

Sie wußte nur, daß sie da nicht weiter so stehen konnten in dieser Boshaftigkeit der Winde und kristallenen Wurfgeschosse, die ihnen ins Gesicht schnitten, sie trat einen Schritt nach hinten, deutete den beiden einzutreten, die rasch ihre Kopfbedeckungen abnahmen und verlegen den Schnee abschüttelten.

Vera schloß die Tür.

Kam sie nun zu sich?

Erstmal nieste sie in ihre rasch erhobene Armbeuge hinein, murmelte „scusi …“ und roch den Schnee, der in die Stoffe der Mäntel eingesickert war, eine Mischung aus Feuchtigkeit und Tier.

Es war der unpassendste Zeitpunkt überhaupt, denn jetzt öffnete Vera die Tür zum warmen Wohnzimmer, das erfüllt war mit diesem intensiven Bratengeruch aus der Küche – „Es ist keine gute Zeit“, sagte der junge Mann und nahm die Mütze ab.

„Nein“, sagte Vera mit einem Zungenschlag, als hätte sie sich vormittags schon an der Bar bedient, „neinnein –“

Der alte Mann drehte seinen feuchten Hut in den Händen.

Vera wartete, bis der Jüngere ihm aus dem Mantel geholfen hatte.

Ihr Blick fiel auf die Ohren des jungen Mannes.

Kleine, wohlgeformte Gebilde. Sie sah die schmalen Hände.

Da war der Garderobenschrank. Da war ein Bügel.

Sie nahm unter einem grünen Blitzstreif den Mantel in Empfang, und als sie den Besuchern den Rücken zuwandte und den Mantel an seinen Platz hängte, war sie randvoll mit Entsetzen.

Irrsinn. Sie würde alles tun, um – Der reine Irrsinn.

Sie sah die zarten Ohrläppchen, den Schwung hinauf zur großen knorpeligen Rundung, die Schnecke, die sich in das geheime Innere dieses wunderschönen Schädels wand. Sie drehte sich um.

Sie wollte diese Ohren küssen. Sofort.

Auch wenn der junge Mann so ohne Mantel, so angetan mit Pullover und Hose eigentlich – und diese Erkenntnis fügte Veras Allgemeinzustand eine weitere, aber mittlerweile unerhebliche Färbung an Entsetzen zu, eigentlich kein –

Du bist kein Mann.

Sie starrte auf den feuchten Brief in ihrer Hand. Du erinnerst mich an jemanden. Sie registrierte erneut eine ihr bekannte schwungvolle Schrift.

Das hier alles ist nicht wirklich.

Ich schlafe.

Ich bin in einem merkwürdigen Traum.

Sie las wieder den Satz: „*Bitte kommen Sie doch am 27. Dezember zu uns. Sagen wir 13 Uhr 30?*"

Vera sah auf.

Du bist eine Frau.

Ich kenne dich schon lange.

Ihre Arme nahmen den Mantel des alten Mannes in Empfang, der scheu an der Eingangstür stand, während Vera ihr Gegenüber anstarrte.

„Danke", sagte die Frau.

Helene

Während sie zur Treppe gingen und sie mit jedem Schritt ein zunehmend intensiverer Bratenduft umfing, Helene mit umgedrehten Handflächen von unten ihre Haare hochhob, Lorenz räuspernd auf sein Handgelenk sah, drangen vom Flur unten Stimmen hoch, die Lorenz nicht zuordnen und Helene noch nicht hören konnte.

Vorbei am jugendlichen Arnold Ernst in Öl, blauäugig, in Uniform, an dessen Revers, wenn man genau genug hinsah, etwas überpinselt worden war, betrat Helene die erste Stufe.

Auf der Höhe der Urgroßeltern Amalie und Konrad Ernst angekommen, blieb sie stehen.

Arnold Ernst.

Helene sah Hände, schmale, aufregende Hände, die über weiße und schwarze Tasten glitten, sprangen, glitten. Himmelsmusik, Höllenmusik, Schubert, Beethoven, Bach.

Zwei Mal waren sie allein gewesen am Ufer des Schlachtensees.

Ende 1942. Arnold Ernst war Soldat auf Urlaub.

Noch stand sein Elternhaus, noch lebten alle und dennoch hatte er sich wortlos umgedreht nach einer stillen Mahlzeit mit der Familie und war zum See hinuntergegangen.

Helene hatte ihn vom Nachbarfenster aus beobachtet, war ihm gefolgt, und so waren sie eine Zeitlang schweigend nebeneinandergestanden und hatten auf die schimmernde Wasserfläche gestarrt.

Am nächsten Tag hatte er sie gefragt, ob sie mit ihm spazieren gehen wolle, „Geht nur, Kinder“, hatte Adele gemeint und sich mit ihren krebsroten Händen erneut dem Waschbrett zugewandt.

Unten am Ufer senkte Arnold Ernst den Kopf, Helene trat an ihn heran, eine Wurzel knackte.

Er wandte sich ihr zu.

Und dann legte er einfach Helenes Hände auf seine Schultern, eine nach der anderen, bevor er ihr noch näherkam.

Sie war fast zwölf Jahre alt. Ihr Mund merkte sich alles:

Das zarte Klacken, als ihre Zähne aufeinandertrafen. Der erschrockene, behutsame Druck seiner Lippen. Das Schneckenhafte ihrer Zungen.

Da habe ich dich das letzte Mal gesehen, dachte Helene.

Sie atmete tief durch.

Und nun war Vorkrieg.

Es war später Nachmittag, es dämmerte. Johanna lebte, sie trug einen Korb mit Äpfeln ins Haus, das noch stand, sie winkte.

Helene sah Arnold Ernst im Garten hinterm Zaun. Er lachte.

Kam hoch hinterm Holz, tauchte wieder ab.

Er war größer als sein kleiner Bruder Lorenz, dessen Hände soeben die Pfeiler umklammerten. Helene hörte Kreischen und roch das nußig-modrige Aroma feuchter Blätter im Herbst.

Arnold Ernst bewarf die Nachbarskinder, Helene und ihre Kusinen, in einem unregelmäßigen Rhythmus mit faulen Pflaumen. Schnellte hoch und hinunter, wenn sie den Matsch oder neue Früchte zurückwarfen.

Die meisten Pflaumen, die die Mädchen warfen, schafften es nicht hinüber, sie blieben kleben am Zaun, sprenkelten ihn, das war auch ohne viel Licht zu erkennen, braunblauviolett, und es war klar, daß das ein Nachspiel geben würde. Eine saftige Strafe.

Helene konnte sich an die Strafe nicht mehr erinnern.

Aber an das Gesicht des kleinen Lorenz, der plötzlich oben auftauchte, ein weißes Kürbisgesicht.

„Deckung!!", brüllte der Große. Und dann ging alles so schnell, die Mädchen hatten fast gleichzeitig gezielt, wer die Täterin war, wußte niemand, das weiße Gesicht – und plötzlich jaulte es hinterm Zaun.

„Nach einigen Tagen“, sagte Helene nun zu Lorenz, „nicht wahr, war alles wieder in Ordnung“.

Lorenz wandte sich ihr zu.

„Wie bitte?“

Helene musterte die Augenpartie ihres Mannes, als fände sich dort noch der Abdruck der Pflaume mit Kern, die ihm vor ungefähr fünfundfünfzig Jahren ein blaues Auge verpaßt hatte.

Und dann fiel ihr ein, was mit Arnold Ernst passiert war.

Sie bewegte den Kopf hin und her, flüsterte seufzend:

„So viel Unglück.“

Lorenz seufzte auch.

Helene preßte die Lippen aufeinander, schnaubte durch die Nase.

„Ja, so viel Unglück“, pflichtete er ihr bei und berührte leicht ihren Arm.

Nächste Woche, dachte er.

Nächste Woche würden sie vorstellig werden bei den Spezialisten in Eppendorf. Der Name deiner Krankheit, dachte Lorenz, wird keine Überraschung sein.

Du hast alle Symptome, die ich in der Literatur finden konnte.

Die Tür unten vom Windfang schwang auf, Vera trat herein.

Gedächtnisstörungen, Stürze, Halluzinationen.

Lorenz drückte Helenes Arm.

Lewy-Körperchen-Demenz.

Helene machte einen Schritt abwärts.

Was hat sie –

Angesichts ihrer Schwiegereltern blieb Vera stehen, ihre Augen weiteten sich. Hinter der spaltweit offenen Tür tat sich ein Raum voll Schweigen auf.

Lorenz und Helene standen schräg hintereinander, beide die Hände auf dem Geländer, und bevor sie etwas sagen konnten, drehte Vera sich um und bat die Besucher herein.

Berlin, Dezember

Lucy

1

„Danken Sie“, sagte der Arzt im Krankenhaus bei der Abschiedsvisite im Westend, „Ihrem Schutzengel“.

Sein Kahlkopf wirkte wie geputzt. Huskyaugen, hagere Gestalt. Hinter seiner Schulter ein Auflauf weißer Vögel. Auch die Frau mit der Augenbraue vom ersten Tag war dabei.

Ich konzentrierte mich auf den Arzt und nickte vorsichtig.

Ja-ha. Mach ich.

Die Schwester, die mir den Verband abgenommen hatte, wünschte mir alles Gute, als ich später, etwas wackelig neben Vera, das Zimmer verließ.

Aber den Namen des Schutzengels verriet ich niemandem.

Tamar.

Sie war es, die verhindert hatte, daß ich vom Dach sprang.

Seither rufen Arnold und Vera täglich an.

Sie fragen, ob ich meine Tabletten genommen habe, ob ich genug schlafe, ob ich nicht bei ihnen wohnen möchte. Sie wollen mich zum Essen einladen, unserer WG eine „Reinigungskraft“ besorgen, wie sie sich ausdrücken, mir eine neue Matratze kaufen.

Ich kann mich vor Zuwendung nicht mehr retten.

Klar, sie haben Angst.
Eltern.

Was genau an jenem Morgen am Dach des Hauses passierte, weiß ich bis heute nicht. Vermutlich weiß das niemand.

Jemand von der Nachbarschaft hatte wohl den Rettungswagen verständigt, wegen des Tumults im Haus. Als die Sanitäter kamen, waren nur mehr Tamar und ich da.

Sollte es, Simon, eine Steigerung der Gefühle nach dem Tag geben, an dem Vera bei mir Sturm geklingelt und Sven zum ersten und letzten Mal in meinem Bett gelegen hatte, dann ist es diese Situation:

Ich befinde mich im Morgengrauen auf einem Dach mit Leuten, die ich nicht kenne.

Aus Zauberwesen sind Zombies geworden.

Ich finde den Ausgang nicht mehr, die Leiter nach unten.

Das Schlimmste aber ist der Himmel, das Schneien.

Das Dach wird weiß.

2

Und dann sehe ich diese Frau. Sie sitzt im Schnee, zusammengesunken.

Gekreuzte Arme, die graue Mütze ins Gesicht gezogen.

Sie ist keine von uns.

Wie kommt eine Obdachlose hier herauf?

Aber da ist etwas anderes mit ihr.

Es kommt aus einer kälteren Zone.

Aus einer Region, die keine Worte kennt. Sie hält eine Flasche umklammert, und ein Grauen weht mich an, das meinen Verstand übersteigt.

Die Art, wie sie hier sitzt und die Flasche hält, sagt mir, daß sie tot ist.

Diese Frau ist tot.

Und nun bin ich im Innersten meines Alptraums angekommen:

Es gibt keine Vergangenheit.

Das ist sie:

Karin Boye.

Gestorben an einer Überdosis Tabletten, in einem Wald bei Alingsås in Schweden, im April 1941.

3

Danach: das reine, gnädige Nichts.

Aufwachen im Krankenhaus. Verband um den Kopf. Schädel-Hirn-Trauma.

„Sie werden jetzt nach Hause fahren und nichts tun", sagte der Arzt mit den Huskyaugen nach drei Tagen, „nur eines: Schlafen. Schlafen. Schlafen".

Was ich anfangs in den Wind gepustet habe.

Die ersten Tage verbrachte ich am Computer, vor den Büchern, tat so, als hätte es diese Nacht mit den Zauberpilzen nicht gegeben.

Aber warum schlich ich in der Wohnung umher wie eine Hundertjährige? Warum befand ich mich im Flur und wußte nicht mehr, was ich da wollte? Warum fackelten Buchstaben nach kurzer Zeit kleine Feuerchen unter meiner Schädeldecke ab?

„Dein Gehirn", sagte Lisa wütend, „ist ver-le-hetzt".

Sie stand in der Tür meines Zimmers, stämmig und unnachgiebig, stapfte durch meine Müllberge hindurch zum Schreibtisch. Sie beugte sich schräg an mir vorbei, ihre runde Schulter streifte mich fast, ich sah ihr gekerbtes Ohrläppchen, vor Jahrzehnten entzündet und zusammengewachsen, eines dieser Dramen aus der Grundschulzeit.

Und dann schaltete sie einfach den Computer aus.

Zack.

Tamar hatte mir eine sms ins Krankenhaus geschrieben.

Wie froh sie sei, schrieb sie, daß alle Psychonauten wieder gut auf der Erde gelandet seien.

Daß sie mir weitere Flüge wünsche und das All mich segne.

Amen, tippte ich zurück.

Zuerst hatte Lisa zur Polizei gehen wollen.

Sie konnte nicht fassen, was passiert war. An ihren Blicken erkannte ich, daß ich *verdammt viel Glück* gehabt hatte.

Sie nahm sich Tamar vor, die unbehelligt geblieben war, weil man in ihrer Wohnung nichts gefunden hatte.

„Schlauschlau", sagte Lisa, schlug meine Bettdecke zurück, und ich versank in wochenlangem Nebel.

4

Tamar reißt mich von der Brüstung, wir stürzen auf den Beton.

Grauer Schleudergang von Hirnmasse.

Im Traum bin ich in meinem Inneren und gleichzeitig außerhalb.

Tamar rappelt sich hoch.

„He“, schreit sie, „bist du noch zu retten? Mach mir hier ja keinen Abflug nach Hause.“

Hamburg, zwanzig Jahre zuvor

Arnold

Arnold drehte den Schalter am Herd zurück, warf das Küchentuch auf den Stuhl und ging zur Tür.

Er öffnete sie und sah aus den Augenwinkeln, daß der Tisch drüben fertig gedeckt war, nicht mehr so festlich wie an den anderen Tagen, aber dennoch schimmerten Silberbesteck und Damastservietten einladend.

Er ging durch den Raum, sah durch die offene Tür seine Frau.

„Bitte“, hörte er Vera sagen, als er hinaus in den Vorraum trat.

Er lenkte den Blick hinüber zur Treppe, auf der seine Eltern eingefroren schienen in ihren Bewegungen, Helenes rechte Hand lag am Treppengeländer, Lorenz neben ihr hatte seine auf die Brust gelegt, als sollte sie etwas verdecken oder sein Herz schützen.

Mit einer winzigen Zeitverzögerung bemerkte Arnold, daß etwas merkwürdig war an Veras „Bitte“, als hätte sie eine schwere Zunge, irgendetwas stimmte nicht in ihrem abwesend wirkenden Gesicht, aber schon wandte sie sich um und ließ zwei schwarzgekleidete Leute an sich vorbei, die etwas schüchtern (der Alte), etwas forsch (der Jüngere) über die Schwelle traten und kalte Luft mit sich brachten.

Wie mit einem Zauberstab berührt, erwachte Lorenz plötzlich, sagte aufgeräumt: „Guten Tag“, ganz Hausherr, – „was verschafft uns die Ehre“ –, er trat von der Treppe herunter und schüttelte dem alten Mann die Hand.

Dieser murmelte etwas, seinen Namen vielleicht, oder den Grund seines Besuches oder eine Entschuldigung, es war für Arnold nicht zu verstehen.

„Frohe Weihnachten“, sagte Helene fröhlich.

Sie eilte herbei, sah von einem zum anderen und hielt dem alten Mann, der sie eigentümlich, wie Arnold fand, ansah, ihre Hand entgegen.

„Guten Tag“, sagte der junge Mann, der – Arnold schluckte – eine Frau war.

Auch die Stimme ließ keinen Zweifel, auch wenn sie eher einem Alt als einem Sopran zuzuordnen war.

Arnold räusperte sich.

Hier stand ein irgendwie leuchtendes, atemraubendes Wesen, das nun „Angelina Mattino“ sagte.

Sie lächelte nicht. Sie braucht auch nicht zu lächeln, dachte Arnold – er konnte es nicht benennen.

Ist das, dachte er plötzlich, ein Mensch?

Vielleicht lag es an der durchsichtig wirkenden Haut, an all dem Feinen, Zarten im Gesicht, das in seiner Kombination jedoch – und das war das Irritierende – einen jungen Mann vermuten ließ.

Arnold konnte nicht anders, er mußte seine Blicke über diesen Körper gleiten lassen, um weibliche Anzeichen aufzuspüren, die schwarze Hose, der schwarze Pullover waren nicht dazu angetan, die Sache zu erleichtern, auch die Schuhe waren so gebaut, daß sie sowohl – als auch – aber die Haut – er trat vor – „Guten Tag, Arnold Kaufmann!“ –, diese Augen, eigenartiges Grün.

In diesem Moment, über die Schulter des Wesens mit den grünen Augen hinweg, sahen einander an: Vera und Arnold.

Sie erstarrten.

Vielleicht war es der erste richtige Blick seit langer Zeit.

Ein Blick des Erkennens. Er dauerte so kurz wie ein Wimpernschlag.

Was auch immer geschieht – schon wandten sie ihre Blicke ab, auf Helenes feingewelltes weißes Haar, Lorenz' blau angelaufenen Handrücken, den er jetzt vom Herz hob und etwas Verschmutztes preisgab, auf das Profil, das die junge Person zwischen ihnen nun dem alten Herrn zeigte – es geschieht uns nicht mehr gemeinsam – auf all das blickten sie, was ihnen auf neue Weise so unwirklich und wirklich zugleich erschien.

„Was bereitet uns –", sagte Lorenz freundlich und etwas ratlos, „das Vergnügen?"

Der Braten –

Helene lächelte von einem Gesicht zum anderen. Gleich würde sie wissen, wer da vor ihr stand. Ein Freund von Arnold mit seinem Vater? Das schien am wahrscheinlichsten.

Wenn nicht der Zeitpunkt so ungünstig wäre –

Vera war soeben zu Stein geworden. Alles an ihr war hart und schwer.

Ein Teil in ihr wußte: Gerade wurde ein Vertrag aufgekündigt. Gut.

Ein anderer: Etwas stimmt hier nicht.

Gutgut.

Ein dritter: Sie konnte hier nicht einfach so stehenbleiben.

Gut. Gut. Gutgutgut.

Vier und fünf: Lucy. Simon.

Sie sah diese freundliche befremdliche Zusammenkunft unterschiedlichster Menschen.

Und plötzlich hörte die unsinnige Wortfolge in ihrem Schädel auf und Klarheit überkam sie. Brennende Klarheit.

Diese verhalf ihr, die Steinmassen in sich in Bewegung zu versetzen. Sie öffnete die Tür zum Windfang, riß eine Jacke vom Bügel, – „Vera!“, rief Lorenz, während die anderen sich staunend umwandten, viel zu lange, dachte Vera, viel zu lange –, sie kämpfte mit den Stiefeln, –

„Äh“, räusperte sich Arnold, Mist, verdammter, er lächelte entschuldigend in die Runde, – „die ... äh ... Kinder“, – schon war die Haustür auf, Wind und Flocken wehten herein – weg war sie.

„Huuhuu“, kicherte Helene und rieb sich die Schultern.

„Was“, fragte Lorenz, „ist denn das hier?“, und zeigte auf das Papier am Boden, den Brief, der Vera aus den Händen gefallen war.

Vera

Sie versuchte sich zu schützen, indem sie mit einer Hand ihre Jacke zum Kinn hochzog und den anderen Unterarm vor die Stirn legte.

Nichts war zu erkennen. Nichts als dieses Weiß, das mit Nadelstichen um sich warf und ihr den Atem nahm.

Wo –

Sie kämpfte sich um die Hausecke.

Wo –

Ohne Vorwarnung kam der Schlag von oben. Er stauchte ihr Rückgrat zusammen. Ihr Herzschlag setzte aus.

Den Kopf zwischen die Schultern gedrückt, wankte sie unter der Wucht, die sie getroffen hatte und nun seitwärts an ihr zerbröckelte.

Aber sie blieb aufrecht. Weiter. Weiter. Kein Aufschub.

Alles in ihr versuchte den Angriff des Schneebretts vom Hausdach zu vergessen, sich auf das Wesentliche zu konzentrieren.

Würde das Haus standhalten? Dieses alte Haus? Sie konnte nicht weg von ihm, mußte dicht an der Mauer bleiben, die einzige Möglichkeit, nicht die Orientierung zu verlieren.

In ihrem Kopf sirrte etwas, eine ferne Sirene, sie versuchte sie zu ignorieren, sie wurde intensiver, ein sirrendes Tönen aus einem unbestimmten, fernen Geschehen – und mit diesem Tönen baute sich ein Wort in Veras Kopf auf, während sie sich vorankämpfte, ein Wort, das ihr Körper kannte und verborgen gehalten hatte vor ihr, und nun losließ, aus geheimen Zellen:

Katastrophe.

Keine Spuren im Schnee.

Dieses alte Haus?

Katastrophe.

Die Kinder.

Nirgends ein Zeichen.

Sie versuchte das Wort abzuwehren, das ihren Kopf ausfüllte, ihren Körper lähmen wollte, wollte, daß sie sich ihm ergab, auslieferte.

Weiter. Immer weiter.

Aufgeben, niemals.

Von innen pochte etwas gegen ihre Schädeldecke, etwas, das sie in diesem Ausmaß noch nicht kannte und ihr nun die Kräfte einer Riesin verlieh, welche durch den Schneesturm pflügt, mit Armen wie Windräder, und heiser die Namen ihrer Kinder ruft.

Höhnendes, stechendes Weiß ringsum.

Keine rosafarbene Zwergengestalt, keine blaue. Keine Spuren von Stiefeln. Gefressen vom Schnee.

Vera rang um Luft.

Sie bemerkte die Kälte nicht mehr. Knickte ein, fiel vornüber, rappelte sich wieder hoch.

Katastrophe.

Sie kämpfte sich um die nächste Hausecke, dorthin, wo sich eigentlich der Schuppen befand.

Katastrophe.

Jetzt explodierte das Wort unter ihrer Schädeldecke. Schoß kreuz und quer in ihrem Gehirn.

Erhitzte sie.

Vor ihr war ein Berg Schnee, ein sanft ansteigender unüberwindlich scheinender Hügel, an dessen Stelle sich im Normalzustand, wie sie wußte, das Holzhäuschen mit Gartengerät und Gerümpel befand, das beliebte Versteck der Kinder.

Unmöglich, hier konnten sie nicht –

Aber wo, wo –

Veras Nase, Augen wurden zugeweht, ihre nun seltsam gefühllosen Hände wischten Schnee aus dem Gesicht.

Nichts für mich, lieber Gott, nichts für mich, aber bitte laß –

Der Wind trieb sein Höllengelächter ums Haus und verpaßte Vera eine weitere Dusche aus Nadelstichen.

Sie wankte, fiel jedoch nicht.

Was nun zu klappern begann, waren ihre Zähne.

Obwohl doch dieses inwendige Glühen in ihr war, das ihre Beine veranlaßte, weiter auszuschreiten, den Schnee nicht zu spüren, der längst von oben in ihre Stiefel eingedrungen war.

Lorenz

Lorenz starrte auf den Brief in seiner Hand.

Arnold hatte ihn hochgehoben, blicklos an ihn weitergereicht.

Soeben wollte er seine Jacke vom Bügel reißen, um Vera hinterherzulaufen, da klingelte es in seiner Brusttasche.

Alle fröstelten und lächelten.

„Darf ich“, sagte Helene und schloß die Tür zum Windfang.

„Entschuldigung, bitte“, murmelte Arnold mit Blick auf die Nummer, „wichtiger Anruf …“, und rannte die Treppe hoch.

„Tja …“, sagte Helene.

Mit einem Arm bot sie den beiden Gästen den Weg zum Sofa im Wintergarten und wedelte gleichzeitig mit dem anderen hinter ihrem Rücken einen Befehl an Lorenz:

„Mitkommen.“

Als sie das Sofa erreichten, setzte sich der alte Mann etwas umständlich.

Seine Begleitung sah ihm dabei zu wie jemand, die es gewöhnt ist, schnell zu Hilfe zu sein.

„So ein Wetter!“, lachte Helene und drehte ihren Kopf in Richtung Tür.

Beide nickten.

Helene zeigte ihrem Ehegatten mittlerweile ihr Kampflächeln.

Lorenz aber stand noch immer wie festgeschraubt.

Nur seine Hand mit dem Brief war in Bewegung.

Ach, dachte er, Helene, und versuchte zu verstehen, was er soeben zum wiederholten Male gelesen hatte.

„Bitte kommen Sie doch am 27. Dezember zu uns. Sagen wir 13 Uhr 30?“

Aus diesen beiden Sätzen bestand der Brief, der in seiner Hand wackelte.

Es war eindeutig Helenes Schrift, ihre schwungvolle, raumgreifende, schöne Schrift, die die geübte Briefschreiberin verriet, die sie früher gewesen war.

Es gab keine Anrede, kein Datum, nur ein verschnörkeltes H mit Punkt unter den beiden Sätzen.

„Wasser, bitte“, sagte diese knabenhafte Person: „Für uns beide, bitte.“

Lorenz legte den Brief aufs Cembalo.

Wie hatte Helene es geschafft, diesen abzuschicken?

Jolanta.

Natürlich. Sie hatte ihn Jolanta mitgegeben –

Wer waren diese beiden auf dem Sofa?

Sie waren höflich und zurückhaltend und wußten genau, welchen Zweck ihr Besuch hatte.

Lorenz hatte Hunger. Seit einer Stunde mindestens begleitete ihn nun schon Arnolds Bratenduft und hatte seine Nervenzellen aufs Höchste stimuliert.

Und was würde aus seinem Verdauungsschläfchen werden?

Er seufzte und wandte sich um, in Richtung Küche.

„Bin“, flötete Helene, „bin gleich wieder da!“ und rauschte an ihm vorüber, um ihn zu zwingen, umzukehren und den Gastgeber zu spielen.

Er sah ihr nach, wie sie in der Küchentür verschwand und schnupperte ein wenig verzweifelt den unwiderstehlichen Duft, der daraus hervorquoll.

Geist und Seele wird verwirret. Na gut. Umdrehen.

Lorenz ging zurück in den Wintergarten, etwas langsamer als es sonst seine Art war und setzte sich unter vieräugiger Beobachtung auf den Stuhl.

„Darf ich fragen“, – er hatte sich beim Näherkommen für die Offensive entschieden, – „woher Sie kommen?“

Der alte Mann verstand seine Worte und sah die Frau an.

Deren Nasenflügel bewegten sich minimal, sonst blieb sie reglos und antwortete mit ihrer dunklen Stimme:

„Aus Anacapri.“

Oh, dachte Lorenz und sagte gespielt locker:

„Wie schön, das kenne ich gut!“

Der Alte betrachtete ihn aufmerksam. Die Frau schlug ihre schwarzbehosten Beine übereinander, legte die schmalen Hände um ihr oberes Knie.

Lorenz konnte ihre weißen Knöchel sehen.

„Meine Frau und ich waren mehrmals auf Capri“, – Lorenz sah in die unbewegliche Miene des Alten, das offene, zarte Gesicht der jungen Frau – „lang ist's her… wunderbare Insel!“

Er legte eine Hand in den Nacken und rieb ihn leicht.

Was jetzt, dachte er. Warum seid ihr hier?

Die beiden betrachteten ihn freundlich angespannt.

„Sind wir uns jemals begegnet? Meine Frau –“

Lorenz machte eine Geste Richtung Küche – „Nun, sie –", er brach ab.

Eine Pause entstand.

Erwünschtes Freudenlicht. Wo soll ich fliehen hin.

„Es tut uns leid", sagte die Frau mit schleppender Stimme, „daß wir … Sie …"

Hatte sie rote Flecken auf den engelsgleichen Wangen?

„… überraschen …"

Sie fuhr sich mit der Zunge über die vollen Lippen –

„… offenbar."

Lorenz schüttelte lächelnd den Kopf.

„Ehrlich gestanden … meine Frau … nun … würden Sie …"

Er pflanzte das charmanteste Lächeln, das er in petto hatte, in sein Gesicht, – „… mir den Grund Ihres Besuches verraten?"

Ich habe meine Zuversicht.

Eine Ahnung wehte ihn an, was diesen Besuch anbelangte, aber er tappte im Dunkeln, konnte sich nicht erklären, was das alles bedeutete –

„Hier", sang es da von der Küchentür, „kommt das Wasser!"

Helene lief in erstaunlich flinker Weise mit einem Tablett in den Händen auf die Gruppe im Wintergarten zu.

Berlin, Dezember

Lucy

1

Ich erinnere mich, Simon, an den Tag, an dem ich Arnold fragte, warum er Historiker geworden ist.

Mit diesem Spezialgebiet.

Wir waren wie jeden Samstag zum Teufelssee geradelt, nur wir beide, du weißt, es war unser Ritual letzten Sommer, in dem unser Vater verändert und irgendwie fröhlich geworden schien.

Warst du jemals morgens da gewesen?

Ich erinnere mich an das Frühmorgenlicht auf dem Moorwasser, das Geräusch, mit dem sich die Hundeköpfe ruckartig vorarbeiteten, um die Stöcke zu holen, die ihnen ihre nackten Besitzer vom Ufer aus hinausgeworfen hatten.

Es waren nur wenige, später am Tag würde man auf dem sandigen Untergrund keinen freien Platz mehr finden, ein Gewimmel von Fleisch in allen Nuancen von Mehlweiß bis Schwarz, dazwischen Hunde in allen Größen und Farben, aber nun, so früh, konnte man am Ufer stehen und die Enten beobachten, die zwischen den Seerosen weiter draußen verschwanden und wieder auftauchten.

„Ich weiß es nicht wirklich", sagte Arnold nachdenklich, „es ist mir selbst nicht ganz klar".

Er war sogar ein wenig verlegen. Ich fragte mich, warum mich das jetzt erst interessierte.

Und bevor ich mich mit meiner offenbar bisherigen umfassenden töchterlichen Ignoranz beschäftigen konnte, begann Arnold zu sprechen.

Er habe, sagte er stockend, von früher Kindheit an ein Gefühl des Mangels gehabt, eine seltsame Leere, die sich immer wieder und unvermutet in ihm ausgebreitet habe – und gleichzeitig habe er sich deswegen schuldig gefühlt. Warum?, fragte ich, während wir unsere Räder aufsperrten.

Schuldig deswegen, weil er ja alles hatte, antwortete er:

Die Liebe und Zuwendung der Eltern und alle Vorteile eines Einzelkindes.

Der Sand knirschte unter den Reifen.

Es sei befremdlich, sagte er, wenn man keinen Ort für sein Unbehagen habe.

Ich glaube nicht, daß ich irgendwas verstand.

Großmama und Großvater schienen mir die besten Eltern der Welt gewesen zu sein.

Eine Art Rettung, fuhr er fort, während wir nebeneinander die Räder schoben, trat ein, als er lesen konnte.

Rettung?

Er sah mich nicht an dabei, er konzentrierte sich auf den Weg und die Baumwurzeln.

Am Anfang sei jedenfalls ein Buch gewesen, ein altes Buch in der Bibliothek von Großvater und Großmama mit Aufzeichnungen über deutsche Sprachinseln in Ost- und Südosteuropa.

Einen Moment fürchtete ich, daß es jetzt losgehen würde. Aber unser Vater vermied es zum Glück, mir einen Vortrag zu halten über alle Wander- und Vertreibungsbewegungen seit 1000 Jahren oder 5000, über wirtschaftliche oder religiöse Gründe, warum Leute sich aufmachten, ihren Flecken zu verlassen und irgendwohin zu gehen, wo sie unterwegs durch Krankheiten und andere Schicksalsschläge dahingerafft wurden und dort, wo sie schließlich landeten, von vorn anfangen mußten.

Vielleicht, sagte Arnold, habe ihn durch diese Lektüre der Begriff „Heimat" zu interessieren begonnen, „Herkunft" und „Zugehörigkeit".

„Hmm", machte ich, als wir den holprigen Waldweg fast geschafft hatten, „und jetzt fühlst du dich Anda zugehörig".

Arnold blieb stehen.

„Es ist ihr Alter, nicht wahr?", fragte er leise.

Vielleicht. Vielleicht auch nicht. Keine Ahnung. Soll er sein Leben haben.

Ich weiß gar nicht mehr, was ich geantwortet habe. Ich glaube, wir wechselten das Thema und begannen über dich zu sprechen.

Erst später wurde mir klar, daß ich eines der wichtigen Gespräche zwischen uns abgewürgt hatte.

Ich Idiotin.

Arnold sagte, er sei so stolz und dankbar, daß aus einem schwierigen Jungen so ein guter Student geworden ist, so aktiv und mutig und wach.

Später haben wir uns verabschiedet an der S-Bahn, wir lehnten kurz die Wangen aneinander über die Lenkstangen unserer Räder hinweg, dann blieb ich zurück mit Arnolds Teufelssee-Geruch in der Nase und der Phantasie, wie in Kürze Anda ihr Gesicht an das unseres Vaters pressen würde.

2

Der Keller im Brunskrogweg, Simon, fällt mir ein. Eines Tages bist du mit Großvater durch die knarrende Tür gegangen, als wäre es von Anfang an so gewesen.

Wie hast du das gemacht?

Großvater mußte immer ein wenig gebeugt im Keller stehen.

Das wußte ich, weil er manchmal nach einer „Keller-Aktion“, wie er eure Arbeiten nannte, merkwürdig steif herumgeschlichen war oder sich wieder mal den Kopf gestoßen hatte.

Aber das machte ihm nichts aus.

Immer kamt ihr wie zwei Bergleute aus dem Schacht hervor, schmutzig und mit leuchtenden Augen, und Großvater brummelte, wenn Großmama fragte, was ihr denn nur wieder so lange da unten gemacht hättet:

„Große Hilfe, der Junge, große Hilfe.“

Einmal bat Großmama mich Kartoffeln zu holen oder Wasser, und ich sah sie an, als hätte sie mich gebeten, mich aus dem Fenster zu stürzen.

„Aber Kindchen“, sagte Großmama. Dann erinnerte sie sich.

Das war in der Zeit, als sie sich minutenweise noch einfühlen konnte in jemand anderen. Als sie Situationen noch richtig einschätzte und in diesem Fall beschloß:

„Brauchst nicht mehr hinunterzugehen, Schätzchen. Einer der Jungs wird das machen.“

Ich umarmte sie, sie drückte mich kurz – schob mich dann aber gleich weg.

Ohne sie anzusehen drehte ich mich um und lief aus dem Zimmer.

Ich hatte Angst vor ihrem Gesicht. Ich wollte nicht mehr sehen, wie sich ihr Blick von einem Moment zum anderen verändert, etwas Suchendes, ja, Verstörtes bekommen hatte.

Er hätte mir gezeigt, daß sie in diesem Moment schon nicht mehr wußte, wer ich war.

Ein fremdes Kind, auf unerfindliche Weise in ihre Nähe geraten.

Ich wußte nicht, wen sie mit einem der Jungs meinte.

Großvater? Dich? Arnold?

Es war ein Tag, an dem unsere Eltern erst spätabends zurück nach Ohlstedt gekommen waren. Sie hatten wichtige Termine in der Hamburger Innenstadt gehabt.

Sie hatten uns lange nachgewunken bei der Abfahrt, weißt du noch, Simon, und Großvater hatte hinterhergebrummt:

„Seid unbesorgt, ich bin ja da."

Es ist dann nicht mehr vorgekommen, daß die Eltern uns mit den Großeltern allein ließen im Brunskrogweg.

Und bevor du groß genug geworden wärest, um dir das Kreuz im Keller ebenso zu ruinieren wie Großvater, starb Großmama.

„Hätte ich doch auch im Keller gesessen", sagte Großvater am Ende seines Lebens.

Ich sehe ihn vor mir: Mit gebeugtem Rücken, die Hände auf den spitzen Knien.

Seine Stimme ist brüchig geworden.

Alles um ihn herum ist eigentümlich gewachsen, der Stuhl hat sich vergrößert, der Tisch, die Wände sind höher geworden, die Räume, in denen sich Großvater langsam bewegt.

Auch die Tasten des Cembalos haben sich verändert, wie kleine Vogelkrallen huschen seine Hände darüber.

„Hätte ich im Keller gesessen“, sagt Großvater in den Garten hinaus, „hätte sie mir vorgesungen. Dann wäre es anders gekommen. Das Singen hätte sie abgehalten. Ich hätte gesagt: *Schwarzbraun ist die Haselnuß* oder *Ich weiß nicht, was soll es bedeuten*. Dann hätte sie gesungen. Dann wäre sie nicht hochgelaufen. Ich weiß das. Ich hätte sie abgehalten. Aber ich war nicht da.“

Und nach einer Weile, in der wir beide in den Garten hinaussahen, krächzte er noch einmal leise:

„Ich war einfach nicht da.“

An anderen Tagen sagte er plötzlich mit fester Stimme:

„Es war kein Unglück.“

Nach dem ersten Überraschtsein wußte ich, was ihm durch den Kopf ging.

Daß Johanna mit ihrem Hochlaufen damals damit gerechnet hatte: mit der Bombe.

„Sie ist dem Tod in die Arme gelaufen. Sie wollte nicht mehr. Das ist die Wahrheit.“

Und wenn ich einwandte, daß ich das nicht glauben könne (ich wollte es nicht glauben), sah mich Großvater fast mitleidig an.

„Laß mal. Es waren *meine* Socken, die sie holen wollte. Sie wollte sie für mich fertigstricken. Schuldig bin ich. So oder so.“

Schließlich schleppte er sich auf Krücken durchs Erdgeschoß, Arnold organisierte Hilfen, raufte sich die Haare am Telefon in Berlin, beschwor den Vater auszuziehen.

Bis zuletzt wohnte Großvater im immer baufälliger werdenden Haus im Brunskrogweg, mit halb einstürzendem Dach, und nichts und niemand konnte ihn dazu bewegen, es zu verlassen.

„Nur mit den Beinen nach vorne gehe ich aus diesem Haus", krächzte er immer wieder, und er behielt recht.

Jolanta fand ihn eines Vormittags, „a scheener Mann", wie sie ins Telefon hineinschluchzte, „lebendig oder tot, so a scheener Mann".

3

Ich wische über das Tablet, sehe die üblichen Meldungen, wie immer von perfekt aussehenden Menschen in ruhigem Tonfall vorgetragen. Krieg und Terror auf jedem Kontinent, Skandale, Umweltzerstörungen, ich kanns nicht mehr sehen – bleibe bei einem Bericht hängen.

Ein Mann mit dem Rücken zur Kamera erzählt etwas mit verzerrter Stimme. Aus dem Off ist die Übersetzung zu hören. Wir werden immer mehr, höre ich, vorwiegend junge Leute schließen sich uns an, weltweit, ja, im darknet, wir nennen uns *blowing snow*, wir nehmen neue Identitäten an –

Es klingelt.

Auf dem Display meines Handys sehe ich Arnolds Nummer, und während ich überlege, ob ich annehmen soll, verpasse ich die letzten Sätze des Menschen, der offenbar Teil eines Aussteiger-Geheimbunds ist.

Das Klingeln hört auf. Und dann denke ich an dich, Simon, und daß du nicht tot sein kannst, sondern irgendwo mit Gleichgesinnten an der „Destabilisierung“ arbeitest:

Gegen das ganze Orwellhafte, das normal geworden ist.

Das sind außerordentlich beruhigende Gedanken. Mein Bruder, der Welterretter.

Hamburg, zwanzig Jahre zuvor

Vera

Nichts. Weiß. Nichts.

Das gibt's doch gar nicht. Da hinten ist das Haus, ja, aber –

Was ist los? Alles wackelt an mir.

Schüttelkrankheit, plötzlich.

Da lacht wer. Der Wind? Der Schnee? Simon!? Lucy!?

Nein, kein Kinderlachen. Als hätt's euch – nie – ge–

Verloren. Verschwunden. Verschluckt.

Einfach weg. Keine Spur.

Jemand lacht. Nein. Nein. Ihr seid es nicht.

Was sind das für Stimmen … was? … Ach so … Ihr?!

Ja, ich höre Euch. Ich hör Euch genau. Das hohe Kiecksen, das kehlige Gerumpel im Hals. Mama. Vater.

Ihr fröhlichen Eltern.

Fäuste in die Hüften gestemmt. Helle Gesichter, seitwärts.

Von oben baumelt die kleine, staubige gelbe Lampe, die ihr erschüttert. Stampfende Beine. Kühlschrank, Tisch, Kredenz, Kühlschrank, Tisch…

Und ich mittendrin. Euer Küchenlandler. Linkes Schwingen, rechtes Schwingen, stampfen, drehen, steh'n.

Wochenende gab's keines, aber zwei Tage die Woche frei –

Zwei Tage lang keine Fließbänder mehr, Vater, du und deine Kameraden in höllisch lauten Hallen bei 40 Grad, mit diesen schweißnassen Rücken zwischen den

Bändern, hunderte Meter lange weiße Bänder, da darf nichts schiefgehen, nichts reißen, kein Stillstand, Tag und Nacht, Frühschicht, Spätschicht, Nachtschicht, und auch keine Fasern mehr für dich, Mama, die gewogen, gezählt, gemessen werden müssen, Dichte, Reißfestigkeit, Gewicht, dieses eine zarteste Faserchen, Aufschluß über die ganze Produktion, feinste Pinzetten auf schwarzem Samt, Daumen rauf, Daumen runter, aber bitte nicht in die Maschine, aufgepaßt! – hier gleiten sie herbei, Knäuel weißer Wolle mit Knötchen, auch die müssen erkannt und vermessen werden von Maschinen, die in Wahrheit Hand-Abreiß-Maschinen, Finger-Verschluck-Maschinen sind, – hohe, dünne Schreie der Frauen in den Labors, Brüllen der Männer in den Hallen – aber euch beiden ist nichts passiert, wieder nicht, alles habt ihr noch dran, Finger, Hände, Zehen, Füße, Glückspilze seid ihr, tanzen könnt ihr mit allem, was man so braucht, – ihr dreht euch, ihr lacht, jeder Tag ein Sonntag! – zum Feiern gibt's immer einen Grund.

Daß im Kühlschrank was steht!
Daß der Ofen blubbert!
Daß es einen Kühlschrank gibt!

Daß ihr den Krieg als Kinder in Siebenbürgen überlebt habt und hierher zurückgekommen seid. Ins Landl zurück, dorthin, von wo zweihundert Jahre früher eure Ahnen deportiert wurden, falsche Religion, Sturschädel, die dem Luther nicht abschwören wollten.

Das habt ihr nie vergessen, alle Generationen hindurch nicht, das ist der feine Strick, der euch miteinander verbindet, bis in alle Ewigkeit:

Wie sie euch aufs Schiff getrieben haben, in Ketten, viele Tage lang die Donau hinunter, an den Rand der Monarchie.

Die Kinder vor allem hat's erwischt auf dieser Fahrt, die Hälfte kam nicht lebend an, und die, die's überstanden haben, begrüßte kein Paradies.

Auch kein Fegefeuer.

Jahre hat es gebraucht, um sich aus dem Elend herauszuarbeiten, in einem Haus zu leben, sich satt zu essen. Das haben die Alten den Jungen weitergegeben: Nichts ist selbstverständlich, arbeite, bete und lebe – mit aller Kraft.

„Über Kunst sprechen zu wollen, ohne das Schlürfende zu hören, mit dem wir den einen Fuß vor den andern schoben, wäre Vermessenheit gewesen", – das ist nicht euer, ist schon mein Leben, da habe ich mich wiedergefunden, in diesen Sätzen der *Ästhetik des Widerstands,* die Mühsal, sich rauszuarbeiten aus einer Herkunft, das verbindet mich mit euch, obwohl euch andere Dinge wichtig waren, nicht Lesen, nicht Bilderbefragen, nein, eure Künste waren es, das Holz zu schichten, die Reinanke aus dem See zu fangen, mich großzuziehen, morgens um fünf in die Fabrik zu radeln.

Den Rücken gerade zu halten.

Zu lachen, zu feiern. Zu vergessen.

Vergessen ist eine Kunst, wie alles, eine besondere Kunst, man muß das Schlechte vergessen, das, was einem Böses will, die Vergangenheit muß man einpacken und wegstellen, in die hinterste Ecke und dort den Spinnweben überlassen, man muß nach vorne schauen und die Zukunft fest im Blick haben, die

Erinnerungen in diversen Vergessenskammern stapeln, und jene Erinnerungen, die man nicht mehr erinnert, in einem Extraschrein aufbewahren, dem unermeßlichen Trauerschrein, der ganz tief hinabgesenkt wird ins Innerste des inneren Bergwerks – und dort nun ruhen kann als schwarzer Schatz.

Aber warum, frage ich euch, Vater, warum, Mama, geh ich wieder und wieder ins Bergwerk hinunter, nachts im Traum und öffne den Schrein und sehe die Großmutter mit gebeugtem Rücken, den Großvater, deine Eltern, Mama, denn die von Vater sind schon früh gestorben, die wohnen woanders in meinem Inneren, ich starre auf die knochigen Großeltern-Körper, ich traue mich nicht, sie umzudrehen, sie sollen mich nicht ansehen, ich will ihre Augen nicht sehen, die mir alles erzählen würden vom russischen Lager, Augen, in denen ich auch eure Kindheit finden würde, euch vorm Kirchturm herumspringend, kletternd im Apfelbaum, mit der Kuh Rosa scherzend, das fleischigweiche Maul im Nacken, eure Hände in den Himbeersträuchern am Waldrand, im Winter, eure nackten Füße im Draußen-Ofen, wie ihr die dampfenden Kuhfladen nennt, und weiter lachend, fluchend durch den Schnee, braune Spuren im Weiß, ich will die Gesichter der Großeltern nicht sehen, die nicht alt geworden sind, ich starre auf ihre gebeugten Rücken, schlage den Deckel zu, und bevor er fällt, sage ich laut ihre Namen und wache auf:

Luzia, geborene Nußbaumer, Luzia und Simon Himmelleitner, zuletzt wohnhaft in Großpold in Siebenbürgen, deportiert nach Russland an einem schneehellen Februartag im 45er Jahr.

Vater, Mama.

In die Hände klatschen, weite Münder, eure Kronen blitzen.

Es riecht nach Holz und Zucker und nassem Wald.

Wir sitzen in der Stube, um den Holztisch, der Holunder geht herum. Schnaps die Eltern, Saft für mich.

Vor uns liegt der See. Hinter uns steigt der Berg auf. Vom Berg rieselt das Wasser. Unser Haus ist klamm, manchmal heizen wir auch im August.

Vom See steigen die Nebel auf.

Mein Vater ist Arbeiter in der Spinnerei, meine Mutter im Faserlabor.

Ich zeichne, male, lerne. Ich liebe weißes Papier.

Und jetzt muß ich mich setzen. Muß mich in dieses weiße Papier hier setzen. Meine Beine – sind so steif. Kein Zittern mehr. Meine Arme starr.

Kann den Kopf kaum drehen. Wo bin ich eigentlich?

Anzeichen. Immer gibt es Anzeichen. Immer könnte etwas verhindert werden.

Es wäre doch zu hören gewesen. Nicht wahr.

Hätte doch irgendjemand hingehört. Hört Ihr, – Mama, – Vater?

Der Berg hat's geflüstert, die Erde auch.

Wir rutschen, wir bersten, ist nicht mehr viel Zeit.

Seht ihr die Risse?

Paßt scho.

Nix wird g'schehn. So schnell kommt doch kein Berg herunter.

Hahaha. Ja, es ist zum Lachen. Alles ist zum Lachen. Ich setze mich jetzt hier hin und lache.

Alles ist möglich.

Hast nicht du das immer gesagt, Vater? Im Leben ist alles möglich.

Aber so was nicht. Doch nicht so was! Ja, Mama, das hat keiner gedacht.

Plötzlich will der Berg in den See. Der Berg beschließt eine Rutschpartie in den See hinein! Holt sich den Regen als Komplizen.

Der läßt sich nicht lange bitten!

So was darf man sich nicht entgehen lassen! Und ehrlich: Was kann der Berg dafür, daß ihm das Haus im Weg steht!

Daß die Leute so dumm sind und ihm das nicht zutrau'n!

Den Berg kann man zähmen! Wer's glaubt.

Unser Berg, der macht so was nicht!

Dem Berg kann man Bäume abluchsen und Fangzäune andrehen, damit er Ruhe gibt.

Ha, der Berg lacht sich eins. Hat keine Lust mehr nach den paar Millionen Jahren herumstehen.

Auch ein Berg will einmal tanzen! Seine Gaudi haben!

Der Berg ist ins Haus gefallen. Der Berg und das Haus sind auf euch gefallen, mitten in der Nacht.

So haben sie es mir erzählt, ich war ja nicht dabei.

Ja, wo war ich denn? Auf einer malaysischen Insel war ich, fünf Wochen Südostasien, kein Telefon, keine Nachricht möglich.

Zweimal habe ich angerufen, die Leitung war tot. Hab' mir nichts gedacht. Normal! Bei dieser Entfernung normal!

„Jeder Meter auf das Bild zu, das Buch, war ein Gefecht, wir krochen, schoben uns voran, unsre Lider blinzelten, manchmal brachen wir bei diesem Zwinkern in Gelächter aus, das uns vergessen ließ, wohin wir unterwegs waren."

Das Buch habe ich danach gelesen, nach dem Zurückkehren und dem wochenlangen Herumirren am See, nach den Begräbnissen von euren Überresten und den Träumen, daß ihr in den See geflohen seid, – nicht wahr, du, Mama, bist die Seekönigin, deine Haare schweben im Wasser auf und ab, wenn du deinen König um die Taille nimmst, unendlich langsam, in einer anderen Zeitrechnung: Linkes … Schwingen … rechtes … Schwingen … staaampfeeen … klaatscheen … dreeeheeeen, selig ist euer Perlmuttlächeln, fad wird euch nicht, und Nachschub gibt's genug, an Selbstmördern und anderen Ertrunkenen, all die Kleinen, die von Luftmatratzen und aus Booten gefallen sind, einen richtigen Kindergarten habt ihr da unten –

Und als ich aufwachte, und die Bagger weg waren und dort, wo unser Haus gestanden war, nur mehr Erde lag, und im Berg etwas klaffte, nahm einer vom See mich an der Hand, ein Freund, der wie du, Vater, seinen nassen Rücken beugen mußte in der Spinnerei, ein junger Mann, „Lies das", sagte er, „lies das unbedingt", – so fiel mir *Die Ästhetik des Widerstands* in die Hände, und mit dem Buch – „ein Ziegelstein!" – bin ich zwischen dem See und den Schatten der Schlote herumgegangen, wochenlang, monatelang, jahrelang, der Stein ist immer noch zwischen meinen Händen, das Buch ist immer da.

Arnold

„Ja, klar", sagte Arnold, „alles in Ordnung … Vielen Dank! Ja, … sehr gerne … Ihnen auch … mach ich … und noch einen guten … Ja, danke …!"

Er umfaßte das Handy mit der ganzen Hand und legte diese auf seine Brust. Blickte aus dem Fenster, ohne etwas zu erkennen.

Geschafft.

Eine kindliche Euphorie erfaßte ihn. Fast japste er.

Geschafft! Er konnte es nicht fassen.

Im herzlichsten Einvernehmen hatte die Stimme zu Beginn sofort: „Mein Lieber“ gesagt, gleich nachdem Arnold seinen Namen genannt hatte.

In seiner Aufregung hatte er eine Sekunde nachgedacht, warum Berger ihn auf diese Weise begrüßte, aber dann hatte es in seinem Kopf geklickt, mein Gott, das ist nicht Berger, die Berliner Nummer, das ist Lohmann, der leibhaftige Lohmann! Ob er, Arnold, hatte Lohmann gefragt, bei einem Projekt mitmachen wolle, das unter seiner Herausgeberschaft fungiere, er habe sich gedacht, daß er ihn, Arnold, als einzigen vom Institut diesbezüglich fragen wolle, alle anderen seien ja in vielerlei Hinsicht beschäftigt oder – er verstehe schon – seien nicht so vertieft in die Materie wie er, Arnold, den er ja immer geschätzt habe, und – er hatte einige Sekunden verstreichen lassen – und ein nicht ganz so mickriges Honorar gäbe es auch, besonders für den Vortrag in Lemberg, bei der Tagung, die im Sommersemester stattfinden werde, Hotel, Reise, – er wisse schon.

In diesem Punkt war Lohmann zuverlässig, Arnold hatte sich das Thema notiert, okay, nicht ganz sein Spezialgebiet, aber damit wollte er sich schon immer mal intensiver auseinandersetzen, könnte so auch im nächsten Winter ein Seminar dazu anbieten, „alles klar, ... vielen Dank, ja ...“, warum er nur ihn, Arnold, einbezog, darüber würde er sich später Gedanken machen, ein neuer Schachzug in ihrem ewigen Spiel, aber Lohmann konnte darauf zählen, daß Arnold ihn nicht enttäuschen würde, er wippte voller Tatendrang und Abscheu auf seinen Sohlen und konnte nun doch beruhigt zurückfahren nach Berlin.

Ach, Berger und das Manuskript – unerheblich.

Arnold hastete zur Treppe.

Dankbar nahm er zwei Stufen auf einmal.

Unten angekommen, bemerkte er, daß nichts mehr stimmte.

Es hatte mit der Stille zu tun, die in den Räumen stand, eine Stille, die nicht nur den Vorraum ausfüllte, durch den er nun lief, sondern, er wußte es plötzlich, auch den Windfang draußen, die Toilette, die Küche, die Speisekammer, er war oben schon durch diese Stille geeilt, ohne sie zu erkennen – er stockte.

Wie hatte er das nicht bemerken können:

Das ganze Haus war berstend voll mit ihr.

Die Stille teilte Arnold mit, daß weder Vera noch die Kinder zurück waren.

Sein Blut sackte plötzlich in Teile seines Körpers, die nicht darauf vorbereitet waren, und obwohl er nichts anderes wollte als hinauslaufen – beruhige dich, was soll schon sein! –, zwang ihn etwas, um die Ecke zu biegen, die Tür zum Wohnzimmer zu öffnen.

Seine Beine gingen von allein, ja, ein Zwang, sie wußten etwas, das ihm noch nicht ganz klar war, sie hatten ein Ziel, wollten dorthin, wo sich das offensichtliche Hypozentrum der Stille befand – der Wintergarten.

Was Arnold sah, war:

Der Rücken seines Vaters, der im Sessel saß, aufrecht mit seinem Hinterkopf, dem weißen, eigenwilligen Haar. Daneben seitwärts Helene, die Beine zierlich gekreuzt, Hände im Schoß gefaltet, etwas im Gesicht, das ihm staunend und leer zugleich vorkam.

Lichtgrün. Das war die Farbe, die sogar über die Entfernung einiger Meter zu ihm herüberstrahlte und seine Wangen erröten ließ, dieses Wesen, das Lorenz und Helene gegenübersaß – und ihm erwartungsvoll entgegenblickte.

Arnold schluckte schwer.

Jetzt erst erkannte er, daß der Alte fehlte.

Und nun gingen seine Beine auf die drei zu, obwohl er doch die andere Richtung anstreben hatte wollen –

Blieben stehen. Langsam drehte sich der Kopf seines Vaters.

„Arnold", sagte Lorenz, als müsse er sich an seinen Namen erinnern.

Was war denn das für ein Gesicht?

Arnold hatte noch nie so ein Gesicht gesehen bei Lorenz.

Was ist hier los?

Und jetzt schüttelte sich das grünäugige Wesen, nieste, sie lächelte dabei, auf scheue, einnehmende Art.

Arnold kämpfte.

Sein Drang, sich aufs Sofa zu setzen, in die Nähe dieses Wesens zu geraten, in dieses Gesicht zu blicken, seinen Duft zu schnuppern, schien übermächtig.

Das, was ihn in die andere Richtung zog, zur Tür hin, zum Windfang, in den Schnee hinaus, wurde aber stärker – siegte.

„Entschuldigung", murmelte er, drehte um, stapfte mit schweren Beinen über den Teppich, hörte Lorenz' schwache Stimme hinter sich, die erneut seinen Namen sprach, er ging aus dem Raum, holte draußen im Windfang eine Jacke vom Bügel, stieg in die Schuhe, öffnete die Tür.

Die Besucher

1

Wo war er?

Angelina Mattino neigte den Kopf, um an Lorenz vorbeisehen zu können.

Sie fixierte die Tür am Ende des Raumes. Hinter ihr war das Väterchen vor einigen Minuten verschwunden, kurz nachdem sie den beiden Herrschaften vor ihnen ihre Botschaft überbracht hatten.

Es war besser gegangen als erwartet.

Sie schob ihren Kopf in die ursprüngliche Position zurück.

Sah die zwei schweigenden Menschen vor sich, mit in sich gekehrten, freundlichen Gesichtern. Sie hatte alles gesagt, was es zu sagen gab. Kein Wort zu wenig, keines zu viel. Nichts hatte sie irritieren können, nicht einmal die Tatsache, daß der Professor offensichtlich bis vor wenigen Minuten ahnungslos gewesen war.

Was er auch jetzt vornehm zu verbergen versuchte.

Noch immer sah er sie an, mit wachen Augen, die Hände auf den Knien.

Jetzt wandte er sich seiner Frau zu, die regungslos dasaß, mit einem verwunderten Lächeln. Vergeblich suchte er ihren Blick.

Angelina Mattino hatte ihre Eröffnungen mit ihrem ersten Brief begonnen, der ein halbes Jahr zuvor in Hamburg angekommen sein mußte.

Während des Sprechens hatte sie sich noch an das Geräusch erinnern können, mit dem der Brief damals im Frühsommer im Schlitz verschwunden und auf anderes Papier geglitten war, und daß sie sich an jenem heißen Tag umgedreht hatte, dem salzigen Wind entgegen, der vom aufgewühlten Meer unten heraufgekommen war.

In diesem Brief, hatte sie vor einigen Minuten gesagt, habe sie ja vom Sterben ihres Onkels berichtet und von seinem letzten Wunsch.

Sie hatte eine kleine Pause gemacht, um dem Herrn des Hauses Gelegenheit zu geben, sich auf das Weitere vorzubereiten.

Die Dame des Hauses hatte zugehört, mit dem höflichen Gesichtsausdruck einer, die einer interessanten Geschichte beiwohnt, im übrigen jedoch nichts mit ihr zu tun zu haben scheint.

Allora, dachte Angelina Mattino, und erzählte weiter, daß, nachdem sie – ihr Vater und sie – einen freundlichen Antwortbrief von der Frau Professor bekommen hatten, dem einige Zeit später die Einladung für den heutigen Tag gefolgt war, nun persönlich den letzten Wunsch ihres verstorbenen Onkels überbringen wollten.

So wie sie es ihm beide – und hier legte sie kurz die Hand auf den Arm ihres Vaters – am Sterbebett versprochen hatten.

Auch an diesem Punkt hatte es keine Regung von den beiden gegeben.

Die Dame hatte unbestimmt gelächelt, und der Herr hatte unverwandt in ihr Gesicht gesehen und gewartet.

Das Väterchen neben ihr hatte ab und zu geschnauft, einmal geniest, so laut, daß sie den ganzen Satz wiederholen mußte, auch jenen, der im Trompetenstoß ins Taschentuch hinein verlorengegangen war:

„Mein Onkel Angelo" – bei der zweiten Nennung dieses Namens war über das Gesicht der Frau Professor etwas gehuscht, als hätte ihr jemand kurz eine Taschenlampe ins Gesicht gehalten – „hat uns vor seinem Tod das gegeben" –

Angelina Mattino hatte aus ihrer Jackentasche ein dunkelblaues rechteckiges Kästchen gezogen, es auf den Glastisch gelegt und nun auch niesen müssen –

„Wir sollen es – wie im Brief angekündigt – Ihnen und Ihrem Sohn Arnold schenken."

Das war der Augenblick gewesen, in dem ihr Vater ihr seinen Ellbogen in die Seite gedrückt hatte, das Zeichen, daß seine Blase nun endgültig nicht mehr mitzumachen bereit war. Sie hatte nach einem frischen Taschentuch in ihrer Tasche gekramt und gefragt, ob er die Toilette aufsuchen dürfe.

Der Professor hatte auf das Kästchen gestarrt und ihre Frage offenbar nicht gehört. Die Frau Professor aber hatte gelächelt und nach hinten gedeutet –

„Draußen, linke Tür."

2

Angelina sah den Sterbenden vor sich, es war Juni, flirrend schon die Tage, erste große Hitze. Sie atmete flach gegen die stickige Luft an, tastete nach der Hand des Onkels mit ihren durchsichtigen schmalen Fingern.

Mühsam drehte er ihr sein Gesicht zu. Seine Augen waren schwarz, das einzig noch lebendig Scheinende in ihm hier in dem dämmrigen Raum, durch den nur schwach die Geräusche des Tages drangen.

„Versprich es mir“ – nicht er konnte es mehr sagen, nur seine Hand, die ihre leicht drückte.

Sie erwiderte ebenso zart mit ihrer Hand, ich verspreche es.

Da lag er, der geliebte Onkel, der jüngere Bruder ihres Vaters, Angelo, von einem Krebs zerfressen, den er nicht verdiente, – „warum kommt der Tod zu ihm – und nicht zu mir?“ – wie oft hatte ihr Vater das in den letzten Wochen gemurmelt, – „der Ältere bin doch ich!“ – aber dann erinnerte er sich an die Prophezeiung und er barg das Gesicht zwischen den knorrigen Händen, schon den Kindern war es prophezeit worden, „der da wird früher gehen müssen“, das hatte die alte Frau in der Via Nilo vor sich hingemurmelt, als sie auf die Mutter gewartet hatten, die in Neapel in einem der bassi etwas zu erledigen gehabt hatte, und sie hatten dieser Unglückskünderin die Zunge rausgestreckt und Faxen gemacht, aber vergessen hatten sie sie nicht, beide nicht.

Ja, sie und ihr Vater würden die Familie Kaufmann von Angelos Tod unterrichten.

„Ihr müßt es ihnen bringen.“

Es war sein einziger vollständiger Satz in den letzten Wochen gewesen.

Schließlich hatte Angelina sich vorgebeugt, ganz nah mit ihrem Ohr an seinen Mund, bis auch dieser Satz versiegt war und nur mehr seine Hand sprechen hatte können.

3

Wo blieb das Väterchen nur? Sie hätte mitgehen sollen.

Sie hätte die beiden hier alleine lassen sollen. Das hätte ihr dieses Schweigen erspart, dieses Starren des Professors auf das Kästchen am Glastisch, als wären seine Blicke Röntgenstrahlen.

Warum öffneten sie das Kästchen nicht?

Es war Onkel Angelos Geheimnis gewesen, das Kästchen mit dem Ring drinnen, niemand hatte davon etwas gewußt.

Eines Morgens, nach einer sehr schlechten Nacht, hatte er es mühsam aus dem Geheimfach seines Schranks herausgeholt und geöffnet.

Er hatte nicht gesagt, wie der Ring mit den drei merkwürdigen Hunden in seinen Besitz gekommen war.

Aber Angelina und ihr Vater hatten gesehen, wie wichtig er ihm war.

Und wie wichtig, daß der Ring hierher zurückkehren sollte.

„Entschuldigen Sie bitte, aber dürfte ich nachsehen, wo mein Vater bleibt?"

Die Frau Professor, die sie soeben so freundlich ansah, seufzte und schien über ihre Frage nachzudenken –

Und nun ging die Tür auf – Nein, nicht das Väterchen – dieser Mann, der Sohn war's, den Onkel Angelo mehrmals erwähnt hatte.

Der Herr Professor drehte sich mühsam um, sagte: „Arnold."

Angelina wurde unruhig. Hatte Arnold das Väterchen draußen getroffen?

Eine tiefe Müdigkeit überkam sie. Sie fröstelte in ihren feuchten Schuhen, den klammen Hosenbeinen.

Morgen abend, dachte sie, morgen abend bei Massimo.

Arnold sah sie an wie in Trance, murmelte etwas und eilte wieder hinaus, während der Herr Professor nochmals seinen Namen sagte.

Dann drehte er sich zu ihr und sagte, als sei jetzt erst ihre Frage zu ihm vorgedrungen:

„Ja, äh... wollen wir mal nachsehen?"

Angelina nickte erleichtert.

Wartete, bis sich ihr Gastgeber aus dem Sessel herausgearbeitet hatte.

Erst dann stand sie auf und folgte ihm. Folgte ihm quer durch den langgezogenen Raum, an den Bücherregalen vorbei, dem Weihnachtsbaum, dem Cembalo, das er im Vorübergehen mit einer Hand streifte, als würde er es streicheln, sie ging mit ihm durch die Tür, hinaus in den Vorraum.

Lorenz murmelte etwas, das sie nicht verstand.

Zielsicher stakste er auf die falsche Tür zu, es war die rechte. Die Frau Professor hatte doch gesagt, es sei die linke –, Lorenz drückte die Klinke herunter, machte die Türe so weit auf, daß Angelina den winzigen Vorraum mit dem Spiegel und dem kleinen Waschbecken sehen konnte.

„Babbo?", fragte sie, „Babbo?" – aber da sahen sie beide gleichzeitig, daß die Tür zur Toilette nur angelehnt war und daß Lorenz nur den Arm auszustrecken brauchte, um sie aufzudrücken:

Sie war leer.

Angelo, dachte Helene.

Mit dem Namen kam heiße Luft auf sie zu, Licht und seine Gestalt, ein zierlicher Mann mit dichtem dunklem Haar, dunklen Hosen und weißem Hemd, der den sonnenbeschienenen Pfad entlanglief.

Sie konnte es nicht fassen, umklammerte die Lehne des Sessels.

Was für eine Erinnerung!

Er lief in einem Abstand von einigen Metern vor ihr. Nur ein paar Schritte und sie könnte an ihn herantreten, sie in Großaufnahme sehen, die geschwungenen Augenbrauen über den dunklen Augen, die knubbelige Nase, den lachenden Mund.

Sie sah, wie er sich umdrehte, sie blieb stehen, er schwankte, nein, tänzelte, er balancierte mit ausgebreiteten Armen auf kleinen Steinen, die unter seinen Sohlen knirschten, er wippte wie auf einem Seil, tanzte gefährlich über dem Abgrund – eine Vorstellung nur für sie! –, drehte sich graziös wie ein Balletttänzer auf Zehenspitzen, streckte ein Bein, um nicht abzustürzen, und nun – sprang er doch, ging in die Hocke, schnellte hoch, machte eine Verbeugung hin zu ihr, die lachte und klatschte und unsichtbare Rosen auf ihn warf.

Salzig schmeckte die Luft, Helene atmete flach, versuchte sich mit Hut und Tuch gegen die Hitze zu schützen, die sich nachmittags trotz der Meereswinde auf Capri legte und alles durchdrang.

Sie waren den Monte Solaro hochgestiegen, Angelo und sie, hatten von oben ins Meer gesehen, dessen Blau weiß durchkreuzt worden war von Booten und den

Wasserlinien, die sie hinter sich herzogen, glitzernde Muster, fantastische Netze weißer Gischt.

Angelino.

So habe ich dich auch genannt, und du hast gelacht und es dir gefallen lassen.

Helene seufzte, wollte das Bild vom Monte Solaro festhalten – es entschwand, sie blickte auf.

Wo war sie?

Ach. Die fremde Frau gegenüber fragte etwas, Helene sah sie sprechen, aber es war zu leise für ihre Ohren.

Wer dieser Besuch war, hatte sie noch immer nicht richtig verstanden.

Seis drum. Lorenz antwortete der Frau irgendetwas, erhob sich umständlich – und die Frau folgte ihm.

So eine schmale Gestalt. Aber diese kurzen Haare, diese Schuhe… Könnte auch ein Jüngling sein. Und doch nicht. Wie dem auch sei.

Sie, Helene, soll Briefe nach Italien, an diese Leute geschrieben haben?

Man konnte ihr viel erzählen.

Aber Angelino, – das war richtig. Das mußte sie zugeben.

Das war sehr richtig.

Verstohlen sah sie zu Lorenz hinüber, wie er am Ende des Wohnzimmers durch die Tür ging, die Person hinter ihm nahm sich, das war zu erkennen, merkbar zurück mit ihren Schritten.

Mein Name ist Angelo Mattino. Ich kannte Ihren Bruder.

Noch aufrechter saß Helene nun, als hätten die Sätze, die ihr so unvermutet vor Augen standen, ihr Rückgrat geradegerückt.

Ja, dachte sie, das stimmt. Sie sah das lindgrüne Kuvert, die italienische Briefmarke vor sich, die kleinen, sauberen Buchstaben, sah Lorenz' Name und die Berliner Adresse, mit blauer Tinte geschrieben.

Ihre Finger hatten beim Suchen des Brieföffners gezittert, sie sah das Datum auf der Briefmarke, 1961, bald würde sie nach Manchester fahren, Lorenz umarmen können, nach vielen langen Monaten …

Einzelne Wörter segelten herum, versanken, tauchten wieder auf, – *Ukraine – 6. deutsche Armee – Division „Sforzesca" – 8. italienische Armee – Rückzug Frühling 1943 – Rotes Kreuz –*

Helene starrte in die weiße Wand gegenüber.

Und jetzt kamen zwei vollständige Sätze in ihr Bewußtsein, in Druckschrift, helles, grünes Papier, blaue Tinte –

Ich kannte Ihren Bruder. Er gab mir Noten von Bach.
Freundliche Grüße Angelo Mattino

Durch die weiße Wand sah Helene auf einen kleinen Teich vor dem Rhododendronbusch im Garten.

Dubrowstraße Neun.

Sie seufzte erleichtert. Kein Umherirren in den endlosen Weiten und Tiefen ihres galaktischen Gedächtnisses – es war die Dubrowstraße Neun gewesen, in der sie den Brief erhalten hatte, im Haus der Großmutter Kaufmann, in dem Lorenz und sie nun gelebt hatten.

Das im Krieg stehengeblieben und dessen Erdgeschoß noch immer dunkel war wegen der Kiefern im Garten.

Wie oft sie den Brief gelesen hatte?

Und hatten ihre Finger noch immer gezittert, als sie Lorenz in Manchester am Telefon zu erreichen versucht hatte, ausnahmsweise! – es war nur spätabends möglich gewesen, schlechte Verbindung, hastige Sätze, immer das Ticken des Geldzählers im Ohr.

Sie wußte es nicht mehr, der Blick auf diese Szene wollte sich nicht scharfstellen. Vielleicht hatte Lorenz am anderen Ende die Stimme versagt beim Bericht über den italienischen Brief.

Oder sie hatten noch schnell über ihre Reise zu ihm oder das Wetter gesprochen und beide gewußt, daß nun alles Vergangene zurückgekehrt war.

Wie viel Zeit war verstrichen zwischen der Ankunft des Briefes und ihrer Fahrt nach Manchester? Tage? Wochen?

Helene schüttelte unwillig den Kopf. Damit wollte sie sich jetzt nicht aufhalten. Es mußten ja wohl irgendwelche Schulferien gewesen sein.

Aber warum – Schulferien?

Sie verscheuchte die aufsteigende Angst vor dem Wort Schulferien, das sich mit keinem Inhalt füllte, keinen Aufschluß darüber gab, welchen Stellenwert es in ihrem Leben gehabt hatte.

Andere Fragen fielen ihr ein:

Hatten sie nach ihrer Ankunft über die Klinik gesprochen, die Riesensäle, in denen Bett an Bett gereiht war, den Eifer, mit dem Lorenz das englische Gesundheitssystem, seine Stärken und Schwächen, studiert hatte?

Hatte sie ihm erst danach – oder doch sofort – den Brief gegeben, der ihr zu kostbar gewesen war, um ihn der Post auszuliefern?

Nur ein Wort kam auf Helene zu.

„Unglück", hatte Lorenz gemurmelt, und dann, ein zweites Mal, mit starrem Blick auf das dunkel schimmernde Plastik des Stuhls vor ihnen:

„Unglück.“

Da war Helene aufgestanden und hatte Teewasser aufgesetzt.

Außerhalb des Wohnzimmers vernahm sie nun undeutliches Gemurmel.

Helenes Rücken entspannte sich.

Sie sank ins Kissen zurück wie nach einer riesigen Anstrengung.

Untrennbar mit dem Wort „Unglück“ war ein Name verbunden.

Sie sinnierte dieser Verknüpfung nach, die sich ohne Mühe in ihrem Kopf ergeben hatte: „Unglück“, „Arnold Ernst“.

Stille. Nichts.

In Helenes Kopf hatte sich schlagartig Leere ausgebreitet, Leere und Schrecken, ein riesiger Schrecken, unermeßlich wie das All.

Na fein, dachte sie.

Sternenlos, still.

Wut stieg in ihr auf, Wut.

Sie wollte schreien oder die Gläser vom Tisch fegen oder mit den Beinen trampeln, aber sie konnte nichts tun, es war unmöglich.

Sie schloß die Augen und versuchte eine Art Einverständnis herzustellen.

Nur ruhig. Ruhig.

Sie mußte die Stille aushalten, wieder einmal, so einfach war das.

Wenn sie die Stille lange genug aushielte, käme es zurück.

Ihre Hände gruben sich ins Weiß der Armlehnen.

Gleich würde alles wieder auftauchen.

Alles, was sie soeben beschäftigt hatte.

Es war wichtig.

Helene dachte über das Wort „wichtig" nach.

Wichtig.

Je länger sie an das Wort dachte, desto wuchtiger türmte es sich vor dem auf, was unerwartet, wie durch einen Knopfdruck, gelöscht worden war.

Nein, nicht gelöscht, versuchte sich Helene zu beruhigen, nur ein bißchen verborgen.

Versteckt.

Was war es nur?

Nicht verbissen werden, dachte Helene. Locker bleiben.

Abwarten und Tee trinken.

Tee.

„Au", sagte Lorenz, „verflixt", und Helene schluckte, heiße Luft stieg ihr ins Gesicht, sie pustete und sah das Gekräusel in ihrer Tasse, und Lorenz schüttelte seine Finger.

Arnold Ernst.

Unglück.

Ein Denunziant. Ein Verräter.

Helene schossen Tränen in die Augen, dankbare, entsetzte.

War es tatsächlich das erste Mal gewesen, daß sie über all das gesprochen hatten? Und danach? Hatte es jemals wieder ein Gespräch über Arnold Ernst und den Vater und dessen Verhaftung gegeben?

Sicher war dies: Es war Arnold Ernst gewesen, der seiner Familie die Gestapo ins Haus geschickt hatte.

Sozusagen.

Das war dem Vater im Verhör berichtet worden, als letzter Trumpf.

Lorenz hatte gelauscht, seine Eltern im Schlafzimmer belauscht, einige Stunden oder Tage, nachdem das Gartentor aufgesprungen und der Vater wieder zurückgekehrt und seine Jacke zu weit an den Schultern geworden war, und Lorenz hatte die Worte gehört, die da drinnen gesagt wurden, aber eigentlich hatte er sie nicht verstanden, während das haltlose Weinen von Johanna, das, so sagte er zu Helene, er immer noch hören konnte, seine Ohren nie vergessen würden, dieses Wimmern, langgezogen, irgendwie nicht menschlich, ein Singen von einem anderen Stern.

Danach war Johanna nicht mehr dieselbe gewesen, hatte nicht mehr als Blockwart arbeiten können, hatte am Fenster gestanden, stundenlang, und nur mehr die Musik habe sie erreichen können, Lieder, Klavierstücke.

Ja, dachte Helene, ich erinnere mich.

Ich erinnere mich an ihre Stimme, so ein hübscher Sopran, sie sang mit uns im Keller, und ich hatte keine Angst, denn immer, wenn sie mit uns sang, flogen die Bomben woandershin.

Aus tiefer Not schrei ich zu Dir.

Arnold Ernst.

War er so naiv gewesen, so verirrt in seinem Fanatismus, daß er die Gefahr für die Familie unterschätzt hatte? Oder war es ihm egal gewesen? Hatte er etwa bewußt in Kauf genommen, daß –?

„*Und im Unvermögen des Menschen sich seine eigne Auslöschung vorzustellen, fand der Faschismus seine Voraussetzung.*“

Woher diese Worte kamen, wußte Helene im ersten Moment nicht.

Ein wahrer Satz, dachte sie im nächsten und sah plötzlich das weiße, dicke Buch auf ihrem Nachtkästchen vor sich.

Dummer Arnold Ernst.

Wahrscheinlich hatten sie getrunken, er und seine Kameraden, er war nicht bei Sinnen gewesen, unachtsam, hatte einen Scherz gemacht, vermutlich im gleichen Moment bereut, schlecht über den Vater gesprochen zu haben.

Hätte es etwas geändert, dieses Wissen?

„Ja", hatte Lorenz in Manchester gesagt.

Dann hatte er das Gesicht in beide Hände gelegt und zu weinen begonnen.

Helene sah das Bett, sah Lorenz nun auf dem Rücken liegen und an die Decke starren, hörte den Regen. Sie sah, wie sie seine salzigen Finger küßte und sein Gesicht zwischen ihren Brüsten barg, ihn hin- und herwiegte.

Hörte, wie er später, nach dem Weinen, sagte:

„Fahr hin. Fahr."

Helene in ihrem weißen Sessel atmete nun heftig.

Ihr Herz schlug ihr im Hals herum. Es schlug, wie sie fand, etwas zu stark im Hals herum.

Nein, sie bekam jetzt keinen Herzinfarkt.

Wär ja noch schöner. Pustekuchen.

Noch dazu – sie drehte mühsam den Kopf – wenn keiner da war.

So still im Haus. Sind alle ausgeflogen?

Machen sie einen Spaziergang? Bei dem Wetter?

Na gut. Herz, mach mit. Du läßt mich jetzt nicht im Stich, du nicht.

Ihr Atem beruhigte sich allmählich. Wo war sie gewesen?

Capri! –

Zuerst hatte sie nicht gewollt. Allein nach Capri reisen!

Aber sie kannte die Insel ja schon – wann war sie zum ersten Mal –?

Egal. Aber ohne Lorenz … Einen völlig fremden Mann kennenlernen!

Nein, das ging nicht. Ausgeschlossen.

„Ich kann hier nicht weg", sagte Lorenz in Manchester.

Berlin, dachte Helene, ich war in Berlin zurück, ich war Lehrerin an der Schule in der Wasgenstraße, an meiner alten Grundschule, ich ging durch das Schultor, an einem warmen Sommertag, ich höre das Lachen der Kinder, ich werde nach Capri fahren.

Arnold

Schon hatte er eine Ladung Eissplitter im Gesicht.

Arnold schlug überrascht die Hände vor die Augen, blinzelte, schüttelte sich.

Die Schuhe, dachte er, ihre Schuhe.

Deswegen hat sie so gefröstelt. Ihre Schuhe waren ja ganz nass.

Er versank bis zu den Knien, konnte keine Spur ausmachen.

Vera war doch soeben –

Unmöglich! Alles war unmöglich, – dieses Wetter, dieser Besuch, seine kindische Dankbarkeit. Feiner Schnee bestäubte ihn nun wie zur Besänftigung, während er sich an der Hausmauer entlang vorkämpfte.

Wo waren sie? Er bog um die Ecke und erschrak.

Wüste war das richtige Wort für das alles hier, weiße Wüste. Obwohl ihn die Kälte biß, spürte er sie nicht.

Die Namen, die er rief, wurden verschluckt, verhallten ohne Antwort. Er watete weiter.

Wie konnte das sein, daß er keine Spuren vorfand! Wie lange hatte er telefoniert? Verfluchtes Wetter! Arnold wischte sich Schnee aus dem Gesicht.

Er stolperte. Irgendein Widerstand in Kniehöhe ließ ihn straucheln, er fiel. Fluchend tauchte er auf, sah Vera da hocken, mit offenen Augen, reglos.

Er faßte sie an den Schultern und brüllte.

Er heulte mit dem plötzlich wieder aufkommenden Wind und schüttelte seine Frau, die wie eine Puppe dasaß, eine weiß verkrustete Puppe.

Keine Spur von den Kindern.

Wie lange waren die Kinder schon hier draußen?

Arnold kam sich wie in einem Bergsteigerfilm vor, Höhenkrankheit, Lawinenunglück, Tod im Eis.

Zu lange.

Er sah sich um, links, die Eissplitter verpaßten ihm, rechts, bissige Ohrfeigen.

Er konnte Vera hier nicht sitzen lassen, um nach den Kindern –

Wo waren sie?

Er faßte Veras Hand, zog sie hoch, aber ihre Beine knickten ein, sie konnte nicht mehr gehen.

Das alles, dachte Arnold, das ist nicht wirklich.

Er legte ihren Arm um seinen Kopf und riß sie hoch. Taumelnd stapfte er durch den Schnee zurück, Veras Beine schlenkerten an seinen Oberschenkeln.

Sie war verdammt schwer, er keuchte.

Was war mit ihr los?

Er strauchelte, stieß an etwas Kantiges im Schnee, fing sich wieder.

Wo waren die Kinder?

Helene

Es waren eindeutig, fand Helene, zu viele Leute, als sie an jenem heißen Julitag im Jahr 1961 an der Marina Grande anlegten.

Wo war ihre beschauliche Insel, wie sie sie Jahre zuvor kennengelernt hatte? Dann sah sie ihren Namen.

Er war rot und schwankte über der Menschenmenge inmitten der anderen Schilder mit den Hotelnamen. Der Name war so groß geschrieben, daß es ihr peinlich war. Sie wühlte sich zu ihm durch.

Angelo gab ihr die Hand und nahm ihren Koffer.

Wie lange sie bleiben wolle, fragte er sie in gebrochenem Deutsch, und ob sie eine gute Reise gehabt habe.

Eine Woche. Danke, ja.

Er hatte sie, wie in den Briefen angekündigt, in der Pension in der Via Matermania untergebracht, in der er als Kellner arbeitete.

Sie sah ihm zu, wie er Aschenbecher leerte, Fliegen von Honigtöpfen scheuchte und Tabletts mit schmutzigem Geschirr balancierte.

Beim Frühstück auf der Terrasse oder abends blickte sie aufs Meer, aus dem steil und je nach Licht in vielen

Farbschattierungen der Monte Solaro hochstieg, der höchste Berg.

Mittags hatte Angelo Zeit und spätabends.

Er ist zuvorkommend und höflich, schrieb Helene nach Manchester, und zurückhaltend, was die Erlebnisse im Krieg betrifft.

In der letzten Nacht, nach vielen Spaziergängen, die sie schweigend oder erzählend zugebracht hatten, nach Tagen, in denen Helene die Insel für sich neu erkundet und den Touristenschwärmen nicht entfliehen hatte können, drehte Angelo sich um, es war in den giardini di agosto, ein warmer Abend.

Er träume schlecht, sagte Angelo, im Traum kämen alle zurück.

Wer?, fragte Helene.

Sie sähen ihn an, sagte Angelo leise, – Junge, Alte, Kinder.

Eine Weile war nichts zu hören. Die Geräusche der Insel, des Meeres, alles war irgendwie stumm geworden, und als Angelo den Mund wieder öffnete, ohne Helene in die Augen zu sehen, wünschte sie, auch er hätte die Sprache verloren.

Er wisse nicht, sagte Angelo, und Helene hörte wieder Wasserrauschen, fernes Hundegeheul, Gelächter, wie viele Menschen er umgebracht habe.

Sie hätten auf dem Rückzug Granaten in Häuser geworfen und in Brand gesetzt.

Einmal habe er ein Kind gesehen, ein kleines Mädchen mit hellen Augen – er brach ab.

Helene sah an ihm vorbei und drehte an ihren Ohrläppchen, so, als schmerzten oder juckten sie Ohrringe.

Aber es sei, flüsterte Angelo nach längerer Zeit, in der Helene ihre Füße und Zehen betrachtet hatte, nicht nur das gewesen, das ihn später jahrelang nicht habe schlafen lassen.

Helene mußte sich vorbeugen, um etwas zu verstehen.

Ein Paar erhob sich drüben von einer Bank, schlenderte kichernd an ihnen vorbei.

Helene verspürte das starke Bedürfnis sich zu setzen.

Angelo folgte ihr zögernd zur Bank.

Er habe, um die ganze Wahrheit zu sagen, kam es schließlich stockend aus ihm, er habe – Helene wartete und sah ihm nun geradewegs in die Augen, – Arnold Ernst – jetzt blickte er sie entschlossen an, so fest, wie es ihm möglich war, um das Wort loslassen zu können, das dünn und zittrig aus seinem Mund stolperte: – geliebt.

Helene rührte sich nicht.

Sie sog die würzige Luft ein, hörte Grillengezirpe, leises Geraschel im Gebüsch. Viele Jahre, murmelte Angelo, habe er gebraucht, um Arnold Ernsts Tod – er fand nicht das richtige Wort, um den Satz zu beenden.

Ja, dachte Helene verwirrt, ja, –

Sie nestelte an ihrem Rock herum, zupfte ihn über die nackten Knie.

Es war eine Handgranate, – in seinen Armen, murmelte Angelo, sei Arnold Ernst gestorben, in der Nähe von Kodyma, –

Ich weiß, sagte Helene, es stand auf dem Totenschein.

Sie saßen zwischen Bouganvillea und Oleander, Hunde streiften umher, hoben ein Bein am Gemäuer, liefen weiter.

Spät war es geworden, lange nach Mitternacht, alles schlief auf Capri.

In wenigen Stunden würde Helene die Fähre unten am Hafen besteigen, nach Neapel fahren, zurück nach Berlin.

Eine Weile saßen sie noch schweigend, vom Meer wehten angenehme Winde heran.

Schließlich öffnete Helene ihre Tasche, holte etwas heraus und ergriff Angelos linke Hand. Sie legte den Ring mit dem roten Wappen und den drei hechelnden Bracken hinein.

Angelos Hand blieb offen, eine weiche Schale, sanft drückte Helene seine Finger zusammen, sanft und fest zugleich.

Am ersten Tag ihrer Ankunft hatte er ihr den Ring zurückgegeben, ohne Worte.

Stumm hatte sie ihn in ihre Tasche gelegt, in die verschließbare Innentasche und die ganze Zeit mit sich herumgetragen. Nun aber –

Er brauche den Ring, sagte Helene, mehr als sie, er könne ihn für immer behalten, ihrer Mutter fehle dieser Ring nicht mehr, sie werde die Noten als Andenken mitnehmen, die er gerettet hatte, – *Unser Mund sei voll Lachens, Ich bin vergnügt mit meinem Glücke, Zerreißet, zersprenget, zertrümmert die Gruft, Mein Herze schwimmt im Blut, Himmelskönig, sei willkommen,* – und Angelo öffnete nun seine Hand, streifte den Ring über seinen Finger, wischte über die Augen, faßte ihre Hände, küßte sie.

Helene schüttelte leicht den Kopf.

Wann kamen die anderen zurück?

Der schöne Braten –

Das Geschehen in ihrem Kopf flößte ihr Unbehagen ein, eine unbestimmte Unruhe, da war etwas, ein

Raum, den Lorenz nie betreten hatte, eine Leerstelle, etwas, das –, aber schon fühlte sie den Sog, die Unausweichlichkeit, das grenzenlose Staunen über etwas, das zwangsläufig gewesen war, für sie beide, Angelo und sie, die ihre Hände ineinandergelegt hatten, in denen der Ring zwischen ihnen glühte, und wie sie sich plötzlich anblickten und nichts mehr zählte, außer das Jetzt und Jetzt und Jetzt.

Begleitet von Hunden und Ratten, die lautlos aus dem Dunkel auftauchten und wieder verschwanden, sah sie sich und Angelo die Via Matermania zurückgehen in jener Nacht, in der die Stille nur manchmal vom Laut durchbrochen wurde, mit dem die riesigen Trompetenblumen auf die Fliesen der Terrassen klatschten, und der Himmel alle Sterne aufbot, auf schwarzem Grund.

Helene legte die rechte Hand über ihren Mund, die linke auf ihr Herz.

Sie konnte das Bettlaken, die weiche Matratze fühlen, in die sie gesunken waren, Angelo und sie.

Ja, so war es gewesen. Sie begann zu summen.

Ich weiß nicht, was soll es bedeuten –

Das war eines der Lieder, die sie mit Lorenz gesungen hatte, beim Wandern, beim Baden im Schlachtensee.

– daß ich so traurig bin –

Wenige Tage nach ihrer Rückkehr aus Capri war sie erneut nach Manchester gefahren.

Sie hatte Lorenz alles über Arnold Ernst und Angelo berichtet, hatte die Geschichte mit dem Ring erzählt und die letzten Stunden auf der Insel ausgespart.

Sie hatten sich vorzustellen versucht, unter welchen Bedingungen die beiden jungen Männer unterschiedlicher Armeen wenige Monate miteinander verbracht hatten, in welcher Gefahr, von allen Seiten.

Ob sie an Gräueln beteiligt waren, hatte Lorenz gefragt.

Ja, hatte Helene geantwortet, ja.

Wir beschlossen damals, dachte sie nun, unseren Frieden mit den Toten und der Vergangenheit zu machen, doch als ich nach Berlin zurückgekehrt war, wurde die Mauer gebaut.

„Kommt jetzt wieder Krieg", hörte sie einen der Jungen in ihrer Klasse fragen, und Helene sah sich den Kopf schütteln, lächelnd.

Das Haus, schrieb sie nach Manchester, ist so dunkel, die Bäume werden immer dichter, ich sehe den Himmel nicht mehr.

Und Lorenz antwortete:

Mir wurde eine Stelle in Hamburg angeboten. Wir können Berlin verlassen, ein neues Leben beginnen, wir verkaufen das Haus und lassen uns den Nordseewind um die Nase wehen.

Wie herrlich, schrieb Helene zurück, ich bin schwanger.

Lorenz

Lorenz schloß die Tür und lächelte Angelina Mattino aufmunternd zu.

„Eine Verwechslung", murmelte er und ging die paar Schritte zur nächsten Tür, die zum Windfang führte.

Nein, auch da war nichts zu bemerken, außer der Eiseskälte, die von draußen durch alle Ritzen drang. Lorenz fühlte die aufsteigende Panik in seinem Gast und ging seufzend zur dritten Tür, der linken.

Irgendwo mußte er ja sein, der alte Herr, er, Lorenz hatte nicht darauf geachtet, als jener aufgestanden und nach draußen gegangen war.

Durch die halb offene Tür sah er quer durch das Wohnzimmer hinüber Helenes Wolkenkopf, der über dem weißen Sessel zu schweben schien.

Nichts rührte sich an ihr.

Als sei sie in die weiche Polsterung eingewachsen.

Wo bist du, dachte Lorenz, in welchem Teil deines Lebens.

O ewiges Feuer, o Ursprung der Liebe. Einen Moment lang war er versucht, zu ihr zu gehen, ihre Hand zu nehmen und zu flüstern:

„Sei ganz ruhig. Alles in Ordnung. Dieser Besuch hier erreicht dich schon nicht mehr, und das ist gut so. Ich weiß doch alles. Ich habe doch gewußt, daß Arnold nicht mein Sohn ist, Helene. Ich habe mich doch damals untersuchen lassen, in Manchester."

„Bitte", sagte er zu Angelina Mattino.

Unfruchtbar.

Das war die Diagnose gewesen.

Lorenz erinnerte noch den mit beigen Kacheln ausgekleideten Raum, die mausgrauen Augen hinter Brillengläsern, das vorsichtige Sprechen des Kollegen. Der Speichel im rechten Mundwinkel.

Keine Kinder.

Das Gefühl von damals sprang ihn an, der Boden, der nachgab, der Hieb in die Magengrube.

Das plötzliche, graue Wissen.

Und dann, nach Tagen, die er in seiner Erinnerung ausgelöscht hatte, die allmähliche Hoffnung. Helene und er würden es schaffen, das kinderlose Leben.

Ich war, dachte Lorenz, nah dran gewesen, es dir zu sagen.

Aber als du damals aus Capri nach Manchester kamst, so sonnengebräunt und verwirrt von allem, so verletzlich, so wild entschlossen mir zugetan –

Die Kellertür war nur angelehnt, jemand mußte vergessen haben, sie abzuschließen.

Und dann, dachte Lorenz, war es zu spät gewesen, du bekamst Arnold und – all die Jahre hatte ihn diese bittere Tatsache auch amüsiert – vermutlich bin ich einer der wenigen Männer, die mit absoluter Sicherheit wissen, daß ihr Kind nicht ihr Kind ist.

Während du, die Mutter, bis heute glauben willst, Arnold sei mein leiblicher Sohn.

Er hörte Angelina Mattino neben sich atmen, sie drängte vorwärts.

Und das, dachte Lorenz, soll so bleiben.

Diese Wahrheit nehme ich mit ins Grab.

Die Frau, die seinem Sohn ähnlich sah, betrachtete unruhig die Tür.

Wenn die Kinder im Haus waren, mußte die Kellertür immer verschlossen sein, die Treppe war zu steil.

Lorenz zog sie quietschend auf.

„Babbo –“

Angelina Mattino stürzte nieder und kroch neben Lorenz, der ihn erst jetzt sah, zu ihrem Vater.

Dieser lehnte an der Wand, auf der ersten Stufe der Kellertreppe, ein Bein seltsam verdreht, das Gesicht bleich im dämmrigen Licht.

Seine Augen standen offen.

„Babbo!?!!“

Vorsichtig trat Lorenz zwei Stufen hinunter, drehte sich um und beugte sich mühsam zu dem Alten. Er ergriff die schlaffe Hand, fühlte die Stirn, beugte umständlich die Knie.

Legte sein Ohr an dessen Brust, richtete sich schwer atmend auf.

„Es tut mir leid“, flüsterte er, „es tut mir so leid“.

Etwas wimmerte.

Es war nicht die Frau vor ihm, die ihn ansah mit brennenden Augen, das Gesicht eine weiße, stumme Fläche.

Es kam von unten.

Das Wimmern kam von unten.

Lorenz drehte um, hielt sich am Geländer, eilte, so schnell es seine Knochen und sein Allgemeinzustand zuließen, hinunter, vom Dunkel hob sich etwas ab, da stand etwas, etwas Hellblaues, das ihm plötzlich vorauseilte, vor ihm floh, Simon, bleib stehen!, er konnte nichts rufen, krächzte nur etwas dem Hellblauen, dem Wimmern hinterher, das er, als er am Weinkeller, an der riesigen Tiefkühltruhe vorbeikam und um die Ecke bog, als zweifaches Wimmern erkannte, er machte Licht, die Funzel blendete ihn.

Da saßen sie, aneinandergedrängt, rosahellblau, unter der Werkzeugbank saßen sie, mit krebsroten Gesichtern, mit aufgerissenen Augen, Rotz lief ihnen aus der Nase, nass und wirr die Haare, und als sie ihren

Großvater sahen, begann Lucy wild zu schluchzen und um sich zu schlagen.

Berlin, Dezember

Lucy

1

Weiß. Alles ist weiß.

Das Blaue da, das ist Simon. Er ist ein Ritter.

Er schwingt sein unsichtbares Schwert und brüllt:

„Alle Mann nach vorne! Dort ist mein Geheimgang!"

Ich sehe nur Schnee. Er fliegt in mein Gesicht. Er ist überall.

„Mama", sage ich und schlucke Schnee.

Ich bekomme keine Luft. Wir spielen das Geheimgang-Spiel schon so lange, Simon hört mich nicht, ich schlucke, schreie, wo ist er denn.

Ich will heulen, aber ich kann nicht.

Simon stößt mich hinter etwas, eine Mauer vielleicht, ich weiß es nicht.

Ich schnappe nach Luft, es ist so kalt, ich bin aus Watte.

„Da", deutet Simon auf den Boden und es dauert, bis ich es sehe:

Ein kleines Stück Gitter.

„Mama", sage ich.

„Hilf mir!" – Ich kann nicht, weil ich keine Arme und Beine mehr habe.

So buddelt Simon allein, wie ein Hund, den Schnee vom Gitter.

Wie verrückt.

Hier ist nicht so viel Wind, jetzt kann ich atmen.

„Mama", sage ich.

Simon buddelt.

„Schau!"

Er hat es geschafft, das Gitter ist frei. Was hat er vor?

Es geht ganz leicht. Als hätte er das schon oft gemacht.

Er legt das Gitter in den Schnee, es versinkt, und auch Simon versinkt vor mir.

Ich bin allein.

„Mama!!!"

Plötzlich ist der Schnee nicht mehr weiß. Er ist gelb geworden. Je länger ich den Schnee ansehe, desto gelber wird er, und ich sehe Sterne.

„Alle Sterne sind vom Himmel gefallen!", möchte ich schreien, aber Simon brüllt: „Komm!", er ist plötzlich wieder da, der Rotz rinnt ihm aus der Nase, sein Mund ein Riesenloch mit Wackelzähnen, „jetzt komm endlich!!"

Wie er da hinuntergeklettert ist, weiß ich nicht, er hält mich, er hat etwas unten hingestellt, ein Brett, einen Stuhl, ich trete auf was Hartes.

Es ist düster, wo ist das Licht, es riecht nach den Farben von Großvater.

Nach Holz und Stein. Ich krabble unter den Tisch.

„Komm schon", sagt Simon und geht weg.

Ich möchte hinterher, ich hänge fest. Irgendwas in meinem Rücken.

Mein Schneeanzug, meine Kapuze. Ich hänge fest.

Ich höre mein Schluchzen. Was ist das? Es kommt von oben.

Es quietscht ...... Die Tür? Sie geht langsam auf.

Läßt mich Simon allein?

Stille.

Es wird ein Donnerwetter geben. Sie werden uns bestimmt furchtbar schimpfen.

„Mama."

Jetzt höre ich einen spitzen Schrei.

Simon? Wieder Stille.

Meine Arme und Beine kribbeln, ich kann mich nicht bewegen, nicht weinen.

Wo ist Simon? Mama. Papa. Es tut so weh. Mir ist so heiß, aber eigentlich schrecklich kalt, alles tut weh.

Bitte. Bitte.

Irgendwas macht einen komischen Ton.

Was Hohes.

Simon! Da sind blaue Stiefel, die rennen auf mich zu, er stürzt zu mir, er macht komische Geräusche, so ein Summen, es schüttelt ihn.

Ich möchte hinauf, raus aus dem Keller, ins Warme, Helle, – Mama, Papa!

Ich hänge fest. Simon zittert.

Und jetzt ein Poltern von oben, Schritte, was Schwarzes, Großes! Nein! Hilfe! Hilfe! HILFE!

2

„Schschsch", sagt eine Hand, sie streicht mir zart über den Kopf, – „alles ist gut. Ich bin da. Beruhige dich. Schschsch ..."

Langsam merke ich, daß ich im Schaukelstuhl hänge, Beine über der Lehne, der übrige Körper in einer unbequemen Position.

„Er ist gestorben."

Ende des Streichens. Stille. Die Hand bleibt kurz liegen auf meiner Stirn und wird dann zurückgezogen.

„Wer? Wer ist gestorben?“

Lisa flüstert, ihr Gesicht ist ganz nah, ich spüre ihren Vanilleatem auf meiner Wange.

Ein Mann liegt auf dem Sofa, in einem schwarzen Anzug, ein kurzer Moment, ein Spalt, dann wird die Tür zugedrückt, jetzt weiß ich es, mein Traum ist auch eine Erinnerung, etwas Schwebendes, das nun zu einem Bild gerinnt, dieses Bild ist fixiert, es bleibt.

„Ein alter Mann.“

Alles schmerzt. Beine und Arme verrenkt. Der Nacken steif.

Über mir sind keine Risse, keine Spinnweben, Dunkel verhüllt die Decke.

Ich weiß nicht, wer der alte Mann ist, der im Brunskrogweg auf dem Sofa lag.

Ich erinnere mich an nichts, nur an diesen Spalt in der Tür, diesen Moment, in dem ich den ersten Toten meines Lebens gesehen habe.

Warum wußte ich, daß er tot war? Er hätte doch schlafen können?

Vielleicht war es das Wort.

Untrennbar mit dem Mann am Sofa ist das Wort „Herztod“ verbunden, aber von wem es ausgesprochen wurde, weiß ich nicht, von Großvater vielleicht, vielleicht vom Notarzt, der ja sicher gekommen war, obwohl ich mich an keinen Krankenwagen erinnere, kein Blaulicht, keine Bahre, nur an das Weiß, den ewigen Schnee.

Ich bewege mich.

Zum ersten Mal habe ich meinen Schneetraum auf diese Weise geträumt.

Zum ersten Mal habe ich den alten Mann gesehen.

Er ist kein Traumgespenst, er ist eine Erinnerung.

Es hat ihn gegeben, er war wirklich.

Ich umklammere Lisas Hand.

Der alte Mann ist im Brunskrogweg gestorben, und wir waren dabei.

Wer war er?

Warum haben alle geschwiegen, ausnahmslos alle, warum wurde nie ein Wort verloren über jene Weihnachten, – was verbargen sie vor uns, – wovon wollten sie uns fernhalten, wovor schützen?

Im Schweigen zwischen Lisa und mir macht sich der Satz von heute Morgen breit.

Nach Hause möchte ich.

Und nun kommt zu diesem Satz eine Stimme, die weiche, melodiöse Stimme von Vera.

Es ist ihr Satz. Sie sagte ihn vor langer Zeit.

Ein Bild taucht auf: die halb offene Tür zum Wohnzimmer in der Danckelmannstraße.

Gedämpfte Worte. Ich kann sie und Arnold nicht sehen, höre nur ihre Stimmen, eine fast leere Weinflasche steht am Tisch, seine Hand schiebt sich vor, möchte kräftige Frauenfinger umfassen.

Vielleicht ein letzter Versuch Verständnis zu zeigen, Trost zu geben, erneut einzuladen zum gemeinsamen Leben?

Die Frauenhand am Tisch zuckt zurück.

Nach Hause möchte ich.

War es diese Nacht, in der die endgültige Entscheidung fiel: Vera und Lucy, Arnold und Simon? Getrennte Wohnungen, getrennte Leben. Das Vorspiel zu jenem Sonntagmorgen, dem unser Auszug folgte.

Und nun weiß ich, was du, Simon, seit jenen Weihnachten damals mit dir herumgetragen hast. Was dein Unterbewußtsein danach ausspuckte, jahrelang, in deinen Kinderträumen.

Was dich all die Jahre so aggressiv gemacht hatte.

Irgendwann im letzten Jahr muß es dir bewußt geworden sein, was passiert war. Vermutlich waren es die Nächte mit Tom, dieses Zeug, das ihr euch eingeworfen hattet, es muß dir die Augen geöffnet haben, und an dem Abend im Tiergarten hättest du es mir fast gesagt.

„Alles in Ordnung?“, fragt Lisa, ich nicke –

Und bin im Keller.

Mit deinen Augen sehe ich die niedrige Decke, von der eine Glühbirne baumelt, rieche Holz und Leim und Feuchtigkeit, schniefe, höre das Schluchzen, das von hinten kommt, unterm Tisch hervor, sehe mit deinen Augen, wie ich, die kleine Schwester, mich losreißen will, dir nachlaufen möchte, aber irgendwas an meinem rosa Schneeanzug, eine Schlaufe, die Kapuze, hat sich an einem Nagel, an irgendeinem Vorsprung in dem sperrigen Holz verhakt, darum kannst du dich jetzt nicht kümmern, du siehst die glatten, wie polierten Steintreppen da vorne, läufst bibbernd vor Kälte in deinem hellblauen Schneeanzug, in nassen Stiefeln im Halbdunkel die Stufen hinauf, um die Kurve – und erstarrst.

Ebenso wie die Gestalt, die da oben steht, in der halboffenen Tür, ein Geist, ein Monster, ein Schemen, von hinten beleuchtet, der sich nun ans Herz faßt, zuckt und an der Wand entlangrutscht, zu Boden sinkt – gespenstisch lautlos –

Gleich übergebe ich mich.

Oder war es mit einem gräßlichen Laut?

„Was“, fragt Lisa besorgt, „hast du den ganzen Tag gemacht?“

Sie legt ihre Hand auf meine Schulter, ein kleines warmes Kissen.

Vielleicht ist es deswegen, daß ich plötzlich sicher bin:

Ich muß mein Leben in Angriff nehmen. Das ist es, was zu tun ist. Entscheidungen stehen an.

„Nachgedacht“, antworte ich.

Abschied von den Eltern.

Ich atme, ein, aus, Lisa nimmt die Hand weg, steht auf und knipst das Licht an. Sie lächelt, ihre Augen glänzen.

„He“, strahlt sie und klatscht in die Hände, „du hast ja saubergemacht!“

Und gleich hinterher, besorgt: „Hast du dich auch nicht übernommen?“

Langsam wird es besser. Mein Atem wird ruhig.

„Nein“, sage ich, „dafür habe ich nicht eingekauft“.

Lisa läßt ihre Blicke durch das veränderte Zimmer schweifen.

„Ach“, winkt sie ab, „Samir holt uns sicher Pizza“.

Gleich klappe ich zusammen.

„Schau mal“, zeigt Lisa zum Fenster. Folgsam dreht sich mein Kopf.

Weiße Striche im Zwielicht. Sie scheinen zu stehen, nur wenn man sie länger ansieht, erkennt man die rasche Bewegung.

Sie hatten recht mit dem Schnee, und ich klappe nicht zusammen.

Und plötzlich fällt mir ein Wort ein, das mir richtig erscheint, ein Wort, das vielleicht mit dem Schweigen zu tun hat, in dem Menschen verharren, denen Dinge widerfahren, die sie nicht verkraften.

Vorsichtig. Ganz vorsichtig richte ich mich auf –

War es so, Simon? Standst du da auf der Treppe, und der alte Mann rutschte die Wand entlang? Oder fiel er dir entgegen?

Ein Knall. Etwas scheppert über die Dielen.

„Oh!“, sagt Lisa, löst sich von mir und hebt es vom Boden auf.

„Gehört das dir?“, fragt sie und hält mir das komische alte Kästchen von Großmama entgegen.

Ich nicke und deute ihr, es aufzumachen.

Es ist das Wort Schuld. Aber das ist es nicht allein. Die Schuld steht nicht allein, sie wird begleitet von einem anderen Wort.

Lisa nimmt den Ring heraus, hält ihn gegen das Licht, um sie genau sehen zu können, die Hunde.

„Sieht alt aus“, sagt sie, „ziemlich alt“.

Sie legt den Ring zurück ins Kästchen.

Hält inne und macht große Augen:

„Da ist noch etwas.“

Sie zieht ein Stück Papier heraus. Zeitungspapier, vergilbt.

Das ist mir bisher entgangen. Achselzuckend übergibt sie es mir.

Ich falte es auf.

Es ist abgerissenes Papier, schwarz umrandet, nur ein kleines Photo erkennbar und zwei Zahlen. 1970-2005.

Offenbar ein Teil einer Todesanzeige, die wirkt, als habe sie jemand stümperhaft aus einer Zeitung herausgerissen.

Ich erschrecke.

„Jemand, den du kennst?“, fragt Lisa vorsichtig.

Ich schüttle den Kopf. Es ist nicht klar, ob es eine Frau oder ein Mann ist. Das Photo zeigt eine Person, die mich an Arnold erinnert.

„Sieht dir ähnlich", sagt Lisa, „ich meine, hättest du kurze Haare –"

Ich drehe das Papier um. Es stehen Namen darauf, in Großvaters krakeliger Handschrift, Namen, die ich nicht kenne.

„Alfredo Mattino" und „Angelo Mattino" an oberster Stelle. Von beiden führt ein Pfeil zu zwei anderen Namen. „Angelina" und – Wie bitte?

Was soll das denn?

„Arnold" steht da. Welcher Arnold?

Mein Vater etwa?

Aus irgendeinem Dunkel meiner Erinnerung tauchen nun türkise Augen auf.

Sie hatte türkise Augen und war bei Großmamas Beerdigung.

Ich fröstele, aber eigentlich ist mir viel zu warm.

Angelina. Alfredo, Angelo.

Nicht jetzt. Irgendwann werde ich mich mit ihnen allen beschäftigen. Irgendwann später.

Nicht jetzt.

Lisa streicht über meinen Handrücken, sieht scheu zur Seite.

Ich wünschte, du wärest hier, bei uns, Simon, und würdest witzeln:

„Noch mehr Leichen im Keller", – und wir könnten gemeinsam lachen und weinen über unsere Familie und all den Irrsinn, und dann aufspringen und rausrennen und irgendwas tun.

An der Spree entlanglaufen, die Arme ausbreiten, den Mond anheulen, die Sonne, den Dreck, alle Sterne.

In der Küche klappert Geschirr, Samir ist also da.

Großmama, denke ich, hätte uns sicher eine fantastische Geschichte zu dem Ring und zu dieser Angelina erzählen können –

„Er hat den Sprachkurs bekommen", sagt Lisa verschmitzt, „wir haben es geschafft".

In ihren blauen Augen tanzen winzige Lichter.

Ihre Freude ist ansteckend.

„Hast du jemanden bestochen?"

„Ja", kichert Lisa, „mit Freundlichkeit. Ich habe zu der Dame gesagt, daß ich sie verstehen könne. Sie brauche sicher Entlastung. Hätte ich etwas zu sagen, sagte ich, wäre jemand an ihrer Seite und sie müsse nicht halshoch zwischen den Akten versinken. Das sei unwürdig."

„Und das half?"

„Ja", grinst Lisa, „plötzlich war Samir ein Mensch für sie".

Wir sehen uns an, und meine Hand macht sich selbstständig. Ist plötzlich an ihrer Wange mit dem Grübchen, und sie schließt die Augen und schmiegt ihre Wange in mein Fingernest, und Vera und Arnold stehen in ihren Behausungen, sie zwischen ihren Steinen und Objekten, er in seinem Stuckparadies, mit Benjamin am Arm, Anda an der Seite, und ich werde ihnen winken und mich dann umdrehen und losmarschieren.

In mein eigenes Leben losmarschieren.

Etwas ungeheuer Wohltuendes flutet mich.

Heute.

Der extremste Tag in meinem Leben ist heute.

Drüben klingelt das Telefon im Flur.

Meine Hand möchte weiter gestreichelt werden, aber Lisa und ich sehen uns nun an, wie ertappt.

Scham.

Mit dem Wort Schuld scheint das Wort Scham verbunden zu sein, aber wie?

Ich kann mich von Lisas nun geöffneten Augen nicht losreißen, von diesem Blumenblau, Kornblumenblau, in dem Funken springen, Sternspritzer, sie wird den Zusammenhang wissen, es mir erklären können, Schuld und Scham.

Es klingelt weiter, aber niemand geht hin. Samir holt wohl schon etwas zu essen.

Lisa sieht mich forschend an.

Meine Hand kribbelt, und als spürte Lisa dies, beginnt sie sie sanft zu drücken.

Sie legt den Kopf ein wenig schief.

Trotzdem sich die Fragen an mein Leben zu stapeln scheinen, fühle ich etwas Klares, Einfaches, das mich umschließt wie ein luftiges Gewand.

Eine Sommerleichtigkeit, die etwas mit nackten Füßen auf feuchtem Gras zu tun hat, mit Schwebevorgängen.

Gedämpft hören wir unsere drei Stimmen vom Band.

Wir rühren uns nicht, während das alberne Gelächter zu hören ist, das Klicken.

Eine ferne, leise Stimme sagt etwas wie „Polizei“ und „Simon“, „falscher Name“, „Untergrund“, „snow –“

Lisa sieht mich unverändert an.

Hebt ihre Hand.

Ihre Fingerkuppe wischt über meine Stirn, als lösche sie Buchstaben oder Bilder oder fügte neue hinzu.

Was war das eben?

Was hat Vera soeben aufs Band gesprochen?

Ich sehe die zarte Narbe in Lisas Ohrläppchen, es kommt näher, die Rundung ihrer Ohrmuschel, feinste Äderchen, ich sinke –

Jetzt.

Jetzt bin ich da.

Zitate aus:

Bach-Kantaten. BWV 1-224. Hrsg. von Wolfgang Schmieder. Breitkopf & Härtel Musikverlag, Leipzig 1961

Karin Boye: Kallocain. Roman aus dem 21. Jahrhundert. Malik Verlag, Berlin 1984

Novalis: Fragmente und Studien 1797-1798. S. 407. In: Novalis Werke. Hrsg. und kommentiert von Gerhard Schulz., C.H. Beck Verlag, München 1977

Peter Weiss: Ästhetik des Widerstands. Band I–III in einem Band. Suhrkamp Verlag, Frankfurt am Main 1983

Peter Weiss: Die Versicherung. In: Stücke I, edition suhrkamp 1976

Peter Weiss: Abschied von den Eltern. edition suhrkamp 1964

Danksagung

Dorothee Lossin sei bedankt für ihre langjährige kritische Begleitung, ihren genauen Blick, ihre nie versiegende Zuversicht.

Künstlerischer Funkenflug, soziales Gewissen: Das sind seit vielen Jahren die Begegnungen mit Birgit Knappe, welche die Herzen der Steine und die der Menschen bearbeiten kann.

Meiner Lektorin Christine Rechberger danke ich für ihre Kompetenz, Geduld und ihre inspirierenden Anmerkungen.

Zu wertvollen Freiräumen verhalf mir die Zuerkennung eines Staatsstipendiums des österreichischen Bundeskanzleramtes.

Danke.